Diogenes Taschenbuch 21063

de
te
be

Margaret Millar

Das eiserne Tor

Roman

Aus dem Amerikanischen
von Karin Reese
und Michel Bodmer

Diogenes

Titel der amerikanischen Originalausgabe:
›The Iron Gates‹

Die deutsche Erstausgabe erschien unter dem Titel
›Sendbote des Teufels‹
1965 im Kurt Desch Verlag, München.
Die Übersetzung wurde für die
vorliegende Ausgabe überarbeitet.
Umschlagzeichnung von
Tomi Ungerer

Für Frances MacNaugthon

80/89/36/6
ISBN 3 257 21063 9

Inhalt

I

Die Jagd

I

Der Traum begann ganz still. Sie und Mildred waren zusammen in einem Zimmer, Mildred hatte sich in einen Sessel gekuschelt und schrieb.

»Was schreibst du da, Mildred?« sagte Lucille. »Du schreibst doch, was schreibst du?«

Langsam, verträumt lächelte Mildred, »nichts, ich bin schon fertig, ich bin schon ganz fertig damit«, und sie erhob sich und spazierte durch das Fenster hinaus in den Schnee.

»Du darfst nicht einfach so im Kleid hinauslaufen, Mildred, du wirst dich erkälten.«

»Nein ... Ich gehe fort ... ich bin ganz fertig damit ...«

»Nein, es ist dunkel, es schneit.«

Aber sie setzte ihren Weg fort, unbeirrt, ohne eine Spur zu hinterlassen, ohne einen Schatten zu werfen.

»Mildred, komm zurück! Dein Hinterkopf ist offen.«

»Nein ...«

»Du blutest. Du wirst den Park beschmutzen.«

»Ich gehe fort«, kam Mildreds Stimme sanft zurück. »Lebe wohl, Liebste. Lebe wohl, Lucille.«

Sie ging weiter, zwischen den Bäumen hindurch und über die Hügel hinweg. Mit jedem Schritt wurde sie kleiner und kleiner und zugleich deutlicher, als besäßen weder Raum noch Zeit die Macht, ihre Züge zu verwischen.

Hin und wieder drehte sie sich um, und immer lächelte sie wie eine kleine Puppe.

»Kleine Puppe!« schrie Lucille. »Kleine Puppe ...«

»Fort«, kam die Antwort, kaum mehr als ein Hauch und dennoch so klar. »Lebe wohl – lebe wohl, Liebste ...«

In alle Ewigkeit ging sie und blutete und lächelte und wurde deutlicher und deutlicher.

Lucille wachte auf, dem Ersticken nahe, und würgte an dem Grauen vor dem kleinen Ding, das – nicht größer als ein Finger, ein Zündholz, eine Nadel – ihr durch den Kopf schritt.

Sie sprang aus dem Bett und riß die Vorhänge von den Fenstern zurück. Sie schaute hinaus – ja, da war der Park, da waren die Bäume, die Hügel, der spurenlose Schnee. Aber Mildred war seit sechzehn Jahren tot.

Irgendwo in der Ferne läutete eine Kirchenglocke den Sonntagsklang einer Stadt ein. Ihr wurde plötzlich bewußt, wie grotesk es wäre, wenn Andrew hereinkäme und sie gerade so, beim Fenster kauernd, den Schnee nach seiner toten Frau absuchte.

Sie stand auf, wandte sich um und sah sich unverhofft im Spiegel. Sie hatte vergessen, daß der Spiegel da stand, und ganz kurz – ehe sie Zeit fand, eine gefaßte Miene aufzusetzen – schien sie eine Fremde, eine Dame im Spiegel, die nicht mehr jung war, einen blauen Morgenrock trug und ihr volles, rotgoldenes Haar zu zwei dicken Zöpfen geflochten hatte, die zu beiden Seiten ihres Kopfes auf die Schultern herabfielen. Sie hielt inne, um die Fremde eingehender zu betrachten, lächelte schwach, weil es nur ein Spiel war, zugleich ziemlich unsicher, weil, wie Andrew zu sagen pflegte, ein Spiel nie bloß ein Spiel war, irgendein Motiv mußte dahinterstecken.

Vielleicht fühlte sie sich selbst jetzt nach fünfzehn Jahren in diesem Haus noch immer wie eine Fremde, die den Mann einer anderen besuchte, die Kinder einer anderen.

»Ach, Unsinn«, sagte sie laut. Sie trat an den Spiegel heran, die Fremde rührte sich, wuchs und wurde mit ihr selbst identisch. »Kompletter Unsinn!«

Sie sprach in dem Ton, den sie Andrew und den Kindern gegenüber anzuschlagen pflegte, halb ernst, halb spielerisch, aber voll tiefen Verständnisses. Die Trotz-Lächeln-mein-voller-Ernst-Stimme. Ihr Klang war so vertraut, daß automatisch die dazugehörige Miene von ihrem Gesicht Besitz ergriff. Ihre Augen verloren den angestrengten, ängstlichen Blick und wurden wohlwollend und intelligent, ihr voller, gespannter Mund löste sich und eine Augenbraue hob sich ein wenig.

Na also. So bin ich eigentlich. Ich, Lucille Morrow.

Mildred war nicht mehr wichtig, obschon im Wohnzimmer immer noch ein Porträt von ihr hing und sie sich zuweilen in Lucilles Träume einschlich. Eine dicke Puppe aus fetter Seife, dachte Lucille. Etwas Zähes und Teigiges, das einem an den Händen klebenbleibt ...

Sie nahm eine Bürste und begann, ihr Haar kräftig durchzubürsten. Mit jedem Zug verblaßte der Traum, verschwamm die Puppe und schmolz.

Die augenblickliche Unsicherheit war überstanden, und was blieb, war ein bewußteres Gefühl des Besitzens. Dies war ihre Hand, ihre Bürste, ihr Haus, ihr Mann, der im Nebenzimmer ein Liedchen pfiff. Nur die Kinder würden immer Mildreds Kinder bleiben. Andrew zuliebe hatte Lucille sich bemüht, sie gern zu haben und zu erreichen, daß die Kinder sie mochten. Trotzdem blieben sie Mildreds Kinder – sie wurde mit ihnen nie so recht warm und war schon froh, wenn sie es zu einer Art Waffenstillstand gebracht hatte.

Aber sie waren ja keine Kinder mehr. Polly wollte diese Woche heiraten. Eines Tages würde auch Martin heiraten, und dann würden sie und Andrew allein im Haus zurückbleiben. Mit Edith natürlich, aber die zählte nicht.

Ihre Hand stockte. Sie hatte das Gefühl, jenseits des Spiegels ihre Zukunft liegen zu sehen – ein weit ausgerollter roter Samtteppich, über dem sich ein Baldachin wölbte.

Sie kleidete sich rasch an und flocht aus ihrem Haar eine Krone um ihren Kopf. Wie eine Königin trat sie hinaus in die Diele, stolz, aber vorsichtig, als müßte sie erst den roten Samtteppich prüfen und die Höhe des Baldachins messen. Sie schritt die Treppe hinunter und genoß das Rascheln ihres Taftmorgenrocks, das ihr mit der geräuschvollen Lautlosigkeit eines ergebenen Kammerdieners folgte.

Oben schlug eine Tür zu, und durch das Treppenhaus schallte Andrews Stimme: »Lucille! Warte mal eben, Lucille!«

Sie blieb auf dem unteren Treppenabsatz stehen.

»Was ist, Andrew?«

»Wo ist mein Schal hingekommen?«

Lucille schluckte ein impulsives »Was für ein Schal« herunter. Sie sagte: »Deine sämtlichen Schals liegen in deiner Kommode.«

»Alle außer dem, den ich tragen will.«

»Natürlich!«

»Was hast du gesagt?«

Lucille schrie beinahe. »Ich sagte, natürlich, der, den du tragen willst, ist der, der nicht da ist.«

»Es ist genau umgekehrt«, rief Andrew. »Der, den ich tragen will, ist der ...«

»Schon gut«, sagte Lucille lächelnd. »Wie sieht er aus?«

»Blau. Dunkelblau mit kleinen grauen Dingern drauf.« Er erschien oben an der Treppe und gestikulierte. »Du weißt schon, so kleine graue Dinger.«

Er war ein großer, schlanker grauhaariger Mann in den Endvierzigern und hatte dieselben flinken, lebhaften Bewegungen, die auch seine Schwester Edith und seinen Sohn Martin auszeichneten. Sein Gesicht war schmal, beinahe zart, aber er hatte große, warme, braune Augen, die seinem Gesicht etwas Wehrloses gaben und ihm gelegentlich Schwierigkeiten mit seinen weiblichen Patienten bereiteten. Wie so viele wirklich gutmütige Männer übertrieb auch er, wenn er zornig wirken wollte. Er warf seiner Frau einen stockfinsteren Blick hinunter.

»Den hat mir voriges Jahr irgend jemand zu Weihnachten geschenkt«, sagte er.

»Nämlich ich«, konterte Lucille heiter. »Und er ist nicht blau, sondern schwarz. Hast du unterm Bett nachgesehen?«

»Ja.«

»Was soll das, Andrew? Warum mußt du immer erst unter die Betten schauen, wenn du irgend etwas suchst?«

»Das ist doch logisch. All der Platz unter den Betten. Lucille, komm doch mal eben rauf und ...«

»Nein«, sagte Lucille, »wenn ich raufkomme und ihn finde, wirst du nur noch wütender.«

»Ich verspreche, daß ich es nicht werde.«

»Nein.« Sie drehte sich gelassen wieder um, schritt weiter und warf ihm über die Schulter noch zu: »Versuch's im Zedernschrank im Flur.«

Ohne Andrews laute Mißfallenskundgebungen weiter zu beachten, ging sie ins Speisezimmer.

Edith und Polly saßen schon beim Frühstück. Mit den raschen verächtlichen Bewegungen eines Menschen, der jede Art von Nahrungsaufnahme als ein notwendiges Übel betrachtet, das man so schnell wie möglich hinter sich bringen muß, bestrich Edith eben einen Toast mit Butter. Polly hatte eine Tasse Kaffee vor sich stehen, rauchte und schaute gedankenverloren aus dem Fenster.

»Guten Morgen, Edith«, sagte Lucille. Sie beugte sich über Ediths Stuhl, und die Wangen der beiden Frauen berührten sich kurz. Das war ein langjähriger Brauch. Sie mochten einander auf eine trockene, zweckmäßige Art, denn sie hatten dasselbe Alter und interessierten sich für dieselbe Sache, Andrew.

»Guten Morgen, Polly.«

»Morgen«, sagte Polly, ohne ihren Blick vom Fenster zu wenden.

»Guten Morgen«, sagte Edith. »Gut geschlafen?«

»Bestens.«

»Kann ich von mir nicht behaupten.« Ihre Stimme war so hoch und schrill, daß man ständig befürchten mußte, sie werde im nächsten Augenblick in schiere Hysterie überschlagen oder wie eine Violinensaite mit einem Todeslaut zerspringen. Lucille hatte den Eindruck, als klettere die Stimme von Jahr zu Jahr höher, als werde die Saite immer straffer gespannt, so daß am Ende selbst die alltäglichste Bemerkung mit einem dünnen, gefährlichen Obligato dargebracht wurde.

»Was schreit ihr denn da herum?« sagte Edith. »Wenn

du frischen Toast willst, brauchst du nur zu klingeln. Annie hat noch welchen in der Küche. Manchmal habe ich das Gefühl, als brülle Andrew nur, weil es ihm Spaß macht.«

Lucille setzte sich, lächelte und entfaltete ihre Serviette. »Mag sein.«

»In der Klinik trieft er vor stillem Charme. Kaum ist er zu Hause, fängt er an zu jaulen, genau, richtig *jaulen* tut er.«

»Es geht um irgendeinen Schal, den er nicht finden kann«, sagte Lucille.

Sie fühlte sich plötzlich seltsam glücklich und zufrieden. Sie hätte am liebsten laut herausgelacht, es kitzelte sie förmlich in der Kehle, und sie mußte es herunterschlucken. Sie konnte Edith oder Polly nicht erklären, daß ihr nach Lachen zumute war, weil dieser Raum warm war und hell, weil es draußen angefangen hatte zu schneien, weil Andrew irgend etwas nicht finden konnte und unter dem Bett gesucht hatte ...

Sie betrachtete Edith und Polly und liebte sie einen kurzen Augenblick lang von ganzem Herzen, weil sie mit sich selbst so zufrieden war und mit dem schönen stillen Leben, das sie sich aus dem Nichts geschaffen hatte. *Ich liebe euch, ihr Guten, ihr Lieben, ich kann mir leisten, euch zu lieben, weil ich alles habe, was ich brauche, und weil ihr mir nichts davon fortnehmen könnt.*

»Andrew findet nie, was er sucht«, sagte Edith. »Und wenn er mit der Nase davorsteht, sieht er es immer noch nicht. Wahrscheinlich ist das bei ihm psychologisch.«

In Polly regte sich etwas. »Was ist?« sagte sie. »Du willst doch nicht behaupten ...«

»Sachen finden«, sagte Edith. »Freud hätte wahrscheinlich gesagt, daß man nur das findet, was man auch wirklich sucht. Manche Menschen haben ein beneidenswertes Talent, Geld zu finden. Da gibt's jemanden in New York ... Polly, wenn du die Güte hättest, dich anständig hinzusetzen.«

»Wozu?« sagte Polly.

»Du flegelst dich da herum, als hättest du eine Rückgratverkrümmung.«

»Ich flegle mich nicht herum, ich bin entspannt.«

»Bei Tisch hat man sich nicht zu entspannen.«

»Okay«, sagte Polly ohne Groll und rappelte sich hoch. Einen Augenblick lang saß sie aufrecht da, dann stützte sie die Ellbogen auf den Tisch und den Kopf in die Hände. Ihr langes, schwarzes Haar schlang sich seidig um ihre Handgelenke.

»Wirklich«, stöhnte Edith in liebevoller Verzweiflung.

Lucille schwieg. Die Zeiten, in denen sie sich noch um die Erziehung ihrer Stiefkinder bemüht hatte, waren längst vorbei, und wenn sie sich über eines von ihnen noch so sehr ärgerte, so besaß sie immer noch ausreichend Selbstdisziplin, sich eines Kommentars zu enthalten. Sie hatte immer versucht, gerecht zu sein, und wenn es zwischen Vater und Kindern zu Meinungsverschiedenheiten kam, hatte sie sich oft gezwungen, die Partei der Kinder zu ergreifen. Aber trotz all ihres Bemühens waren sie ihr gegenüber kühl und zurückhaltend geblieben.

Vielleicht liegt es nur daran, daß sie in einem schwierigen Alter waren, als ich Andrew heiratete, dachte Lucille. Polly war erst zehn und Martin zwölf, und sie hatten beide sehr an Mildred gehangen.

Mildred, dachte Lucille, und sie stellte fest, daß sich

das Lachen in ihrer Kehle aufgelöst hatte wie die Bläschen in abgestandenem Sprudel.

»Obwohl ich selbst mich nie entspanne«, sagte Edith, und ihr Rückgrat schien noch eine Idee steifer zu werden, »habe ich nichts dagegen, wenn andere einmal alle viere von sich strecken, aber alles zu seiner Zeit. Es kommt ganz auf den Charakter an, ob man sich das leisten kann oder nicht.«

»Mildred«, sagte Lucille, »Mildred hatte einen sehr entspannten Charakter.«

Sie hatte den Namen seit Jahren nicht mehr laut ausgesprochen, sie hatte ihn auch jetzt nicht aussprechen wollen, aber sie zwang sich dazu. Ihre kurze Seligkeit war verflogen, und es war, als hätte der Raum sie geblufft und verraten und als müsse sie jetzt aus Rache eine Leiche hineinschleudern.

»Ja, das hatte sie«, sagte Edith kurz. »Obwohl ich meine, daß ein Taktgefühl dir ...«

»Ja, ich weiß«, sagte Lucille verwirrt; sie fühlte Pollys harten, kalten Bick auf sich ruhen. »Es tut mir sehr leid.«

»Ausgerechnet heute«, sagte Edith.

»Es tut mir leid, Edith.«

»Das will ich meinen. Heute wollen wir ja nun wirklich nicht an traurige Dinge erinnert werden. Schließlich wollen wir auf Mr. Frome einen guten Eindruck machen.«

»Leutnant Frome«, sagte Polly. »Und um den guten Eindruck brauchst du nicht besorgt zu sein. Den habe ich vor Wochen gemacht.«

»Trotzdem, Kind, wir sind immerhin deine Familie.«

»Er heiratet aber nicht dich.«

Edith errötete und sagte spitz: »Es ist mir durchaus bewußt, daß er nicht mich heiratet und daß das auch sonst nie einer getan hat, falls du etwa darauf hinaus wolltest.«

»Bitte!« sagte Polly, erhob sich und drückte ihrer Tante einen schnellen Kuß auf die Wange. »Das hab' ich nicht gemeint, du Dummerchen. Ich meine nur, ich kann kein Theater vertragen, und Giles auch nicht. Heute ist genauso ein Tag wie jeder andere. Giles würde im Erdboden versinken, wenn er das Gefühl hätte, irgend jemanden zu inkommodieren, indem er heute hierherkommt.«

»Dann ist er zu sensibel«, sagte Edith streng.

»Das weiß ich. Deshalb bin ich froh, daß er mich hat. Ich bin's nicht.« Sie legte ihren Arm um die Schulter ihrer Tante und flüsterte ihr ins Ohr: »Ein Segen, daß ich nicht sensibel bin, wie hätte ich dein ewiges Kritteln sonst so lange ertragen können?«

»Kritteln?« Edith war sprachlos. »Wirklich, Polly! Als würde ich je so etwas Schäbiges tun wie kritteln!«

»Und ob du krittelst«, sagte Polly lachend. »Und Reden schwingst du!«

»I wo, nie! So eine Unverschämtheit ...«

»Gib's zu, gib's zu, sonst kitzele ich dich.«

»Oh! Jetzt setz dich sofort hin und benimm dich!« Edith glättete ihre zerzausten Haare und Gefühle. »Du und deine Scherze. Du bist schlimmer als Martin. Als hätte ich je Reden geschwungen. Hab' ich das, Lucille?«

»Nie«, sagte Lucille lächelnd.

»Siehst du, Polly!«

Aber sobald Lucille ins Gespräch gezogen wurde, schlug Pollys Stimmung um. Ihr Gesicht wurde ausdruckslos, kalt fixierten ihre Augen Lucille, und Lucille las darin: »Siehst du, wie gut wir hier ohne dich auskommen? So hast du uns seit Jahren alles verdorben.«

»Ich halte nichts von großen Reden«, sagte Edith. »Meiner Meinung nach ist die Zunge ein stark überbewertetes Organ.«

»Nicht wahr?« sagte Polly abwesend und zog sich zum Fenster zurück. Ihre eckigen Schultern hoben sich scharf gegen das Licht ab.

Lucille sah zu ihr hinüber und staunte wieder, wie sehr Polly sich vom Rest der Familie unterschied. Sie hatte etwas Geballtes und Kompromißloses und Eigensinniges, das sich sogar in ihrem Körperbau ausdrückte. Sie war ziemlich klein, und obschon sie schlank war, hatte sie etwas Robustes und Zähes an sich. Sie vergeudete ihre Energie nicht unüberlegt und ziellos wie Martin und Edith. Sie bewegte sich mit einer Art träger Zweckmäßigkeit, machte fast alles gut und fühlte sich überall zu Hause.

Ihre Züge waren weich und rund wie die ihrer Mutter, und sie war, wie diese, im Grunde ihres Wesens ein friedlich in sich ruhender Mensch. Während häusliches Glück und materielle Sicherheit Mildreds innere Ruhe jedoch noch vertieft hatten, hatte sich Pollys Ruhe durch ihren jahrelangen unerbittlichen Haß gegen ihre Stiefmutter verzerrt und verhärtet.

Vielleicht wäre ich mit Martin allein glücklich geworden, dachte Lucille. Er ist ein Mann und umgänglicher. Aber Polly – Polly hatte schon als Zehnjährige einen vollkommen erwachsenen Eindruck gemacht. Sie hat mir mißtraut, wie eine erwachsene Frau einer anderen Frau mißtraut, deren Haus sie teilen muß.

Edith hatte ihren Kaffee ausgetrunken, und ihre langen, dünnen Finger trommelten ruhelos auf dem Tisch. Sie hatte eine Sache abgeschlossen, nämlich das Frühstück, und mußte unverzüglich mit einer anderen anfangen. Ob die Tätigkeit ihre eigene war oder die eines anderen, spielte keine Rolle. Sie war immer in Betrieb und trieb andere an.

»Andrew soll sich ein bißchen beeilen«, sagte sie. »Martin kann ohnehin nie pünktlich sein. Ich glaube, ich geh' am besten mal rauf und schau', was da los ist.«

»Hat Zeit«, sagte Polly. »Giles' Urlaub fängt offiziell erst heute mittag an, und mehr als eine Stunde brauchen wir nicht bis zum Camp.«

»Warum Andrew und Martin unbedingt mit dir rausfahren wollen, weiß ich auch nicht«, sagte Edith.

»Sie wollen ihn erst einmal in Augenschein nehmen«, sagte Polly, »und wenn er ihren Vorstellungen nicht entspricht, können sie die Leiche irgendwo loswerden und mich wieder nach Hause bringen, flennend, aber intakt.«

Edith versuchte entsetzt dreinzuschaun. »Ich bin sicher, daß Andrew nichts Derartiges im Sinn haben könnte.«

»Ich habe doch nur Spaß gemacht, Tantchen.«

»Merkwürdige Späße!«

»Aber was sie, glaube ich, hauptsächlich damit bezwekken, ist, mir Giles gegenüber durch eine Art männliche Solidarität das Rückgrat zu stärken. ›Keine Mätzchen, Frome, sonst ...‹ ›Und daß du unsere kleine Polly gut behandelst‹ – in dem Stil.«

»Ich finde das eher rührend«, sagte Edith.

»Nicht wahr? Und vollkommen überflüssig. Sie wissen beide ganz genau, daß ich Giles – nachdem ich mich einmal für ihn entschieden habe – auch dann heiraten würde, wenn die ganze Welt unterginge.« Sie warf einen kurzen Blick zu Lucille hinüber.

»Nur gut, wenn du weißt, was du willst«, sagte Lucille ruhig. »Man soll sich ohnehin nie in anderer Leute Ehen mischen.«

Das Mädchen errötete und wandte sich wieder ab.

»Von der ganzen Heiraterei wird überhaupt viel zuviel Aufsehen gemacht«, sagte Edith. »Als ich ein junges Mädchen war, habe ich natürlich auch meine Erfahrungen mit Mondenschein und Rosen gemacht, aber am Ende stellte sich fast immer heraus, daß die Rosen billige Kreppapierware aus dem Ausverkauf waren und der Mondenschein auch nicht mehr taugte als eine normale Straßenlaterne, nur daß man weniger sah.« Sie lächelte Pollys Rücken zärtlich zu. »Aber das ist dir wahrscheinlich nichts Neues.«

»Kaum«, sagte Polly. »Aber ich habe Kurzschlüsse. Giles ist mein schönster Kurzschluß.«

»Ich bin wirklich sehr gespannt auf ihn«, sagte Edith, und ihre Stimme klang gebrochen. »Kaum zu glauben, daß du schon eine heiratsfähige junge Dame bist. Dabei scheinst du gestern noch ...«

»Daß du wegen mir sentimental wirst, hätte ich nie gedacht!«

»Ich und sentimental«, sagte Edith und schob mit einem energischen Ruck ihren Stuhl zurück. »So, und jetzt werde ich unserem guten Andrew Beine machen. Am Ende demontiert er das ganze Haus auf der Suche nach seinem albernen Schal.«

Sie verließ in einer Wolke von Wohlgerüchen und Seidengeraschel den Raum.

Allein mit ihrer Stiefmutter trat Polly wieder an den Tisch und schenkte sich noch einen Kaffee ein.

Weil Lucille sie verlegen machte, konzentrierte sie ihren Blick auf die Gegenstände auf dem Frühstückstisch, prüfte und schätzte sie, als wäre sie an einer Auktion – die silberne Kaffeekanne, unter der ein Petroleumflämmchen brannte, die roten Tassen auf den weißen Tellerchen, die Reste von Ediths Frühstück, zwei Stück Toast, die im Toastständer lehnten, ein kahles und unerschütterliches gekochtes Ei in einem roten Schälchen und einen Zipfel von Lucilles blauem Morgenrockärmel.

»Wie schön, daß Giles Urlaub bekommen hat«, sagte Lucille höflich.

Polly schaute nicht auf. »Sehr schön, ja.«

»Drei Wochen, oder?«

»Ja.«

»Und am Freitag wollt ihr heiraten – noch fünf Tage.«

»Wir müssen noch auf die Papiere warten. Dann gehen wir aufs Standesamt, sehen, daß wir den ganzen Hokuspokus schnell hinter uns bringen, und weg sind wir.«

»Wo soll's denn hingehen?«

Polly zog die Schultern hoch. »Irgendwohin. Das ist nicht wichtig.«

»Nein, wahrscheinlich nicht«, sagte Lucille, und dann schwiegen sie wieder.

Im Flur hörte man eilige Schritte und Gelächter, und ein paar Sekunden später kam Martin ins Speisezimmer geplatzt. Sein Haar war zerzaust und seine Krawatte noch nicht gebunden, aber er hatte die Selbstsicherheit und lächelnde Arroganz eines Mannes, der es früh und leicht zu etwas gebracht hat. Er hatte sich als Kind eine Rückgratverletzung zugezogen, und sein Gang wirkte zuweilen steif und gequält; aber davon sprach er nie, und wenn sich hinter dem Lächeln, das er der Umwelt darbot, ein kompliziertes und bitteres Innenleben verbarg, ließ er sich nichts anmerken.

Er sah seinem Vater so ähnlich, daß Lucilles Lippen unwillkürlich ein Lächeln annahmen und ihre Augen so sanft wurden wie die einer Liebenden, sobald sie ihn sah.

»Edith hat mich gerade die Treppe hinuntergeworfen«, sagte Martin belustigt. »Was soll diese Hetze? Es ist halb zehn, und das Treffen der Großen Vier ist erst für 12 Uhr mittag anberaumt.«

Er zog einen Stuhl vor, setzte sich und fuhr mit den Händen über sein Haar, um es zu glätten. Im Verlauf dieser Aktion stieß er eine Kaffeetasse um und verfehlte Pollys Kopf mit seinen Ellbogen um Haaresbreite.

»Giles wird bestimmt nicht gerade begeistert von dir sein, Martin«, sagte Polly strafend. »Du bist zu wild.«

»Giles wird sogar sehr begeistert von mir sein. Ich werde ihm einen Haufen gute Tips geben. Ich werde ihm alles sagen, was ein junger Mann in seiner Lage wissen muß.«

»Er ist neunundzwanzig, Herzchen. Ein Jahr älter als du.«

»Aber absolut unerfahren.«

Polly schnitt ihm ein Gesicht.

Bisher hatte Martin Lucille nicht einmal angesehen, aber sie wußte, daß dieses Übersehen nicht gezielt war wie bei Polly.

Sie wollte nicht auf sich aufmerksam machen, indem sie sich einmischte, deshalb beobachtete sie die beiden schweigend, verdrängte Mildred und zog stolze Genugtuung aus der Tatsache, daß die beiden Andrews Kinder waren und so hübsch und so dunkel und so klug. Martin war Feuilletonchef bei der *Toronto Review* und sehr jung für seinen Posten. Polly hatte in Soziologie promoviert und vier Jahre in verschiedenen Wohlfahrtseinrichtungen gearbeitet, wo sie von Entbindungen bis zu kriminalistischen Ermittlungen alles gemacht hatte.

»Ist das mein Ei?« fragte Martin und wies dabei auf das rote Schälchen.

»Eier kann man nicht besitzen«, sagte Polly. »Unpersönlich wie sie sind.«

»Ich schon.«

»Nimm es nicht«, sagte Lucille lachend. »Es ist nicht mehr warm. Annie kocht dir ein frisches.«

Aber Martin hatte die Kappe bereits abgeschlagen und nahm sich einen mürben Toast aus dem Ständer. Lucille schenkte ihm Kaffee ein und erhob sich. Sie wäre gern noch sitzen geblieben, wie sie es sonntags eigentlich immer tat, aber sie wußte, daß sie nur stören würde. Martin und Polly diskutierten schon heftig über die Frage, wie Martin sich Giles gegenüber zu benehmen oder nicht zu benehmen hätte.

»Keine Frotzeleien«, sagte Polly. »Und hüte dich, ihm auf die Schulter zu schlagen oder ihn zu fragen, was sein Ausgehstöckchen zu bedeuten hat. Das fragen ihn alle, und es ist sehr peinlich, weil er es nicht weiß. Und vor allem ...«

Leise zog Lucille hinter sich die Tür zu.

Sie blieb in der Diele einen Augenblick stehen, unsicher bezüglich ihrer Identität und Lage, unschlüssig, was sie tun oder wohin sie gehen solle. Sie erlebte eine Schrecksekunde der Erkenntnis.

Wie oft habe ich hier schon gestanden, dachte sie. Allein in einem Flur, und alle Türen verschlossen vor mir, vor einer Fremden, einer Landstreicherin.

Sie hatte eine kurze Vision ihrer selbst, den Körper vornübergebeugt in einer Haltung von Verstohlenheit, einem Dieb vergleichbar, der auf Zehenspitzen an einem schlafenden Polizisten vorbeischleicht.

Dann hörte sie im ersten Stock Ediths zornig tremolierende Fistelstimme: »Du hast dir bestimmt Fieber geholt, Andrew!« Und plötzlich war alles wieder normal, der Polizist wachte auf, der Dieb wurde gefaßt und ordnungsgemäß hinter Schloß und Riegel gebracht; und Lucilles Gedanken legten sich gestempelt und abgeheftet ad acta.

»Meine liebe Edith« – Auch Andrew hatte die Stimme erhoben. Er klang nervös und gereizt. Er will nicht, daß Polly heiratet, dachte Lucille. Für ihn ist sie immer noch ein kleines Mädchen. – »Wie kann man sich ein Fieber *holen*?«

»Du weißt ganz genau, was ich meine«, sagte Edith. »Du hast dich erkältet, es ist doch wirklich der Gipfel an Unvernunft, ohne Mantel in den Schnee hinauszustürzen, nur ...«

»Meine liebe Edith, ich stürze nicht in den Schnee hinaus. Ich werde die Würde in Person sein und in einem geschlossenen und geheizten Wagen fahren, vorausgesetzt ...«

»Du weißt ganz genau ...«

»... vorausgesetzt, man läßt mir wenigstens die Zeit, mich in Ruhe anzukleiden.«

»Gut, dann *hol* dir eine doppelseitige Lungenentzündung.«

»Himmel!« sagte Andrew, und eine Tür schlug zu.

Lucille schritt durch den Flur und dachte lächelnd an Edith. Arme Edith, zu gern beschwört sie große Kata-

auf, um die Kassandra spielen zu können...
das Menü entwerfen und eine Einkaufsliste
aufstellen. – Und wenn Giles nun gegen ir-
s allergisch ist –?

Sie ... in den mit Bücherwänden gesäumten kleinen Raum, den Andrew seine Höhle nannte. Die Sonne hatte diesen Teil des Hauses noch nicht erreicht, und der Raum war dämmrig und roch nach unbenutzten Büchern.

Sie machte eine Tischlampe an, nahm Block und Bleistift und ließ sich in Andrews Sessel nieder. Sie begann, die Menüs für die kommende Woche zu planen, wobei es zugleich das Budget und Annies Grenzen im Bezug auf die Küche zu berücksichtigen galt. Hummer, falls es welchen gab, und ein Brathuhn. Pilze, oder vielleicht eine Aubergine.

Sie beugte sich über den Block und zog die Stirn kraus. Sie wollte, daß für Giles alles vollkommen war, nicht weil er Giles war und Polly heiraten wollte, sondern weil sie Lucille war. Sie hatte jene raffinierte, aber absolute Eitelkeit, die sich oft hinter edleren Bezeichnungen verbirgt – hinter Hingabe, Selbstlosigkeit, Generosität. Und sie hatte sich in die hintersten Kammern ihres Hirns zurückgezogen – ein blindes, taubes und hungriges kleines Biest, das immer indirekt mittels einer Schnur gefüttert werden mußte.

Während sie plante, malte sie zerstreut kleine Figuren auf den Deckel des Blocks. Ganz von ferne, durch ein Meer von Hummern und Krabben, hörte sie Edith rufen: »Lucille, wo, um Himmels willen, steckst du?«

»Hier. In der Höhle.«

Edith kam durch die Tür gestürzt und machte ein Gesicht, als gälte es, einen Orkan niederzublasen.

»Ich glaube, Andrew hat sich eine Erkältung geholt«, sagte sie und rang tragisch die Hände. »Ausgerechnet heute! Er hat einen feuerroten Kopf!«

»Aufregung«, sagte Lucille. Edith rauchte, und die Blässe ihres von fahlen Rauchschwaden umwehten Gesichts erinnerte Lucille an Austern.

»Austern«, sagte sie.

Edith zog verwundert eine Augenbraue hoch. »Austern kann ich nicht ausstehen. Es sei denn, sie sind mit irgend etwas überbacken.«

»Ja.«

»Ich finde die *Farbe* von den Dingern so gräßlich.«

»Ich auch«, sagte Lucille ruhig und notierte sich Austern auf ihrer Liste.

»Aber wieso rede ich jetzt eigentlich von Austern?« sagte Edith leicht indigniert. »Ich komme wegen Andrew. Ich finde, er sollte vernünftig sein und heute zu Haus bleiben.«

»Ach, laß ihn in Ruhe, Edith.« Angesichts der leicht rötlichen Verfärbung im Gesicht ihrer Schwägerin fügte sie schnell hinzu: »Andrew mag nicht bemuttert werden. Das Beste, was wir beide heute machen können, ist, uns zurückhalten. Laß die drei nur machen. In gewisser Weise ist es ihr Tag, da dürfen wir uns nicht einmischen. Im Augenblick sind wir – sind wir Außenseiter.«

Edith machte ein Gesicht, als habe sie dem einiges entgegenzuhalten, dann fuhren ihre Schultern plötzlich herum, und sie ließ sich auf der Schreibtischkante nieder.

»Du bist so vernünftig, Lucille«, sagte sie beinahe vorwurfsvoll. »Ich möchte wissen, wie du das machst. Du kannst dich offenbar in jeden hineinversetzen und tust immer genau das Richtige. Wirklich phänomenal.«

»Ich habe reichlich Gelegenheit gehabt, das zu lernen.« Sie lehnte sich zufrieden lächelnd zurück und strich sich leicht übers Haar. Das kleine Biest hatte etwas zwischen die Zähne bekommen und vorübergehend aufgehört zu nagen.

Kurz darauf verließ Edith den Raum, und Lucille wartete geduldig darauf, daß Andrew kommen und ihr auf Wiedersehen sagen würde. Aber er kam nicht.

Er hat dich vergessen.

Na ja, ist doch ganz natürlich. Er ist mit seinen Kindern zusammen. Es ist *ihr* Tag. Das habe ich ja selbst gesagt.

Aber er *hat* dich vergessen.

Na ja, wenn schon. Schließlich bin ich keine Braut mit feuchten Augen mehr ...

Sie erhob sich, trat ans Fenster und wartete darauf, daß sie einen Blick von ihm erhaschen konnte, wenn er das Haus verließ. Sie sah die drei die Auffahrt hinuntergehen, eng aneinandergeschmiegt, Arm in Arm. Wie sie durch den aufstäubenden Schnee davongingen, schienen sie ein kompaktes Ganzes, unteilbar und unverletzbar.

Während sie ihnen nachsah, schob sich wie ein eifersüchtiges altes Weib eine dicke schwarze Wolke vor die Sonne.

Lucille stand da und hätte am liebsten »Andrew« gerufen – »Andrew, komm zurück!«, wie sie in ihrem Traum Mildred nachgerufen hatte.

Aber kein Ton kam über ihre Lippen, und sie ging nach einer Weile zu ihrem Sessel zurück, zündete sich eine Zigarette an und beugte sich wieder über ihren Notizblock.

Sie besah sich die Bildchen, die sie auf den Deckel gemalt hatte. Es waren Frauengesichter, die Gesichter von dicken albernen Puppenfrauen. Verschmitzt und affektiert lächelten sie zu ihr hoch, schüttelten ihre gezierten Löckchen und flatterten mit den Wimpern.

Unbeteiligt, fast geistesabwesend, brannte sie ihnen mit ihrer Zigarette die Augen aus.

2

Gegen Mittag am Sonntag, dem 5. Dezember, entgleiste etwa zwanzig Meilen vor Toronto der *Montreal Flier.* Die Ursache des Unglücks blieb unbekannt, doch ließen die ersten Radioberichte durchblicken, daß es sich womöglich um Sabotage handelte, denn der Unglücksort war eine steile Uferböschung, und die Zahl der Todesopfer und Verletzten war groß. Freiwillige Ärzte und Schwestern wurden gebeten, nach Castleton zu kommen, wo sich das nächste Krankenhaus befand.

Edith hörte die Nachricht im Radio, ohne sich weiter Gedanken darüber zu machen. Schließlich lebte man in einer Zeit, in der Unglücksfälle und Katastrophen an der Tagesordnung waren – aufregen konnte man sich wirklich nur, wenn man persönlich betroffen war.

»Freiwillige Ärzte und Schwestern werden gebeten, sich unverzüglich im Krankenhaus Castleton zu melden, King's Highway Nummer ...«

Sie erhob sich gähnend und stellte das Radio ab, als Lucille ins Zimmer trat.

»Was war das?« fragte Lucille.

»Irgendein Zugunglück.«

»Oh. Das Essen steht auf dem Tisch. Hat heute morgen jemand für Andrew angerufen?«

»Zwei Leute.« Vor Jahren hatte Edith das Amt übernommen, sonntags morgens für Andrew ans Telefon zu gehen. Sie sagte wehmütig: »Erinnerst du dich noch, wie das früher war, als ich fast den ganzen Tag am Telefon verbrachte?«

»Es ist doch vernünftig, daß Andrew sich nicht mehr derartig abhetzt«, sagte Lucille. »Sein Assistent kommt sehr gut allein zurecht.«

»Trotzdem, ich fand es spannend, alle Hände voll zu tun zu haben.«

»Andrew nicht.« Sie lächelte, obwohl sie sich ärgerte, daß Edith sie an diese Sache erinnerte. Sie und Edith hatten hinter Andrews Rücken beschlossen, ihn wenigstens teilweise aus dem Berufsleben herauszuziehen. Jetzt, nachdem er nachgegeben hatte, begann Lucille an ihrer eigenen Weisheit zu zweifeln. Gesundheitlich ging es Andrew besser, aber er war launisch geworden.

»Ärzte gönnen sich nie genug Ruhe«, sagte sie, wie um ihre eigenen Zweifel zu entkräften. »Deshalb sterben sie oft so jung.«

»Sprich nicht vom Sterben. Das bringt meinen Verdauungsapparat durcheinander.« Edith wandte sich ab und biß sich auf die Unterlippe. »Dabei muß ich immer an Mildred denken ... Entschuldige, aber ich wünschte, du hättest heute morgen nicht das Gespräch auf sie gebracht – und dann noch in Pollys Gegenwart!«

»Es tut mir wirklich leid. Es ist mir herausgerutscht.«

»Du mußt aufpassen, was du sagst. Vielleicht will sie nicht, daß Giles erfährt, wie – wie Mildred gestorben ist.«

»Das hat sie ihm wahrscheinlich längst erzählt.«

»Nein, nein, das glaube ich nicht. Das war zu entsetzlich.« Edith schloß die Augen, und Lucille sah, daß ihre

Lider leichengrau waren und die blauen Äderchen wie Schimmelpilze darauf wuchsen.

»All das Blut«, sagte Edith. »All das – *Blut*. Ich – ehrlich ...«

»Edith, bitte nicht.« Lucille streckte die Hand aus und berührte Ediths mageren, bleichen Arm. »Komm, das Essen wartet.«

»Ich bekomme keinen Bissen herunter.«

»Es wird schon gehen.«

»Nein. Mir wird schlecht, wenn ich nur daran zurückdenke ...«

»Wir werden ja sehen«, sagte Lucille etwas grimmig.

Sie ging hinaus, und Edith trottete artig wie ein kleiner ungeliebter Geist hintendrein.

Lucille überdachte die Situation und tat, wie immer, was vernünftig war. Die geringste Ermunterung oder auch nur Anteilnahme genügte – und Edith würde ihren Verdruß zu einer handfesten Magenverstimmung oder Migräne ausbauen.

»Kalbsbröschen gibt's«, sagte Lucille vergnügt.

Sofort hellte sich Ediths Gesicht auf. Obschon sich ihr Gewissen dagegen sträubte, sah sie Mildred aus ihrem Bewußtsein davonschwimmen, und aus dem Blut bildete sich eine wunderschöne, unendlich lange, rosarote Schleppe aus Tüll, die Mildred im Fluß der Zeit hinter sich herzog.

»Ich *liebe* Kalbsbröschen«, sagte sie.

Sie aß zuviel davon, und Verdauungsstörungen kriegte sie deshalb auch so. Als es halb drei wurde und Andrew und die Kinder immer noch ausblieben, wurde sie nervös. Lucille versuchte, sie zu beruhigen, mit dem Erfolg, daß sie selbst unruhig und ungeduldig wurde.

Um vier machte Lucille im Wohnzimmer Feuer, um die Stimmung zu heben. Aber das Holz war feucht, und die Flämmchen krochen schwach an dem Scheit hoch wie sterbende Finger, die um Hilfe winken.

»Sie müßten längst hier sein«, sagte Edith. »Längst! Was kann denn nur passiert sein!«

»Wahrscheinlich gar nichts«, sagte Lucille, stocherte an dem Scheit herum und wälzte es schließlich auf die andere Seite.

»Ich hab' dir ja gesagt, daß das Holz nicht brennen wird.«

»Meine liebe Edith«, sagte Lucille, »es brennt aber.«

»Nicht richtig. Ich muß mich über Andrews Rücksichtslosigkeit doch wundern, ich begreif' das gar nicht. Er weiß doch.«

»Woher sollte Andrew wissen, daß du zuviel essen und dich aufregen würdest?«

»Beherrsch dich, Lucille.«

»Das hätte ich vor zwei Stunden sagen sollen.«

»Es ist eine häßliche Unterstellung«, sagte Edith kalt. »Als wäre ich weniger besorgt um Andrew, wenn ich nicht so viel gegessen hätte, was ich im übrigen nicht habe. Ich finde, du könntest ...«

Das Telefon im Flur begann zu klingeln. Die beiden Frauen sahen sich an, aber rührten sich nicht.

»Willst du nicht rangehen, Edith? Es ist doch wahrscheinlich für Andrew.«

Edith hörte nicht.

»Ein Unfall«, flüsterte sie. »Ich weiß es – ein Unfall ...«

»Sei nicht kindisch«, sagte Lucille und ging selbst an den Apparat.

Am anderen Ende ließ sich ein näselndes Vermittlungsfräulein vernehmen.

»Ein R-Gespräch aus Castleton für Mrs. Andrew Morrow. Nehmen Sie das Gespräch an?«

»Mrs. Morrow am Apparat. Ja, ich nehme es an.«

»Hier ist der Teilnehmer. Bitte sprechen Sie.«

»Hallo«, sagte Lucille. »Hallo.«

Sie hörte zunächst nichts außer ein paar undefinierbaren Geräuschen im Hintergrund. Dann: »Hallo, Lucille. Hier ist Polly.«

»Was ist passiert?«

»Es hat einen Unfall gegeben.«

»Polly ...«

»Nein, nicht wir. Wir sind nur zufällig vorbeigekommen, und Vater und ich bleiben und helfen. Hier gibt's ein kleines Krankenhaus, von da aus telefoniere ich.«

»Polly, deine Stimme klingt sonderbar.«

»Kann sein. Ich hab' noch nie ein Zugunglück gesehen. Na ja, ich hab's eilig. Sie haben nicht genug Ärzte und Schwestern. Nur sag Edith, sie soll sich nicht aufregen. Wiedersehen.«

»Moment – was meint ihr, wann ihr zurückkommt?«

»Sobald sie auf uns verzichten können. Martin und Giles helfen bei der Bergung der Opfer. Wiedersehen.«

»Wiedersehen«, echote Lucille.

Edith zupfte an ihrem Ärmel herum. »Was ist?«

»Nichts Besonderes«, sagte Lucille. »Es hat ein Zugunglück gegeben und Andrew hilft.«

»Wie gräßlich«, sagte Edith, aber das konnte Lucille nicht beeindrucken. Sie sah lächelnd über Ediths Schulter hinweg. Andrew war in Sicherheit, ihre Welt war in Sicherheit. Was scherten sie die Züge der Welt, solange Andrew nicht darin saß.

Sie eilte ins Wohnzimmer zurück, um das Feuer zu schüren ... Andrew würde erschöpft nach Haus kommen und sich über ein warmes Feuer und einen steifen Grog freuen.

Aber sosehr sie sich auch bemühte – das Holz wollte nicht brennen. Sie mühte sich wieder auf, schmutzig und abgekämpft. Sie sah sich um, und ihr Blick begegnete Mildreds. Mildred, unversehrt und glücklich und in Öl, unverändert, lästig auch jetzt nach sechzehn Jahren noch, da sie täglich abgestaubt und öfters zum Restaurator geschickt werden mußte, wenn ihre unförmigen weißen Schultern schorfig wurden.

Lucille betrachtete sie verbittert, aber Mildreds weicher, süßer Mund blieb derselbe, ihr Blick, den weder Zeit noch Tränen noch Haß getrübt hatten, starrte in alle Ewigkeit auf ein Stück Wand.

»Allmählich bringe ich alles wieder zusammen«, sagte Edith.

»Was?« fragte Lucille. »Was?«

»Das mit dem Zugunglück damals. Andrew und ich waren praktisch noch Kinder. Ich weiß nicht mehr genau, wie es passiert ist, aber etwas über einen Kilometer von unserem Haus entfernt war der Zug irgendwie entgleist. Und wir liefen natürlich hin, sobald wir davon hörten.«

Ein Redestrom folgte, von dem Lucille nur Bruchstükke mitbekam. »Hunderte von Leichen, ja, Hunderte – wirklich unangenehm für Kinder – Soldaten, die mithalfen, weil damals der andere Krieg im Gange war –«

In der Aufregung verschwanden Ediths Magenbeschwerden, und Lucille bekam Kopfschmerzen.

»Du wirst maßvoller mit den Jahren«, sagte sie spitz. »Letztes Mal war noch von Tausenden von Leichen die Rede.«

»Das ist nicht wahr«, sagte Edith beleidigt. »Mit Zahlen halte ich's immer sehr genau. Du bist heute nicht dieselbe wie sonst, Lucille, wirklich. Du giftest schon den ganzen Tag.«

»Ich hab' Kopfschmerzen.«

»Geh rauf und leg dich ein wenig hin. Du bist heute nicht dieselbe«, wiederholte sie.

»Ich mag mich nicht hinlegen«, sagte Lucille und war selbst überrascht, wie kindisch das klang.

Edith und ich sind keine Freunde, dachte sie. Wir vertragen uns und haben Spaß zusammen und verstehen einander, aber wenn sich eine von uns nur ein bißchen gehenließe, würden wir uns die Augen auskratzen wie die Marktweiber.

»Na gut, ich leg' mich hin«, sagte sie. Sie ging rasch zur Tür, in der Hoffnung, durch ihr schnelles Verschwinden mit diesem letzten Wort den Sieg über Edith davonzutragen.

Aber sie war nicht flink genug.

»Das will ich aber auch gemeint haben«, sagte Edith.

Beinahe keuchend erreichte Lucille den unteren Treppenabsatz. Sie wollte, daß Edith hörte, wie jugendlich schwungvoll sie die Treppe hinaufstieg, doch ihre Müdigkeit und der tiefe Teppich verrieten sie, und die Geräusche, die sie machte, waren die leisen, tückischen Geräusche eines Panthers, der auf unsicherem Dschungelboden dahinschleicht.

Sie hatte sich vorgenommen, am großen Spiegel im Flur vorbeizugehen, ohne sich selbst zu betrachten, aber als sie ihn jetzt erreichte, brachte sie es nicht über sich, den Kopf abzuwenden und einen alten Freund zu schneiden.

»Hallo«, sagte sie und zog eine Augenbraue hoch, um sich zu zeigen, wie wunderlich es von ihr war, sich selbst zu begrüßen. »Hallo, Fremdling.«

Sie ging den Flur hinunter und in ihr Zimmer.

Wenn in diesem Haus überhaupt irgend etwas frei von Mildred war, war es dieses Zimmer. Als Mildred noch lebte, war es wegen des schönen Blicks auf den Park das Gästezimmer gewesen. Mildred hatte die Fenster eigenhändig mit unzähligen Metern von erdrückendem Tüll und Rüschen drapiert, so daß die Gäste den Park nur durch einen rosa Nebel sahen.

Lucilles erste Tat war gewesen, die Rüschen abzunehmen und sie durch schlichte, propere Vorhänge zu ersetzen. Vor den Fenstern stand ein Sessel, in dem Lucille oft saß; von hier aus konnte sie die Leute im Park beobachten, im Winter die Skiläufer und die Kleinen mit ihren Schlitten, im Sommer die Parade der Kinderwagen und Picknicker und Radfahrer.

Es gab da einen sehr steilen Hügel, den kaum ein Radfahrer bezwang, und Lucille amüsierte sich königlich, wenn sie den Punkt genau vorausberechnet hatte, an dem das Rad ins Stocken geriet und den Fahrer zwang, abzusteigen und die letzten paar Meter zu schieben.

Überhaupt belustigten sie die Leute, die den Park benutzten. Sie waren so winzig und harmlos und machten es sich immer schwer, indem sie Hügel hinauf- und hinunterstiegen. Aber ihre besondere Liebe galt den Radfahrern, denen, die es nicht bis oben schafften. Mit einiger Grausamkeit ergötzte sie sich an ihrem zähen und vergeblichen Kampf gegen die Steigung, während die Uhr auf ihrem Schreibtisch Minuten und Jahre zertickte.

Draußen hatte es aufgehört zu schneien. Der Park lag da wie eine in Weiß gehüllte, friedlich schlummernde Frau – nur hier und da eine Spur Dunkelheit in den Mulden.

Lucille wandte sich vom Fenster ab. Sie mochte den Park in den Dämmerstunden nicht. Jahre waren nach Mildreds Tod vergangen, ehe man sich wieder getraut hatte, den Park im Dunklen zu betreten. Man munkelte damals von einem Mann, der mit einer Axt in der Hand über die Hügel strich, auch sprach man von Geistern und halbmenschlichen Tieren. Aber bald waren Mildred und der Mann vergessen, furchtlose Kinder und ungeduldige Liebespärchen hatten die Geister vertrieben.

Nur Lucille erinnerte sich noch an den Mann mit der Axt. Sie hatte nie auch nur eine Sekunde an ihn geglaubt, trotzdem schien er in irgendeinem perversen Teil ihres Hirns ständig auf sie zu warten. Wenn sie schlecht beieinander und ruhelos war, kam er aus seinem Versteck, zunächst ganz friedlich, damit sie ihn für einen alten Freund hielt. Sein Gesicht war vertraut, und er lächelte, und sie bemerkte nie die Axt in seiner Hand oder das Blut auf seinen Kleidern, bis es zu spät war. Ganz allmählich verwandelte sich dann sein Gesicht in etwas, das so grotesk und gräßlich war, daß sie – wenn sie wieder ruhiger geworden war – sich seiner nie ausreichend erinnerte, um es in Worten beschreiben zu können.

Plötzlich dachte Lucille an Edith und mußte lachen.

»Edith würde sagen, ich hätte Verdrängungen«, sagte sie laut. »Arme Edith.«

Sie trat vor den Spiegel und begann, sich für Andrew zurechtzumachen.

»Wenn du müde bist«, sagte Martin, »laß mich doch fahren.«

Andrew wandte keinen Blick von der Straße.

»Schotter und Schnee«, sagte er. »Ich glaube, damit komme ich selbst noch am besten zurecht.«

Im Fond erhob sich Pollys Stimme: »Du müßtest inzwischen kapiert haben, Martin, daß Vater überzeugt ist, daß er besser als alle anderen fährt.«

»Mit Recht«, sagte Andrew.

»Wenn du doch nicht immer ...« sagte Polly.

»Wenn du doch nicht immer schwatzen müßtest, mein Kind«, sagte Andrew. »Was meinst du, was das auf Giles für einen Eindruck macht!«

»Giles«, sagte Polly, »schwatze ich zuviel?«

Der junge Mann neben ihr richtete sich ruckartig auf, um ihr zu beweisen, daß er ganz bei der Sache war und zuhörte. Aber er hatte die Frage keineswegs gehört. Ein Zusammentreffen verschiedener Umstände hatte bewirkt, daß er sich in seiner Haut höchst unwohl fühlte, und so war er im Augenblick vollauf mit seinen eigenen Problemen beschäftigt.

Erst mal fühlte er sich in seiner neuen Offiziersuniform noch nicht ganz zu Haus. Er wußte nicht, was er mit seinem Ausgehstöckchen machen sollte, da er zwar das Gefühl hatte, seinen Arm um Pollys Schulter legen zu müssen, andererseits aber fürchtete, er könnte das Stöckchen verlieren oder zerbrechen.

Außerdem war ihm mit Pollys Familie nicht ganz wohl. Wie konnten sie nur so reden, nachdem sie das Unglück und die Opfer gesehen hatten?

Die Sache war ihm nähergegangen als den anderen, weil er Krankheit und Tod nicht gewohnt war und weil es ein bißchen wie Krieg war, und weil er noch sehr viel Schlimmeres sehen würde als das. Der Gedanke allein hielt seinen Magen wie eine eiserne Faust umklammert.

Er setzte sich noch mehr auf. Das Scheinwerferlicht eines entgegenkommenden Wagens strich über sein blasses, ernstes Gesicht, das mit dem kleinen blonden Schnauzer, den er sich kürzlich hatte wachsen lassen, nur noch jünger und hilfloser wirkte.

»Denk nicht mehr daran, Giles«, sagte Polly, als sie seinen gequälten Blick sah.

»An was soll ich nicht mehr denken?« fragte er steif zurück.

»Das alles.«

»Oh.«

Sie drückte seine Hand. »Deine Uniform steht dir so gut.«

»Danke.«

»Es tut mir leid, daß das ausgerechnet heute passieren mußte, Liebling.«

»Das braucht dir nicht leid zu tun«, sagte Giles. »Ich meine, das macht nichts. Ich meine, du kannst ja nichts dafür.«

»Wahr«, sagte Martin trocken.

Eigentlich gefiel ihm Pollys junger Mann recht gut, aber er war nicht in der Stimmung, mit ihm schonend umzugehen. Der Jammer und Zorn, den er selbst angesichts des Unglücks empfunden hatte, war bei Martin wie üblich in Sarkasmus umgeschlagen.

»Martin will nicht, daß man merkt, daß er ein Mensch ist«, sagte Polly, »deshalb wird er jetzt eine Woche lang knurren und die Zähne fletschen.«

»Wie der Köter, der ich bin«, sagte Martin.

»Martin knurrt liebend gern.«

»Und wie steht's mit dir?« fragte Andrew, dem die Straße und seine Kinder und ihr ewiges Gezänk und der junge Leutnant, der für Polly nicht gut genug war, plötzlich auf die Nerven gingen.

»Ich bin nicht so«, sagte Polly. »Ich vertrage mich mit aller Welt.«

»Mangel an Geschmack«, sagte Martin und ließ sich noch ein Stück tiefer in seinen Sitz rutschen. »Dein größter Fehler.«

Mit wachsendem Unbehagen räusperte sich Giles und suchte krampfhaft nach der schicklichen Bemerkung, die er der Situation schuldig zu sein glaubte. Aber ehe ihm etwas einfiel, waren Polly und Martin schon wieder im Gange. Frustriert begann er, mit dem Stöckchen auf seinem Knie herumzutrommeln.

Der Wagen glitt über die tückische Straße, geriet in einer Kurve ins Schleudern und stand plötzlich quer auf dem Fahrdamm.

»Überleg's dir besser nochmals«, sagte Martin. »Auf Schnee und Schotter bin ich ein echter Teufelskerl.«

»Wenn du die Güte hättest, den Mund zu halten, Martin«, sagte Andrew und drehte wütend an seinem Steuer herum.

»Mir ist nur darum zu tun«, sagte Martin, »das Schlimmste zu verhüten. Wenn ich euch nicht gesund und munter an der Haustür abliefere, macht mir Lucille Vorwürfe.«

»Siehst du?« sagte Polly zu Giles. »Jetzt beißt er Vater. Ich würde sagen, wir schieben dem armen Hündchen einen Knochen zwischen die Zähne und führen es dann zu einem Hydranten.«

»Was?« sagte Giles und errötete. »Oh, ah, ja.«

Martin grinste in der Dunkelheit. »Man darf es Polly nicht verübeln, wenn bei ihr ab und zu Bodenständigkeit durchbricht. Der Bogen ihrer Erfahrungen ist so ungeheuer weit gespannt! Erzähl ihm die Geschichte mit Mrs. Palienczski, Polly.«

»Erst, wenn wir verheiratet sind«, sagte Polly ruhig.

Verheiratet, dachte Andrew, und seine Finger verkrampften sich am Steuerrad. Polly würde heiraten und ihr Leben auf die Hoffnung setzen, daß dieser junge Mann sauber und anständig und verantwortungsbewußt und gesund war ...

Ich mag ihn nicht, entschied Andrew.

Nachdem die Worte sich in seinem Kopf einmal zu diesem Satz aneinandergereiht hatten, wurde aus einem bisher nur vagen Gefühl ein endgültiges und unwiderrufliches Urteil. Aus dem »Ich glaube nicht, daß ich ihn mag» war »Ich bin entschlossen, ihn nie zu mögen« geworden.

Andrew trieb keine Selbstbeobachtung oder Selbsterforschung – dafür war er ein ganzes Leben lang zu beschäftigt gewesen –, und so hielt er sein Urteil über Giles für vollkommen objektiv, durchdacht und, natürlich, richtig.

»Es ist gleich Mitternacht«, sagte Martin.

»Gleich Mitternacht«, echote Giles, und er war froh, daß der heutige Tag bald überstanden war und der morgige kaum schlimmer werden konnte.

Während der restlichen Fahrt verstummte er vollends. Dann und wann, wenn sie etwa durch ein erleuchtetes Dorf fuhren, warf er einen verstohlenen Blick auf Pollys dunklen Pelzmantel. Den hatte er an ihr noch nie gesehen, und er sah sehr teuer aus, wie der Wagen und Martins Hut und Andrews Uhr. Zu seinen anderen Nöten gesellte sich die Angst, daß die Morrows reiche Leute seien, daß sie Dienstboten hätten, die ihn einschüchtern würden, daß er nicht wissen würde, welche Gabel er zu benutzen hatte. Auch konnte er auf einem frisch gebohnerten Boden ausrutschen oder einen antiken Sessel beschädigen ...

Was soll's, ich bin Soldat, dachte er. Das ist immer noch mehr, als Martin ist. Ich bin Leutnant und kommandiere einen ganzen Zug.

Er schloß die Augen und wünschte, er wäre wieder da, wo er hingehörte, bei seinem Zug ...

»Giles«, sagte Polly, »Liebling, wach auf. Wir sind da.«

Er war sofort wach und griff instinktiv nach seinem Ausgehstöckchen. Aber er war verwirrt, und als der Wagen mit einem Ruck anhielt, hatte er das Gefühl, daß Andrew auf eine Veranda gefahren war, eine weitläufige Veranda mit gewaltigen weißen Säulen. Er blinzelte und sah aus dem Fenster und sah, daß der Wagen unter einem Säulengang angehalten hatte. Zwischen den Säulen hindurch konnte er die dämmrig ausgebreiteten Hügel des Parks sehen.

»Du kannst den Wagen in die Garage fahren«, sagte Andrew müde und stieg aus.

Martin rutschte auf den Fahrersitz. »Gut. Wenn ihr beide die Güte hättet, euch herauszubequemen.«

»Komm, Giles«, sagte Polly. »Wir steigen hier aus.«

Er starrte immer noch durch das Fenster auf den Park. Ein Park, dachte er, *ihr* Park, ein ganzer verdammter Park mitten in einer Stadt.

»*Komm,* Giles«, sagte Polly. »Die Landschaft kannst du auch morgen noch bestaunen. Ich friere.«

Giles stieg aus. Seine Bewegungen hatten etwas schwungvoll Unbeholfenes, als sei er seine eigene Länge immer noch nicht ganz gewöhnt.

»Gehört euch das?« fragte er. »Das Ganze?«

»Ach was«, schnappte Andrew zurück.

»Wirklich, Giles«, sagte Polly lachend. »Das ist der High Park! Unser Haus steht nur zufällig gleich daneben. Er ist herrlich, wird dir auch gefallen, Giles. Morgen machen wir einen Spaziergang ...«

»Nein, das tut ihr nicht«, sagte Andrew. Er wandte ihnen den Rücken zu und drückte auf den Klingelknopf. Er sprach über die Schulter, und seine Stimme klang dünn und fern. »Ich will nicht ein Tyrann sein, was das betrifft, aber ich muß darauf bestehen, daß ihr nicht in den Park geht.«

»Vater, ich fürchte, du hast dich erkältet!« sagte Polly.

»Ihr dürft nicht in den Park gehen«, wiederholte Andrew. »Er ist kein angenehmer Ort.«

»Sie haben ganz recht, Sir«, sagte Giles steif. »Sie haben ganz recht. Ich mag keine Parks.«

»Ich glaube, Vater ist übermüdet«, sagte Polly. »Martin und ich gehen oft in den Park, vor allem im Winter mit den Skiern.«

»Er ist kein angenehmer Ort«, sagte Andrew und betätigte nochmals den Klingelknopf.

Martin kam die Auffahrt heraufgerannt. Er hatte den Hut abgenommen, und sein dunkles Haar war gefiedert mit Schnee. Er schleuderte den Hut in die Luft, fing ihn wieder auf und stieß dabei einen Jubelschrei aus, der sich wie eine übermütige Herausforderung an das Wetter ausnahm.

Giles sah halb neidisch, halb wehmütig zu. Das würde ich auch gern machen, dachte er. Und ich könnte es auch.

»Martin ist immer hemmungslos«, sagte Polly, »vor allem im ersten Schnee.«

Plötzlich ging im Säulengang das Licht an, und die Haustür öffnete sich.

Giles hatte einen verwirrten Eindruck, daß mehrere Frauen gleichzeitig auf ihn zustürzten und einredeten ... »Wir haben den Wagen gar nicht gehört ...« »Andrew, du hast deinen Schal nicht gebunden ...« »Du hast dich doch hoffentlich nicht erkältet, Andrew?«

Über das Geschnatter erhob sich klar und kalt Pollys Stimme.

»Komm, Giles. Ich mix' dir einen Drink, die müssen bei Vater erst Fieber messen.«

Die Stimmen verstummten, und Giles sah nun, daß es nur zwei Frauen waren. Eine von ihnen war groß und hager und sah mit ihrem kurzgeschnittenen, dunklen Lockenkopf Martin ähnlich. Sie hatte glänzende Vogelaugen und einen breiten beweglichen Mund; woher hat sie nur diese hohe, sirrende Stimme und dieses gezwungene Lachen, dachte Giles. Das mußte Edith sein.

Die andere Frau war größer und machte einen zugleich jüngeren und reiferen Eindruck als Edith. Sie hatte die beherrschte, verhaltene Schönheit, die man zuweilen bei unansehnlichen Frauen antrifft, wenn sie Glück und Erfolg und Sicherheit erreicht haben.

Mit ausgestreckter Hand und schuldbewußtem Lächeln trat sie auf Giles zu.

»Wir sind schrecklich unhöflich gewesen«, sagte sie. »Sie sind natürlich Giles. Ich bin Lucille Morrow.«

Er reichte ihr verlegen die Hand, da er immer noch Handschuhe trug und Polly, ohne sich nach ihm umzusehen, ins Haus gestürmt war.

»Guten Tag«, sagte Giles.

»Und das ist Edith, Pollys Tante. Edith, Liebes, komm, sag Giles guten Tag.«

Edith schoß wie ein Pfeil auf ihn zu; sie trug irgendein Gewand, das im Wind flatterte, und Giles hatte den Eindruck, daß alles an ihr fließend und in ständiger Bewegung war und daß sie nie aufhörte zu eilen, reden, lächeln und organisieren.

»Hallo, Giles«, sagte sie. »Oh, ist die Uniform hübsch, findest du nicht, Lucille? Wir haben uns so gefreut, daß Sie kommen konnten, Giles. Andrew, bitte geh sofort ins Haus, obwohl du deine Lungenentzündung wahrscheinlich längst weghast.«

»Ich wünschte, es wär' so«, sagte Andrew und stampfte ins Haus.

»Wie kann er so etwas nur sagen!« Edith schob ihre Hand unter Giles' Arm. »Polly weiß auch nicht, was sich gehört. Es könnte wahrhaftig nichts schaden, wenn Sie ihr mal ein bißchen Benimm beibrächten. Uns ist das bisher nicht gelungen.«

Giles stellte fest, daß er von fester, geübter Hand in das Haus und durch einen Flur bugsiert wurde. Er kam nicht dazu, sich umzusehen oder auch nur zu besinnen. Edith hielt nie inne, auch nicht, um Atem zu holen oder eine Antwort abzuwarten.

Ihre Hand auf seinem Arm war wie eine Vogelklaue, hilflos und flehend, und trotzdem irgendwie grotesk. Wenn er sich ihr entwände, überlegte er, würde sie sich aus Angst noch fester an ihn klammern, und je mehr er versuchte, sie abzuschütteln, desto tiefer würde sie sich verkrallen.

»Da wären wir«, sagte Edith und stieß ihn gewandt ins Zimmer.

Lucille schenkte den Grog aus. Martin und Polly hatten auf dem Sofa Platz genommen und plauderten; Andrew wärmte sich vor dem Kamin die Hände.

»Alle herhören«, sagte Edith. »Und Polly, das betrifft auch dich, ich werde nämlich eine Ansprache halten.«

»Ich wußte es«, sagte Polly mit Tragik in der Stimme. »Ich wußte es.«

»Woher willst du das gewußt haben, wenn ich es selbst gerade erst beschlossen habe?« sagte Edith. »Außerdem werde ich mich sehr kurz fassen, aber der Anlaß ist wahrhaftig gegeben.«

»Und jedem Anlaß seine Rede«, fügte Martin hinzu. »Am besten eine von Edith. Komm, setz dich hierher, Giles. Wer weiß, ob wir heute noch mal ins Bett kommen.«

»Wenn du mich ständig unterbrichst, nicht«, sagte Edith. »Wie dem auch sei, ich möchte Sie hier bei uns willkommen heißen, Giles. Wir freuen uns, daß Sie gekommen sind, und meinen, daß sie in uns eine glückliche Familie finden werden.«

Sie errötete und bedachte Giles mit einem verlegenen und entschuldigenden Lächeln. »Ich weiß, wie sentimental das klingt, aber ich glaube, es entspricht der Wahrheit – wir sind eine glückliche Familie. Daß wir alle unsere kleinen Fehler haben, versteht sich von selbst. Polly ist die Rücksichtslosigkeit in Person, und Martins Hochstimmung reißt an den Nerven ...«

»Und Edith wird oft rührselig«, sagte Polly.

»Was denn, das stimmt nicht«, sagte Edith. »Und Andrew hat immer irgend etwas verloren und wird dann zornig, ist es nicht so, Andrew?«

»Ich kann mit gutem Grund ärgerlich werden«, sagte Andrew, »aber nie zornig.«

»Was Lucille anbelangt«, sagte Edith und lächelte ihrer Schwägerin zu.

Stille trat ein, und Giles hatte das Gefühl, als sei der Raum erstarrt. Es war kein wirklicher Raum mehr, sondern ein Bild – ein Mann, der sich vor dem Kaminfeuer die Hände rieb, die zwei Frauen, die sich anlächelten und anlächelten, die drei Gestalten auf dem Sofa, ungezwungen und trotzdem nicht natürlich. Glückliche Familie, dachte Giles. Ehrgeizige Komposition eines Sonntagsmalers. Das Lächeln auf den Gesichtern der Frauen war aufgesetzt und falsch, und die drei Figuren auf dem Sofa räkelten sich unelegant wie steife Gelenkpuppen.

»Was Lucille anbelangt«, sagte Edith, »so glaube ich nicht, daß sie irgendwelche Schwächen hat.«

Lucille lachte leise. »Lassen Sie sich nichts vormachen, Giles. Ich bin die Schlimmste von allen.«

Ihre Blicke begegneten sich, und er fühlte sich plötzlich geborgen und verstanden und wohl. Die restlichen Familienmitglieder mit ihren ständigen Witzeleien und Sticheleien blieben ihm ein Rätsel, aber diese stille, schöne Frau wirkte vertraut und sympathisch.

»Wir haben uns doch nicht schon einmal gesehen, oder?« sagte sie.

»Nein«, sagte Giles unsicher.

»Sie haben mich einen Augenblick lang an jemanden erinnert.«

»Da!« triumphierte Edith. »Das ist Lucilles Schwäche. Kaum sieht sie ein Gesicht, schon fühlt sie sich an ein anderes erinnert.«

Lucille sagte: »Für mich ist das Leben eine nicht enden wollende Parade von Gesichtern. Ich versuche immer, sie zueinander zu passen.«

Sie nahm ihr Glas in die Hand und betrachtete die trübe Flüssigkeit. Sie schien lebendig zu werden, zu brodeln und Millionen kleine Gesichter aufzuwerfen, blinzelnde, stirnrunzelnde, schlaue, runzlige, finstere, verbitterte, lächelnde kleine Gesichter, quicklebendig und unglaublich wissend. Sie konnte die Augen nicht zumachen und sie auslöschen. Sie wußte, daß die Gesichter hinter ihren Augenlidern erneut auftauchen würden und daß sie durch diese feine geräuschlose Hölle allein schreiten mußte.

Als Giles ihr gute Nacht sagte, hielt sie immer noch das Glas in der Hand, und in ihren Augen stand die bestürzte Melancholie eines Kindes, das versucht, die Welt zu verstehen.

»Gute Nacht, Mrs. Morrow«, sagte er.

Sie hob den Kopf, und in ihrem kurzen, nervösen Lächeln sah Giles eine Menge Fragen flackern: Du? Wo paßt du rein? Hast du einen Platz? Hab' ich einen?

»Gute Nacht, Giles«, sagte sie mit gefaßter Stimme. Sie warf einen Blick zu ihrem Mann hinüber. »Kommst du, Andrew? Es ist sehr spät.«

Sehr spät, zu spät, später, als du denkst ... Ich darf mich von meinen Nerven nicht so tyrannisieren lassen, sonst träume ich wieder von Mildred.

3

Am späten Nachmittag des 6. Dezember verschwand Lucille Morrow.

Im Haus war es den ganzen Tag still gewesen. Martin und Andrew arbeiteten, Edith war mit Polly und Giles auf einen Einkaufsbummel gegangen.

In der Küche waren die beiden jungen Hausmädchen, Annie und Della, beim Silberputzen. Es klingelte an der Haustür, Annie nahm eine frische Schürze und band sie sich um, während sie den Flur entlanglief.

Sobald sie die Haustür öffnete, bereute sie diesen unnötigen Energieaufwand. Was da stand, war kein richtiger Besucher, sondern ein kleiner, dunkler, unansehnlicher Mann in einem abgetragenen Trenchcoat.

»Mrs. Morrow?« fragte er heiser.

Annie, die Lucille bewunderte, war ob des Irrtums zugleich geschmeichelt und erbost.

»Mrs. Morrow ruht«, sagte sie mit einer Stimme, die der von Lucille sehr ähnlich klang. »Sie darf nicht gestört werden.«

Der kleine Mann blinzelte und verlagerte sein Gewicht von einem Bein aufs andere. »Ich habe etwas für sie. Ich muß es ihr geben. Gehen Sie sie holen.« Er schlug den Mantelkragen hoch und schob seine Hände langsam und geduldig in die Manteltaschen. »Soll persönlich überreicht werden.«

»Geben Sie's mir«, sagte Annie. »Überhaupt, ich möchte wissen, wieso Sie nicht an die Küchentür kommen können.«

»Höchstpersönlich«, sagte der Mann, aber seine Stimme klang nicht sehr überzeugend. Er schien an der Angelegenheit jegliches Interesse verloren zu haben und sah Annie nicht einmal mehr an. »Zum Teufel damit. Ob ich's ihr gebe oder Sie, kommt aufs gleiche raus. Da.«

Er zog eine Hand aus der Tasche und drückte Annie ein Päckchen in die Hand. Dann drehte er sich ruckartig um und entfernte sich, den Kopf gegen den Wind gesenkt.

Annie schloß die Tür und besah sich das Päckchen. Es war eine kleine, in schlichtes weißes Papier eingeschlagene rechteckige Schachtel. Parfüm, dachte Annie und schüttelte sie, um zu hören, ob es gluckere. Aber das Päckchen blieb unverbindlich, ohne zu glucksen oder zu klappern.

Annie eilte die Treppe hoch und klopfte an Lucilles Tür.

»Herein«, sagte Lucille. »Ja, Annie?«

»Ein Päckchen«, sagte Annie. »Von einem komischen kleinen Kerl abgegeben worden.«

»Mann«, verbesserte Lucille.

»Also von einem komischen kleinen Mann«, sagte Annie. »Finden Sie nicht, daß meine Grammatik langsam echt toll wird, Mrs. Morrow? Della meinte heute, daß ich fast schon genauso klinge wie Sie.«

»Ja«, sagte Lucille. »Sie sind ein sehr kluges Mädchen.«

»Oh, klug wäre zuviel gesagt«, meinte Annie bescheiden. »Ich sag' mir, hier hast du eine Gelegenheit, dir ein bißchen Schliff anzueignen, die findet man nicht alle Tage.«

»Danke, Annie, Sie können gehen.«

»Ich sag' mir, Gelegenheiten wachsen schließlich nicht

auf Bäumen. In der Rüstungsindustrie könnte ich mehr verdienen, wie ich Della immer sage – aber was lernt man da schon.«

Lucille wartete geduldig und schweigend, und nach einer Weile drang das Schweigen in Annies Bewußtsein; sie wandte sich um, mit einem kleinen Seufzer, und ging aus dem Zimmer.

Kaum war sie wieder in der Küche, da hörte sie den Schrei. Er fuhr wie ein Windstoß durchs Haus, dann war es wieder still.

»Himmel«, sagte Della. »Was war das?«

Die zwei Mädchen sahen sich fragend an.

»Das wird sie gewesen sein«, sagte Annie. »Ich habe sie noch nie schreien hören. Vielleicht hat sie sich den Fuß verstaucht. Ich glaube, am besten gehe ich mal nachschauen.«

Aber als Annie nach oben ging, war Lucilles Tür zugesperrt.

»Mrs. Morrow«, rief Annie. »Mrs. Morrow. Haben Sie sich verletzt?«

Keine Antwort, doch glaubte Annie auf der anderen Seite der Tür jemanden atmen zu hören.

»He«, sagte Annie. »Mrs. Morrow!«

»Gehen Sie«, zischte Lucille hinter der Tür. »Gehen Sie. Stören Sie mich nicht.«

»Della und ich, wir dachten uns nur, Sie hätten sich vielleicht den Fuß verstaucht oder ...«

»Gehen Sie!« schrie Lucille.

Annie trat verdattert den Rückzug an.

»Nein, so was hab' ich gern«, erklärte sie Della in der Küche. »Hast du das gehört? Sie hat mich angeschrien!«

»Und dabei ist sie sonst so still«, sagte Della. »Aber

schließlich ist sie ja jetzt in dem Alter. Dann gehen sie manchmal in die Luft, einfach so.« Della schnippte mit den Fingern.

»Wer?« sagte Annie.

»Frauen«, sagte Della geheimnisvoll. »In dem Alter. Hysterische Anfälle wegen nichts und wieder nichts. Vielleicht hat ihr der Inhalt des Päckchens nicht gefallen. Stell dir vor, das waren Juwelen, Smaragde, stell dir vor, die haben ihr nicht gefallen. Und jetzt stell dir vor, sie geht hin und schenkt sie uns.«

»Uns?« hauchte Annie. »Jesus Maria.«

»Stell dir vor, ein Geschmeide.«

Das Silber war vergessen. Die Smaragde waren verkauft bis auf zwei. (»Wir müssen jeder einen behalten«, sagte Della.) Aus dem Geld wurden Rüstungsaktien (»Das ist das einzig Wahre«, sagte Annie), geblümte Chiffonkleider und Nerzmäntel. (»Ein und dasselbe Modell für uns beide«, sagte Della. »Wär' das nicht süß?« »Nur, daß du fetter bist als ich«, sagte Annie.)

Die Beratungen über ein rotes Kabriolett wurden vom Telefon unterbrochen.

»Rot«, sagte Annie, »ist vulgär«, und nahm den Hörer auf.

»Ja, Dr. Morrow. Ja, ich werde sie rufen, Dr. Morrow.«

Sie drehte sich um und zischelte Della zu: »Er. Für sie. Geh du ihr Bescheid sagen.«

»Werd' ich nicht tun«, sagte Della. »Mich erst vulgär nennen und dann herumkommandieren.«

Sie drehte ihr bockig den Rücken zu, und da Annie sah, daß sie Della wirklich fest kneifen mußte, um sie in Bewegung zu versetzen, beschloß sie, selbst zu gehen.

Als sie vor Lucilles Zimmer ankam, war die Tür offen und Lucille verschwunden. Annie rief mehrere Male Lucilles Namen und begann dann in ihrer Verzweiflung, Lucilles Zimmer, das angrenzende Bad und den nächsten Raum, Andrews Schlafzimmer, zu durchsuchen.

Della wurde heraufgepfiffen, und die beiden Mädchen durchstöberten das gesamte obere Stockwerk. Um die entnervende Stille zu durchbrechen, riefen sie in regelmäßigen Abständen: »Mrs. Moorow!«, und mit jedem Ruf wurden ihre Stimmen höher und schriller.

Hand in Hand kamen sie wieder herunter und machten überall Licht. In seinem vollen Lichterglanz schien das Haus nicht mehr so still, und Annie schritt geradezu todesmutig ins Wohnzimmer voraus.

»Warte«, sagte Della. »Ich meine, ich hätte da etwas gehört. Ich meine, ich hätte – Schritte gehört.«

»Unsinn, das bildest du dir doch nur ein«, sagte Annie schaudernd.

»Oh, wie ich so was hasse«, stöhnte Della. »Sie hat sich umgebracht. Gar nicht so selten in ihrem Alter. Oh, ich wünschte, die würden sich mal ein bißchen beeilen und nach Haus kommen.«

»Sie hat sich nicht umgebracht, dann hätten wir ja die Leiche gefunden.«

Nachdem die Vorstellung des Todes sich in ihre Phantasie einmal eingeschlichen hatte, fürchteten sie sich so sehr, daß sie nicht einmal mehr zu sprechen wagten. Schweigend schritten sie durch sämtliche Räume des Erdgeschosses.

Es gab keine Spur von Lucille Morrow oder dem Päckchen, das sie erhalten hatte.

Die Mädchen kehrten in die Küche zurück, und die vertrautere Umgebung löste ihnen die Zunge.

»Vielleicht waren es tatsächlich Smaragde«, sagte Della. »Und statt sie uns zu schenken, ist sie rausgegangen, um sie fortzuwerfen, oder vielleicht auch nur, um sie neu fassen zu lassen.«

»Wie soll sie denn rausgekommen sein?« sagte Annie. »Wir haben doch die ganze Zeit hier gesessen. Und gib zu – ist je einer ohne mein Wissen herein- oder rausgekommen?«

»Wir könnten noch einmal hinaufgehen und schauen, ob vielleicht einer ihrer Mäntel fehlt.«

»Ich mag nicht.«

»Ich sag' ja auch nur, wir könnten!«

Annies Neugier kitzelte. Kurz darauf waren die beiden Mädchen wieder unterwegs nach oben.

Im Wandschrank hingen Lucilles Kleider, bereit, jemanden zu bedecken, und im Schuhschrank standen ihre Schuhe, bereit, von jemandem getragen zu werden.

»Wie wenn man sich die Sachen einer Toten ansieht«, flüsterte Della. »Weißt du, wenn jemand gestorben ist und man nachher ihre Kleider sortiert, und da liegen sie alle bereit, nur ist keiner mehr da, um sie zu tragen.«

»Ach, hör doch auf«, sagte Annie, die aufmerksam die Mäntel studierte.

»Ich hab' so'n komisches Gefühl, Annie.«

»Ach, du mit deinen Gefühlen. Würde dir recht geschehen, wenn sie jetzt gleich hier reinkäme und uns rausschmeißen würde, weil wir in ihren Sachen rumkramen.«

Voller Angst vor dieser Möglichkeit und dennoch fühlend, daß sie ihrer gegenwärtigen Lage vorzuziehen wäre, warfen sie sehnsüchtige furchtsame Blicke in Richtung Tür.

Aber Lucille trat nicht durch die Tür, und keines der beiden Mädchen sollte sie je wiedersehen.

Sie gingen wieder in die Küche, und Della sah plötzlich, daß der Hörer immer noch neben dem Apparat lag. Statt Annie von dieser Tatsache schlicht Mitteilung zu machen, ließ Della ihrem Charakter getreu die Kinnlade herunterklappen, fuhr sich mit einer Hand vor den Mund und wies mit der anderen auf das Telefon.

Annie, die ihm den Rücken zugewandt hatte, schrie auf und fuhr herum, um dem unbekannten Unheil, welches Dellas offener Mund und bebender Finger anzeigten, zu begegnen.

Als da nur das Telefon stand, flüsterte sie erleichtert: »Ich dachte – ich dachte, du hättest etwas – etwas gesehen!«

»Er«, sagte Della. »Du hast ihn vergessen.«

»Jesus Maria!«

»Am besten rufst du ihn gleich zurück.«

»Jesus Maria, der wird böse sein.«

Aber Annie kam seinem Zorn zuvor. Sie erklärte ihm sofort und geradeheraus, daß seine Frau verschwunden war.

»Sind Sie übergeschnappt, Annie?« fragte Andrew.

»Einfach verschwunden, Dr. Morrow, ehrlich.«

»Annie, wenn Sie bitte ...«

»Oh, ich weiß, wie das klingt, Dr. Morrow, das brauchen Sie mir nicht zu sagen. Della und ich *sterben* vor Angst. Wir haben in alle Zimmer gesehen außer in unsere, und ich sage Ihnen, keine Spur von ihr.«

»Wo ist meine Schwester?« fragte Andrew. »Ich will mit ihr sprechen.«

»Sie ist noch nicht zurück.«

»Dann seid ihr beiden Taugenichtse allein da?«

»Della und ich«, sagte Annie verschnupft, »wir sind

vielleicht nicht gebildet, aber wir haben Augen im Kopf, und Mrs. Morrow ist einfach verschwunden. Kurz nachdem der Mann dieses Päckchen gebracht hatte, hörten wir einen Schrei, ich bin gleich rauf, aber sie sagte, ich solle verschwinden. Und das war das letzte, was ich auf dieser Erde von ihr gehört hab'.«

»Ich komme sofort«, sagte Andrew. »Daß ihr mir bis dahin nicht durchdreht! Wahrscheinlich ist Mrs. Morrow nur spazierengegangen.«

»Ohne *Mantel*?« sagte Annie und ließ die kurze Pause für sich wirken.

»Was sagen Sie da von wegen Mantel?«

»Ihre Mäntel hängen vollzählig im Schrank. Della und ich haben nachgeschaut, und sie sind alle da.«

»Hören Sie, Annie«, sagte Andrew mit ruhiger Stimme, »verlieren Sie nicht den Kopf. Sie kennen Mrs. Morrow inzwischen ganz gut. Hat sie je etwas Unvernünftiges oder Unüberlegtes getan?«

»N-nein, Sir.«

»Dann halten Sie die Festung, bis ich da bin.«

»Vielleicht war sie es gar nicht, die etwas getan hat, sondern jemand anderes, der *ihr* etwas getan hat.«

Aber Andrew hatte schon eingehängt. Annie folgte nachdenklich seinem Beispiel und wandte sich einer sichtlich überforderten Della zu.

»Aber hier ist doch niemand«, sagte Della.

»Vielleicht nicht.«

»Ach, du willst mir nur wieder angst machen! Was hat er gesagt?«

»Er kommt.«

»Sofort?«

»Hat er wenigstens gesagt. Der glaubt uns nicht. Er

sagt, sie ist spazierengegangen. Nun sag mal ehrlich – spazierengehen, bei dem Wetter, mit nichts als einem Kleid an! Und außerdem, ist sie je spazierengegangen?«

»Nicht, daß ich wüßte«, stimmte Della zu. »Aber in ihrem Alter weiß man nie.«

»›In ihrem Alter!‹ Das kann ich nicht mehr hören.«

Sie schwiegen eine Weile. Dann sagte Della wehmütig: »Wir könnten das mit den Smaragden weiter beratschlagen. Sollen wir?«

»Aber ja.«

»Wir würden jeder einen behalten. Was meinst du, wie viele es überhaupt waren?«

»Fünfzig«, sagte Annie teilnahmslos.

»Fünfzig, stell dir vor! Die wären eine ganze Million wert. Was würdest du als allererstes davon kaufen, Annie?«

»Ein Kleid, wahrscheinlich.«

»Ich würde mir einen Morgenrock aus schwarzem Satin kaufen.«

Das Spiel wurde fortgeführt, aber die Smaragde hatten sich in grünes Glas verwandelt.

Kurz vor sechs traf Andrew mit Martin ein. Die beiden Mädchen marschierten Hand in Hand im Flur auf.

»Na?« sagte Andrew, und seine Stimme klang eine Spur gereizt. »Ist Mrs. Morrow inzwischen zurück?«

Annie schüttelte den Kopf. »Nein, Sir.«

»Sie sagten am Telefon, Sie hätten das ganze Haus durchsucht bis auf Ihre eigenen Zimmer?«

»Da haben wir nicht hineingesehen, weil, was soll sie schon da oben machen? Meinen Sie, wir sollten doch einmal nachsehen?«

»Lassen Sie nur«, sagte Andrew und sah sich nach Martin um. »Spring doch mal eben in den dritten Stock rauf, nur sicherheitshalber.«

»Gut.« Martin warf Mantel und Hut auf den Flurtisch und lief die Treppe hoch, zwei Stufen auf einmal.

Andrew zog seinen Mantel gelassen aus. »Warum brennt hier überall Licht?«

»Della und ich, wir fühlten uns besser bei Licht«, sagte Annie. »Della hat schwache Nerven.«

»Nicht nur ich«, meinte Della.

»Machen Sie ein paar Lampen aus«, sagte Andrew.

Daß er sich nicht aufregen ließ, beruhigte die Mädchen. Dellas Verstand funktionierte wieder, sie ging in die Küche, um das Abendessen zu richten, und überließ Annie die Aufgabe, das mit dem Mann und dem Päckchen zu erzählen.

Annie wußte nicht mehr, ob der Mann groß oder klein, dunkel oder blond, jung oder alt war. Sie wußte nur, daß er unheimlich ausgesehen hatte.

»Mit unheimlich meinen Sie wahrscheinlich heruntergekommen?« sagte Andrew trocken. »Fahren Sie fort.«

»Ich konnte ihn in dem schwachen Licht kaum sehen, außerdem hätte er ja auch vor die Küchentür gehört.«

Andrew hörte geduldig zu, als sie den kurzen Wortwechsel und das Päckchen beschrieb. Aber es fiel Annie auf, daß er mit einem Auge ständig nach der Treppe schielte und auf Martins Rückkehr wartete.

Endlich erschien Martin und schaute halb amüsiert, halb verzweifelt drein.

»So verrückt es klingt«, sagte er, »sie ist verschwunden.«

Sein Vater bedeutete ihm mit einem Blick zu schweigen und wandte sich wieder Annie zu. »Gut, Annie, Sie können gehen. Wir müssen eben warten, bis Mrs. Morrow zurückkommt.«

»Was ich nicht begreife«, sagte Annie, »sind die Mäntel.«

»Was für Mäntel?« fragte Martin.

»Sie können gehen, Annie«, wiederholte Andrew streng.

Annie ging und bemerkte zu Della, daß bis zum heutigen Tag weder Doktor Morrow noch Mrs. Morrow jemals grob zu ihr gewesen wären.

Andrew und Martin, die in der Diele allein zurückgeblieben waren, sahen sich unbehaglich an.

»Hirnverbrannt, was?« sagte Martin. »Da geht eine erwachsene und vernünftige Frau aus dem Haus, und schon denken alle, sonst etwas sei passiert.«

»Wenn sie gegangen ist, ist sie ohne Mantel gegangen. Annie sagt, ihre Mäntel hingen alle noch da. Komm hier herein. Ich will nicht, daß die beiden alles mitbekommen.«

Sie gingen in Andrews Höhle und machten die Tür zu.

»Vielleicht ist sie nur zu irgendwelchen Nachbarn gegangen«, sagte Martin und mied den Blick seines Vaters.

»Sie kennt unsere Nachbarn nicht. Lucille ist nicht so.«

»Wie weißt du das? Vielleicht macht sie Besuche, von denen sie dir nichts sagt?«

Andrew blinzelte. »Was willst du damit sagen?«

»Nichts. Nur, daß man seine Nächsten nie ganz kennt.«

»Das ist wahr. Aber nach fünfzehn Jahren hat man doch ein ziemlich genaues Bild, man kann ihre Reaktionen voraussehen.« Er langte nach der Karaffe auf seinem Schreibtisch. »Ein Drink?«

»Danke«, sagte Martin.

»Das ist praktisch das erstemal, daß ich nach Haus komme, ohne daß Lucille mich begrüßt. Aber das ist für dich wahrscheinlich langweilig, Martin.«

»Ziemlich langweilig«, sagte Martin, aber das Stichwort »Langeweile« und was dahintersteckte – Einfallslosigkeit, Einengung – wirkte auf ihn wie eine Herausforderung – er fühlte sich plötzlich unglaublich lebendig und vital. Er hatte Lust, aufzuspringen, sich zu recken, zu springen, zu laufen, Lärm zu machen. Er fühlte, wie seine Muskeln sich spannten, und mußte sich zwingen, seine Füße beieinander zu halten.

Andrew bemerkte die Spannung, irrte sich aber bezüglich der Ursache.

»Was hast du gemeint mit ›Lucille macht vielleicht Besuche, von denen sie dir nichts sagt‹?«

»Mein Gott, ich wollte sie nicht verleumden. Ich meine nur, sie hat dir schon allein aus Angst, dich zu langweilen, bestimmt nicht alles erzählt, was sie so treibt. Sie ist überhaupt ein stiller Mensch.«

»Ja. Annie sagt, sie hätte geschrien.«

»Geschrien?« fragte Martin. »Lucille? Weshalb?«

»Das wollte sie Annie nicht sagen.« Andrew stützte den Kopf in die Hände. So grau und müde hatte Martin ihn noch nie gesehen.

Wie alt er ist, dachte Martin, wie alt und gesetzt. Er hatte für Alter und Unbeweglichkeit nicht das geringste Verständnis und begann voller Ungeduld, die diversen Gegenstände auf Andrews Schreibtisch hin und her zu schieben. Er leerte einen Füllfederhalter, pumpte ihn wieder voll, ordnete ein paar Bücher, kritzelte seinen Namen auf ein Stück Löschpapier und faltete aus einem Blatt vom Notizblock einen Fächer.

»Frau eines Arztes zu sein«, sagte Andrew, »ist kein leichtes Geschäft. Und seine zweite Frau zu sein, macht die Sache nicht einfacher. Trotzdem hat Lucille nie geklagt. Was starrst du da so an?«

»Nichts«, sagte Martin. »Ein Blatt Papier. Irgend jemand hat mit einer Zigarette Löcher hineingebrannt.«

»Leg's schon hin und fummle nicht überall herum. Du bist genauso zappelig wie Edith.«

»Seltsam.«

»Was?«

»Diese Gesichter. Sie sehen alle meiner Mutter ähnlich. Jemand hat ihnen die Augen ausgebrannt.«

»Was? Zeig her!« Andrew nahm das Papier und warf einen kurzen Blick auf die Gesichter. »Unsinn. Keine Spur von Ähnlichkeit mit deiner Mutter.«

»Ich finde doch.«

»Weitere Unterstellungen, Martin?«

»Durchaus nicht«, sagte Martin höflich und stieß das Blatt fort, als langweile es ihn plötzlich.

»Du glaubst«, sagte Andrew, »Lucille hätte Bilder von Mildred gezeichnet, um sie dann zu verstümmeln?«

»Ach, ist das wichtig?«

»Es *ist* wichtig, für mich. Wenn du willst, werde ich Lucille fragen, wenn sie zurückkommt!«

»Nein. Gott, nein!«

»Ich bestehe darauf«, sagte Andrew.

Martin schlug mit der Faust auf den Schreibtisch. Fast alle Auseinandersetzungen mit seinem Vater endeten für ihn mit einer Art hilfloser Wut gegen Andrews Naivität. Die fünfundzwanzig Jahre, die er nun schon als Arzt praktizierte, schienen sein blindes Vertrauen in die Menschen nicht einmal angekratzt zu haben. Martin, der an niemanden glaubte außer an sich selbst und abgesehen von der Überzeugung, er sei Gott, keinerlei religiöse Gefühle hegte, empfand für seinen Vater wechselweise Respekt und Verachtung.

Die beiden Männer beobachteten einander über die Breite des Schreibtisches hinweg. Lucilles Rückkehr war jetzt für die beiden ein Streitpunkt, und ihre Gesichter hatten einen harrenden Ausdruck angenommen.

Um halb sieben kam Edith. Sie hatte Polly und Giles beim Essen im Oak Room gelassen und war in der Überzeugung, daß ohne sie zu Haus alles schiefgehen müsse, zurückgebraust.

Daß tatsächlich alles bereits schiefgegangen war, wurde ihr gleich an der Haustür von Annie in dramatischem Stil erläutert. Nachdem der erste Schreck überwunden war, stürzte sie sich kopfüber in das Mysterium und versetzte mit ihrem Spritzen und Schäumen das ganze Haus in Aufruhr.

Edith war es, die entdeckte, daß Lucilles schwarze Wildledertasche und das Haushaltsgeld für den restlichen Monat verschwunden waren. Della und Annie bestritten auf das energischste, das Schubfach, in dem Lucille ihre Handtaschen aufbewahrte, auch nur angerührt zu haben. Edith glaubte ihnen.

»Dann«, sagte sie zu Andrew, »muß Lucille sie selbst genommen haben.«

»Warum sollte sie?«

»Keine Ahnung. Vielleicht hatte sie eine Besorgung zu machen, das wäre die einfachste Erklärung.«

»Ohne Mantel?«

»Unsinn«, sagte Edith. »Ich behaupte nicht, zu wissen, weshalb sie fortgegangen ist, aber bei dem Wetter käme doch kein Mensch auf die Idee, ohne Mantel zu gehen. Vielleicht hat sie einen von den meinen genommen.«

Es stellte sich jedoch heraus, daß Ediths Mäntel vollzählig im Schrank hingen.

Della war es, die Ediths Theorie über das Verhalten einer vernünftigen Frau bestätigte. Sie war auf ihr Zimmer gegangen, um ihr Dienstkleid zu wechseln. Als sie das alte, mit Tränenflecken verschmierte – Edith hatte sie eine Idiotin genannt – in den Schrank stopfen wollte, sah sie, daß jemand ihre Sachen durcheinandergebracht hatte.

Kurz darauf kam sie heulend die Treppe herunter.

»Mein Geld«, kreischte sie Edith an, »mein Mantel und mein Geld! Sie hat's gestohlen! Sie ist ein Dieb, ein ganz gemeiner Dieb!«

Zwanzig Dollar und ein doppelseitig tragbarer Regenmantel waren aus Dellas Schrank verschwunden. Der Mantel, beige Gabardine auf der einen Seite und roter Plaidstoff auf der anderen, war praktisch neu, und selbst ein Fünfzig-Dollar-Scheck vermochte Dellas gebrochenes Herz nicht zu heilen.

Obwohl nun geklärt schien, in welchem Aufzug Lucille sich davongemacht hatte, machte die Tatsache, daß sie Dellas Mantel genommen hatte, ihr Verschwinden für Edith nur noch rätselhafter.

»Warum Dellas Mantel?« sagte sie. »Warum hat sie nicht einen von ihren eigenen genommen? Als hätte sie – als hätte sie fliehen und nicht erkannt werden wollen.«

»Nein«, sagte Andrew. »Nein, das glaube ich nicht.«

»Und das Geld . . . ? Ja, Andrew, sie ist auf und davon.«

»Die Mädchen schwören, nichts gehört zu haben. Sie sind hinaufgegangen und haben nach ihr gesehen.«

»Und in dem Moment ist sie hinausgeschlüpft«, sagte

Edith. »Sie ist hinaufgerannt und hat sich in Dellas Zimmer versteckt, während die Mädchen das ihre durchsuchten. Als sie dann später im Wohnzimmer nachgesehen haben, ist sie mit Mantel, Handtasche und Geld heruntergekommen ...«

Sie fuhr sich mit der Hand vor die Augen, um das Bild auszulöschen. Es war so lebendig, dieses Bild, und es war so ungeheuer einfach, Lucilles friedliches Lächeln in ein verschlagenes Grinsen zu verzerren, in die ruhigen Augen Schläue und in die langsamen, sicheren Bewegungen ihres Körpers Verstohlenheit zu legen, vielleicht sieht jemand mich so, dachte Edith. Wir alle leben unter einem Schleier von Vertrauen. Ich muß versuchen, sie zu sehen, wie sie war.

Aber der Schleier war bereits zerrissen, und das verschlagene Grinsen und die Verstohlenheit wurden immer deutlicher. Ahnungen wuchsen in Ediths Kopf wie kleine zweite Augen.

»Und dann«, sagte Edith, »ist sie einfach durch die Küchentür hinausgeschlüpft, während die Mädchen im Wohnzimmer suchten.«

»Einfach«, sagte Andrew mit einem spitzen, freudlosen Lachen. »Einfach!«

Edith errötete. »Es tut mir wahnsinnig leid, Andrew.«

»Leid! Schon wieder eine von deinen umwerfenden Untertreibungen, Teuerste. Wenn das deine Meinung ist, hat es dir nicht leid zu tun. Wenn du meine Frau für eine Diebin oder Schlimmeres hältst, kannst du schließlich nichts dafür. Genausowenig, wie Martin etwas dafür kann.«

»Ich habe nichts gesagt«, sagte Martin. »Noch nicht.«

»Halt du den Mund, Martin«, sagte Edith. Sie ging zu

Andrew hinüber und legte ihm eine Hand auf die Schulter. »Andrew, es tut mir leid, ich weiß nicht, was ich denken soll.«

Er lächelte sie schief an. »Warum denkst du dann überhaupt? Wenn Lucille fortgegangen ist, wird sie einen Grund gehabt haben. Sie wird schon wiederkommen.«

Edith und Martin tauschten über seinen Kopf hinweg Blicke aus.

»Und wenn sie einen Grund hatte«, fuhr Andrew fort, »dann hatte sie auch das Recht, zu gehen. Man muß den Menschen eine gewisse Bewegungsfreiheit zugestehen. Sie dürfen nicht das Gefühl haben, angebunden zu sein und zu der und der Zeit da und da sein zu müssen. Jeder braucht einmal eine Atempause, in der er tun und lassen kann, was er will.«

»Das«, sagte Edith kalt, »klingt mir wie eine Moralpredigt an meine Adresse.«

»Die vielleicht einmal fällig war, Edith. Du bist nun mal ein Sklaventreiber. Du kannst nichts dafür, ich weiß, wie ich nichts dafür kann, wenn ich mich treiben lasse, um des lieben Friedens willen.«

»Was hat das alles mit Lucille zu tun?«

»Nichts«, sagte Andrew. »Ganz und gar nichts. Ich hab' nur so dahergeredet.«

»Diese Redseligkeit kennt man gar nicht an dir!«

»Ich überlege nur die ganze Zeit«, sagte er mit einer vagen Handbewegung, »ich überlege nur die ganze Zeit – angenommen, sie saß in ihrem Zimmer und hatte plötzlich das Gefühl, in einem Gefängnis zu sitzen, fliehen zu müssen, weil selbst die Wände sie zu erdrücken drohten. Wenn ich solche Koller bekomme, fliehe ich in meine Praxis, ich laufe wie ein Hase zurück zu meinen schwangeren Frauen, zu meinen neurotischen jungen Mädchen, meinen Damen mit Abszessen und Kummer und Kopfschmerzen und Rückenschmerzen und Verstopfung ...«

»Wirklich, Andrew!« sagte Edith stirnrunzelnd.

»Frauen«, sagte Andrew. »Ich weiß nicht, wieviel Frauen es auf der Welt gibt, aber ich glaube, die Hälfte davon habe ich gesehen, und sie sind allesamt verstopft.«

»Vater trank zwei Gläser, bevor du kamst«, sagte Martin.

»Du weißt doch, daß du nichts verträgst«, sagte Edith verärgert. »Das Zeug steigt dir zu Kopf.«

»Bitte, geh jetzt, Edith. Geh jetzt weg und setz dich irgendwohin.«

Aber Edith weigerte sich. Sich hinzusetzen oder Ruhe zu geben, war für sie ein Ding der Unmöglichkeit. Sie wanderte ruhelos durch das Zimmer, ging noch einmal alle Fakten durch und landete schließlich wieder bei der unbeantwortbaren Frage: »Warum?«

»Warum?« echote Martin. »Vielleicht hat Vater recht. Sie kam sich plötzlich eingesperrt vor, und weg war sie.«

Edith schüttelte den Kopf. »Nein, das ist höchst unglaubwürdig. Du weißt, daß Lucille eine sehr vernünftige Person ist. Wenn ihr so zumute gewesen wäre, hätte sie ganz schlicht einen langen Spaziergang gemacht.«

»Man ist nicht immer imstande, vernünftig zu bleiben«, sagte Andrew mit merkwürdig klingender Stimme. »Es gibt Mächte – Mächte im Kopf drin ...« Er beugte sich vor und fixierte sie. »Sieh mal, Edith, unser Kopf ist doch wie ein Dschungel, ein dunkler dichter Dschungel mit Millionen kleinen Pfaden, zu denen das Licht nie dringt. Man ahnt nichts von diesen Pfaden, bis auf einem von ihnen plötzlich etwas auftaucht. Und dann, Edith, versucht man, dieses Etwas zurückzuverfolgen, man verfolgt die Spuren und Fährten, man geht weit, sehr weit, und stellt am Ende doch wieder fest, daß der Pfad zu verschlungen ist, zu lichtlos, lautlos, zeitlos ...«

Edith lauschte mit offenem Mund und begann ganz plötzlich zu schluchzen. Sie schluchzte, nicht Andrews oder Lucilles wegen, sondern aus purer Verzweiflung, weil zwei Menschen, an die sie geglaubt hatte, sie verrieten, indem sie sich selbst verrieten. Sie sah Andrew als einen lieben kleinen Jungen, dem ganz plötzlich und vollkommen unpassend ein langer grauer Bart wächst.

Sie wischte sich mit dem Handrücken die Tränen aus dem Gesicht, da ihr auf ärgerliche Weise bewußt wurde, daß sie von Martin mißbilligend und von Andrew mit einer Art unbeteiligtem Interesse beobachtet wurde.

Sie wandte ihr Gesicht ab und sagte steif: »Du willst also sagen, daß Lucille den Verstand verloren hat?«

»Nein«, sagte Andrew, und seine Stimme klang wieder milde und ein wenig müde. »Nein, ich glaube, sie ...«

»Es wäre weit klüger, sich nach dem Mann umzusehen, der das Päckchen gebracht hat. Der Dschungel in meinem Kopf mag wer weiß wie dicht sein, Andrew, deshalb kann ich trotzdem noch logisch denken. Was immer Lucille veranlaßt hat zu gehen – der Mann mit dem Päckchen hat irgend etwas damit zu tun. Das ist das einzig Ungewöhnliche, das ihr widerfahren ist.«

»Nein«, sagte Andrew, »da gibt es noch etwas. Giles Frome.«

»Was um Himmels willen soll Giles damit zu tun haben?«

»Womöglich nichts. Ich bin nur logisch, genau wie du.«

»Mein Gott«, sagte Martin. »Ich komm' ja gar nicht

mehr zu Wort. Aber was den Mann mit dem Päckchen anbelangt, bin ich Ediths Meinung. Es fragt sich nur – wie ihn finden?«

»Wofür ist die Polizei da?« sagte Edith.

»Die Polizei«, sagte Martin trocken, »ist da, um Leute zu finden.«

4

»Meine Frau«, sagte Andrew, »ist verschwunden.«

»Ah«, machte Inspektor Bascombe und faltete seine großen, breiten Hände auf dem Schreibtisch, hinter dem er saß. Er war ein massiver, säuerlich aussehender Mann mit verbitterten kleinen Augen, die ständig Gift zu verspritzen schienen.

Er dachte: Ihre Frau ist also verschwunden. Ihre und die von tausend anderen Männern. Einschließlich meiner. Mit einem Elektriker aus Hull.

»Die näheren Umstände bitte«, sagte er.

»Die sind ein wenig eigenartig.«

Aber ja, natürlich sind sie das, dachte Bascombe. Die Umstände sind immer eigenartig. Nicht eigenartig ist lediglich, wie diese Frauen dann wieder aufkreuzen, wenn sie auf dem trockenen sitzen. Außer meiner.

Er sagte: »Nehmen Sie Platz, Dr. Morrow, und machen Sie es sich bequem. Es gibt einen ziemlich langen Antrag auszufüllen, Personenbeschreibung und so weiter.«

Bascombe beobachtete ihn, während er sich setzte. Er war sehr froh, daß Morrows Frau verschwunden war, denn Morrow war der Typ, den er am meisten haßte, abgesehen von Elektrikern. So ein verfluchtes Whisky-Reklame-Gesicht, dachte er. Männer, die etwas leisten, Männer mit Zukunft. Selbst die oberste Schicht hat Ärger mit den Frauen, Affenschande, Affenschande. Der Gedanke an Whisky-Reklamen erinnerte ihn an die Flasche Scotch, die er zwischen den Akten versteckt hatte. Er versuchte, sie zu vergessen, indem er besonders flott und sachlich tat.

»Name?«

»Lucille Alexandra Morrow.«

Er schrieb schnell. Lucille Alexandra Morrow. Weiblich. Weiß. Alter Fünfundvierzig. Rotgoldenes Haar, lang; blaue Augen, helle Haut, keine besonderen Merkmale.

Bei dem rotgoldenen Haar fiel ihm der Scotch wieder ein. Seine Hand wischte über das Blatt, und die Feder spritzte.

Er blickte auf, um zu sehen, ob Morrow es bemerkt hatte, aber Morrow blickte ihn gar nicht an. Seine Augen fixierten die Aufschrift auf der Glastür – *Vermißtenstelle.*

»Irgendwie faszinierend, nicht wahr?« lachte Bascombe. »Ich les' das eine Million mal am Tag.«

Besser, zwei Millionen mal, dachte er, und jedesmal kriege ich ein kaltes, nasses Gefühl im Bauch. Die Vermißten. Einige werden nie gefunden, einige kommen von selbst zurück, betrunken oder krank oder abgebrannt oder einfach nur fertig. Und ein paar tauchen im April oder Mai aus dem Schlick im Flußbett wieder auf, die Damen auf dem Rücken, die Herren auf dem Bauch.

Er stand plötzlich auf, und die Feder rollte über den Schreibtisch. Er murmelte etwas vor sich hin, ging ins Nebenzimmer und zog hinter sich die Tür zu.

Sergeant D'Arcy, ein kleiner junger Mann mit rosigen Wangen, der in seiner Uniform ein wenig zu elegant aussah, blickte von seinem Schreibtisch zu ihm auf.

»Ja, Sir?« sagte er.

»Gehen Sie da rein, zum Teufel«, sagte Bascombe mühsam. »Einer, dem seine Frau abhanden gekommen ist. Nehmen Sie alles zu Protokoll. Ich fühle mich scheußlich.«

»Ja, Sir«, sagte D'Arcy und raffte seine Papiere effizient zusammen. »Kann ich etwas für Sie tun, Sir?«

»Was ich Ihnen gesagt habe.«

»Ich meine, abgesehen von ...«

»Hau ab, Süßer.«

D'Arcy ging, und Bascombe zog hinter der »Abgeschlossene-Fälle-M-bis-N«-Akte die Flasche Scotch hervor. D'Arcy, der lauschte, hörte das Gluckern und dachte, armer Bascombe, er hat wirklich was auf dem Kasten, aber er trinkt schon wieder im Dienst, und das muß ich melden.

D'Arcy präsentierte Andrew seine makellosen Zähne, die er morgens und abends fünf Minuten lang putzte.

»Inspektor Bascombe hat einen Anflug von Magenverstimmung. Er hat mich gebeten, ihn abzulösen.«

Er nahm das Formular und sah sogleich den Tintenspritzer. *Armer Bascombe.*

»So«, sagte er, »und jetzt muß ich Sie bitten, mir noch etwas über die näheren Umstände zu erzählen. Ist Mrs. Morrow schon einmal so weggegangen?«

»Noch nie.«

»Zeichen von Gewaltanwendung liegen nicht vor?«

»Nein«, Andrew zögerte. »Nicht, daß ich wüßte.«

»Hatte sie irgendeinen Grund, Sie zu verlassen, irgendwelche häuslichen Probleme oder dergleichen?«

»Nein.«

»Und natürlich ist kein anderer Mann im Spiel?«

Andrew sah ihn kalt angewidert an. »Es hat in ihrem ganzen Leben keinen anderen Mann gegeben, außer ihrem ersten Mann, George Lanvers. Er ist seit nahezu zwanzig Jahren tot.«

»Wir müssen gewisse Fragen stellen«, sagte D'Arcy errötend. »Das müssen wir wirklich.«

»Ja, sicher.«

»Wir ...« D'Arcy hielt inne und spähte hoffnungsvoll zur Tür hinüber.

Er wünschte, Bascombe käme wieder. Es behagte ihm nicht, Leuten Fragen zu stellen, ihm behagte das ganze Ressort nicht, einschließlich Bascombe.

Er legte den Kopf zurück und horchte, ob im Nebenzimmer irgendwelche Geräusche zu hören wären. Beim ersten Laut, der zu ihm drang, entschuldigte er sich und ging hinaus.

Bascombe war nicht mehr da, aber auf den Bänken an der Wand warteten drei Leute. Eine von ihnen, eine gutgekleidete ältere Dame konnte D'Arcy sofort nach Haus schicken. Sie kam seit nahezu sechs Monaten jeden Tag und suchte ihren Sohn.

»Tut mir leid, Mrs. Granger«, sagte D'Arcy.

Sie wirkte erstaunlich vergnügt. »Immer noch nichts von Barney gehört? Er kommt schon wieder. Eines Tages steht er vor der Tür und überrascht mich.«

Sie ging beschwingt davon. Die beiden Männer erhoben sich und traten auf D'Arcy zu. Sie handelten mit Pelzen und hatten einem Mann namens Wilson einen Nerzmantel verkauft, den er bar bezahlt hatte. Das Geld war falsch, und Wilson war mit dem Mantel verschwunden.

D'Arcy verwies sie überlegen lächelnd in eine andere

Abteilung. Aber er fühlte sich nicht überlegen. Er fühlte sich, wie immer, wenn man selbständiges Denken von ihm erwartete, wie ein sinkendes Schiff.

Die Tür öffnete sich, und Bascombe trat ein.

»Der Doktor noch da?« fragte er.

»Ja, Sir. Scheint ein sehr interessanter Fall zu sein.«

»Als gäbe es bei uns uninteressante Fälle!«

»Ich wünschte – ich glaube, Sie sprechen besser selbst mit ihm.«

Bascombes Gesicht war gerötet und sein Blick etwas glasig.

»Danke für den guten Rat, D'Arcy.«

»Nein, aber im Ernst, Sir. Dr. Morrow sieht mir ganz so aus, als hätte er einigen Einfluß.«

»Die einzige Art von Einfluß, die mich interessiert, kauf' ich mir in Flaschen«, sagte Bascombe, aber er lachte beinahe gutmütig und ging in sein Büro zurück.

Es war beinahe Mittag, als er mit Dr. Morrow wieder herauskam. Morrow verabschiedete sich sofort und machte, wie D'Arcy bemerkte, ein ziemlich düsteres Gesicht.

Bascombe grinste von einem Ohr zum anderen. »Ein fabelhafter Fall! Die Dame hat alles Geld zusammengegrapscht, das im Haus war, hat sich den Mantel einer Hausangestellten umgehängt, und weg war sie. Ein doppelseitig tragbarer Mantel. Kapiert?«

»Nein, Sir.«

»Die eine Seite rot, die andere beige. Sie kann das Ganze umdrehen und uns auf diese Weise die Suche erschweren. Ergo: sie will weder zurückkommen noch gefunden werden. Wir werden sie also finden, einfach spaßeshalber. Schreiben Sie.«

»Ja, Sir.«

»Gut. Erst die üblichen Anfragen, Krankenhaus, Leichenschauhaus und ihre Bank – Zweigstelle Bloor & Ossington der Bank of Toronto. Da werden Sie wahrscheinlich Nieten ziehen. Morrow will uns per Boten einige Porträtaufnahmen von ihr schicken. Bis dahin können Sie sich mal in den Friseursalons umhören.«

»In sämtlichen Friseursalons?«

»Strengen Sie Ihren Grips an, dann können Sie sich die Hälfte sparen. Wenn die Frau wirklich und ernstlich türmen will, dann wird sie wahrscheinlich versuchen, ihr hervorstechendstes Merkmal zu verändern, nämlich ihr Haar, und dann per Bahn oder Bus aus der Stadt hinausfahren.«

»Und da die Endstationen der Züge und Busse größtenteils im Süden und Westen liegen, soll ich mich zuerst in diesen Stadtteilen umhören?«

»Phänomenal«, sagte Bascombe. »Sie vereinen Köpfchen und Schönheit, D'Arcy. Ich gehe jetzt essen. Bis nachher.«

Als er gegangen war, unternahm D'Arcy ein paar Ermittlungen auf eigene Faust und stellte fest, daß die Flasche Scotch hinter den Akten verschwunden war.

»Armer Bascombe«, sagte er traurig. »Ich werde es melden müssen. Das ist meine Pflicht.«

Er wollte es nicht melden, denn Bascombe war letztlich wirklich ein guter Mann.

Er setzte sich an seinen Schreibtisch und nahm sich das Telefonbuch vor. Nirgends war D'Arcy so gut wie am Telefon; hier konnte er vergessen, daß er nur eine kleine Nummer war, daß die Kollegen ihn nicht mochten und ihn ständig von einer Abteilung in die andere komplimentierten.

Während er mit seiner Arbeit beschäftigt war, kam Kirby herein. Kirby war ein großer schlaksiger junger Mann, der die Hälfte seiner Zeit im Leichenschauhaus und in den Spitälern verbrachte.

»War aber auch an der Zeit, daß einer kommt«, sagte D'Arcy. »Ich hab' noch nicht gegessen. Ich hab' Hunger.«

»Wie schlimm.« Kirby nahm seinen Hut ab, reckte sich und gähnte. »Wo ist Bascombe?«

»Das weiß ich gewiß nicht. Er zieht mich nicht ins Vertrauen.«

»Er schuldet mir fünf Dollar für das MacGregor-Mädchen. Ich habe sie heute morgen gefunden. Sie liegt in einer Abteilung im Western-Krankenhaus mit einer hübschen Bescherung. Die will sie in einem Waschraum aufgelesen haben.«

»Die Leute«, sagte D'Arcy geziert, »sollten sich besser benehmen.«

Demonstrativ wandte er sich wieder dem Telefon zu. Er arbeitete fast den ganzen Nachmittag mit einem Auge auf der Tür, in der Hoffnung, Bascombe käme zurück.

Um vier Uhr dreißig versetzte ihn ein Telefongespräch mit Miss Flack, der Besitzerin des Sally-Ann-Friseursalons, in einige Aufregung. Er versuchte Bascombe in seiner Wohnung zu erreichen. Vergebens.

»Ich werde ihn melden«, murmelte D'Arcy. »Das werde ich wirklich. Es ist *höchste Zeit.*«

Er ging nach oben in Sands' Büro.

Das Allen Hotel liegt in einer kleinen Gasse, einer Nebenstraße der College Street. Das ursprünglich rote, aber jetzt rußgeschwärzte Klinkerhaus hat schon den verschiedensten Zwecken gedient, unter anderem als Privatklinik, Kaserne, Mietshaus und als Dreigroschen-Penne. Das Alkoholgesetz wurde gerade noch rechtzeitig verabschiedet, um es vor dem Abbruch zu retten. Ein paar Farbtupfer, Stühle und Tische, dazu eine neue Neonschrift über den Windfang und eine Lizenz für den Ausschank von Bier und Wein verwandelten den alten Kasten in das Allen Hotel – ein relativ gutgehendes Lokal mit zwielichtiger Kundschaft. Die Kundschaft wurde von einem großen, kräftigen Barkeeper und einer Anzahl gedruckter Verbotstafeln, die unübersehbar und absolut verbindlich waren, unter Kontrolle gehalten. Keine Schecks. Kein Kredit. Spucken verboten.

Es gab noch andere Verbote, aber die standen nicht auf Tafeln. Um die kümmerte sich der Barkeeper persönlich. Er schlich sich dann an einen Gast heran und sagte freundlich, »Keine Zuhälter«, oder manchmal, »Keine Schwulen.«

Nicht, daß die ihn im geringsten störten, aber er fürchtete die Inspektoren, die vorbeikamen. Er war nicht daran interessiert, daß das Lokal geschlossen wurde. Er war gerade dabei, für seine Familie von seinem Gehalt und den Provisionen, die er vom Bierlieferanten einstrich, ein Haus in East End zu kaufen.

Durch seine Bemühungen erwarb sich das Allen Hotel bei den diversen Inspektoren einen recht guten Namen. Es interessierte sie kaum noch. Das sprach sich herum, und eine Anzahl Leute, die mit der Polizei nichts zu tun haben wollten, begannen, die oberen Räume zu frequentieren. Das war paradox, aber in gewisser Weise gar nicht so schlecht. Der Barkeeper sog Informationen wie ein Löschpapier auf. Einen Teil davon verkaufte er, den Rest überließ er seinem Freund Sands. Von Sands handelte er sich dafür das angenehme Gefühl ein, auf dem Pfad der Tugend und Ordnung zu wandeln und, falls er eines Tages doch einmal davon abkommen sollte, bei der Polizei wenigstens einen ehrlichen Mann zu kennen.

Er war stolz auf Sands und verfolgte sämtliche Fälle von ihm in der Zeitung. Wann immer Sands auf ein Glas vorbeikam oder auch nur ein paar Auskünfte brauchte, huschte ein schlaues, verschwörerisches Lächeln über sein Gesicht, denn da saßen all die Taugenichtse, tranken Seite an Seite mit einem echten Kriminalbeamten und wußten's nicht einmal. Manchmal fand er das so lustig, daß er in der Toilette verschwand und sich da vor Lachen schüttelte.

Heute war ihm nicht so lustig zumute. Er lehnte sich über die Bar und sprach aus dem Mundwinkel:

»Mr. Sands.«

»Hallo, Bill«, sagte Sands und ließ sich auf einem Barhocker nieder.

»Mr. Sands, dahinten in der Nische sitzt ein Freund von Ihnen. Sitzt da fast schon den ganzen Tag. Den würde ich verdammt gern los.«

»Bascombe?«

Der Barmann nickte. »Keine Umgebung für einen besoffenen Polizeibeamten. Ich möchte nicht, daß Mr. Bascombe etwas passiert.« Er grinste plötzlich. »Es sei denn, es wäre gänzlich aus mit ihm.«

»Ich werde mit ihm sprechen«, sagte Sands. »Geben Sie mir ein kleines Bier.«

Er erhob sich von seinem Hocker – ein dünner müde aussehender Mann um die Fünfzig, mit Zügen, die so aufeinander abgestimmt waren, daß sich nur wenige Leute erinnerten, wie er aussah. Seine Kleidung paßte zum Rest von ihm, sie war grau und ziemlich abgetragen und zerknautscht. Er begab sich unauffällig in den rückwärtigen Teil des Raumes.

Bascombe saß allein in der Nische, den Kopf in die Hände gestützt.

»Bascombe.«

Keine Antwort.

»Bascombe.« Sands schlug Bascombe die Ellbogen vom Tisch. Bascombes Kopf kippte vornüber und kam dann wieder hoch. Seine Augen öffneten sich nicht.

»Aber ja, gern«, kratzte Bascombe. »Und zwar einen Doppelten.«

Sands setzte sich ihm gegenüber und schlürfte geduldig sein Bier. Ziemlich bald klappte Bascombe seine Augen auf und blickte zu Sands hinüber.

»Ogottogott«, sagte er, »Sie sind das. Gehen Sie, Sands, gehen Sie, mein Junge. Sie haben diese elfenhafte Angewohnheit, plötzlich aufzutauchen. Ich mag das nicht. Es bringt mich durcheinander.«

»D'Arcy hat Sie gesucht«, sagte Sands.

»Das Problem mit D'Arcy ist, daß sein Korsett zu eng ist.«

»Reißen Sie sich zusammen und hören Sie besser zu. D'Arcy will Ihnen den Ast absägen.«

»Klar, weiß ich«, sagte Bascombe. »Ich hab's satt, mich von diesem Burschen bespitzeln zu lassen. Ich habe ihm wahrscheinlich wieder auf den Schlips getreten.«

»Er war bei mir – Sie hätten im Dienst getrunken.«

Bascombe blinzelte wieder. »Bei wem?«

»Bei mir.«

»Solange er es nur Ihnen gesagt hat ...«

»Vielleicht ist es das nächstemal jemand anderes«, sagte Sands. »Wie oft hat Ellen Sie jetzt schon verlassen?«

»Fünfmal«, sagte Bascombe, und sein Gesicht verzerrte sich. »Ja. Fünfmal. In drei Jahren.«

»Ich brauche Sie wohl nicht darauf hinzuweisen, daß Ellen ganz schlicht ein Flittchen ist«, sagte Sands trocken. »Sie ist kein Stubenhocker. Bei so einer können Sie nur eins machen, sie verlassen. Lassen Sie sich scheiden, Bascombe.« Bascombe antwortete nicht. »Wenn es Ihnen die Sache erleichtert, kann ich Sie in eine andere Abteilung versetzen lassen. Das ist D'Arcys Vorschlag.«

»Dieser verdammte kleine ...«

»Sicher, aber selbst D'Arcy hat manchmal helle Augenblicke. Ich glaube, er hat recht. Er sagt, Sie wären heute vormittag völlig verstört gewesen wegen einem Doktor, dessen Frau verschwunden ist.«

»Was kann ich dafür, daß ich immer an Ellen denken muß.«

»Das meine ich ja. Übrigens, D'Arcy glaubt, eine Spur gefunden zu haben, die bis in einen Friseursalon in der Sunnyside-Gegend führt.«

»Wieso sind Sie so gut informiert?«

»Oh, die Familie Morrow interessiert mich schon sehr lange«, sagte Sands und nahm sein Glas wieder in die Hand. »Seit ungefähr sechzehn Jahren, glaube ich. Holen Sie Ihren Mantel.«

»Wozu? Ich will nirgends hin.«

»Und ob Sie wohin wollen. Ich suche Sie seit eineinhalb Stunden. Ich habe D'Arcy erzählt, Sie hätten für mich etwas am Stadtrand zu erledigen, ich würde Sie da abholen und nach Sunnyside runterfahren. Holen Sie Ihren Mantel.«

»Leute wie Sie kann man eigentlich leicht hassen, Sands. Sie haben immer so verflucht recht, nicht wahr, und Sie sind so verflucht selbstsicher.«

Sands sagte nichts. Er sprach nie von sich selbst und mochte nicht, wenn andere über ihn redeten. Es klang immer so unwirklich, als meinten sie jemand anderes.

Er verließ Bascombe, der sich in seinen Mantel mühte, und ging zur Theke vor.

Der Barkeeper spülte Gläser. Er unterbrach seine Arbeit und wischte sich die Hände ab.

»Geht er mit ihnen mit, Mr. Sands?«

»Ja.«

»Herrgott«, sagte Bill. »Ich glaube, Sie sind einer von den Typen, hinter denen die Ratten herliefen.«

»Hübsches Bild«, sagte Sands. Große Ratten, kleine Ratten, magere Ratten, fette Ratten ...

»Der Mensch ist schon ein rätselhaftes Wesen«, sagte Bill. »Schauen Sie mich zum Beispiel an, wie groß ich bin, und schauen Sie sich selbst an, wie klein Sie sind, und da steh' ich nun und kriege Mr. Bascombe gegenüber kein Bein auf die Erde, und Ihnen folgt er wie ein Lamm. Sie müssen irgendwo ganz nett was an Muskeln versteckt haben.«

»Jeder achtjährige Knirps könnte mich aus dem Anzug hauen.«

»Herrgott, Mr. Sands, so etwas dürfen Sie nicht sagen.« Bill war beleidigt. »Das spricht sich herum.«

Bascombe trat hinzu. Er hatte seinen Mantel falsch geknöpft, aber er ging aufrecht und seine Stimme klang nicht mehr belegt.

»Bye, Billy-boy«, sagte er zum Barkeeper. »Wenn sie mich bei der Polizei feuern, treffen wir uns mal in einer dunklen Straße.«

»Gute Idee«, sagte der Barkeeper nachdenklich.

Als die beiden Beamten abgezogen waren, machte Bill sich wieder über seine Gläser her. Offiziell war das Allen Hotel den ganzen Tag geöffnet, aber richtig los ging es erst nach Einbruch der Dunkelheit. Bill hatte zwei Kellner, die gegen sieben den Dienst antraten. Wenn Not am Mann war, half er selbst mit beim Bedienen, aber meistens stand er hinter der Bar, schätzte die Kunden ab, schob Säufer ab und hatte ein Auge auf das Geld. Solange Bill nicht sein Plazet gegeben hatte, wurde im Allen jede über fünf Dollar hinausgehende Banknote als gefälscht betrachtet.

Dienstag war der flauste Abend der ganzen Woche, und es gab nur ein Vorkommnis, von dem Bill das Gefühl hatte, daß es Sands interessieren könnte. Ein kleiner Ehemaliger und Süchtiger namens Greeley kam mit einer fetten, rothaarigen Frau in die Bar. In der Begleiterin erkannte Bill ein Flittchen aus einem Etablissement um die Ecke. Aber er mußte mehrere Male hinsehen, ehe ihm klar wurde, daß Greeley vor ihm stand. Er trug einen nagelneuen Mantel und einen neuen grünen Filzhut. Aber das Allerneueste an Greeley war sein Gesichtsausdruck. Er benahm sich ganz wie ein Millionär, der sich unter das platte Volk mischen muß.

»Sieh an, sieh an«, sagte Bill. »*Mister* Greeley. Entschuldigen Sie, wenn es mir die Sprache verschlägt. Und ist diese charmante Dame Mrs. Greeley?«

Die Frau kicherte, aber Greeley blickte ihn säuerlich an und führte die Frau an einen der Tische. Bill folgte ihnen.

»Wenn ich gewußt hätte, daß Sie uns beehren, Mr. Greeley, dann hätte ich meine handgestickte Spitzendecke herausgeholt, das hätte ich bestimmt.«

»Champagner«, sagte Greeley und setzte sich, ohne Hut oder Mantel abzulegen.

»Tee- oder Eßlöffel?« sagte Bill. Die Frau kicherte wieder.

Greeley legte eine Fünfzig-Dollar-Note auf den Tisch.

Bill unterzog die Note jedem erdenklichen Test – außer, darauf herumzukauen –, aber sie hielt stand.

Als die Flasche Champagner leer war, hatte Greeley seinen säuerlichen Blick hinuntergespült und begann, anzugeben. Bill hielt sich nach Möglichkeit in der Nähe des Tisches und bekam so einiges von Greeleys Gerede mit.

»Ich hab' keine Lust, für den Rest meines Lebens alle naselang in Kingston zu sitzen, nur weil ich ein paar Betrunkene ausnehme und ein paar Taschen erleichtere. Hör zu, Sue, ich hab' da was im Gange. Steig bei mir ein, Baby.«

»Klar«, sagte die Frau, »klar. Alles, was du willst.«

»So wie wir leben, werden wir nicht respektiert. Was ich im Sinn habe, ist große Klasse, ist Klasse und von Dauer. Sieh dir diese Spelunke an, sieh sie dir an.«

Die Frau tat, wie ihr geheißen.

»Ist das nicht eine miese Spelunke?« sagte Greeley. »Vor ein paar Tagen war das für mich noch 'ne tolle Nacht – sich in so einer Spelunke vollaufen zu lassen und dann hinterher 'ne Chance, eine aufzureißen.«

»Na, zu was sitzen wir dann hier noch herum, wenn du inzwischen große Klasse bist?«

»Nur, um Abschied zu nehmen«, sagte Greeley feierlich. »Um von diesem ganzen Scheißleben Abschied zu nehmen. Von jetzt an werde ich dich mit Diamanten überschütten.«

»Ich pfeif' auf Diamanten. Ich will was Anständiges zu essen.«

Greeley bestellte zwei Hamburger und eine weitere Flasche Champagner.

Die Frau nahm die Hamburger und biß darauf herum, als habe sie Zahnweh.

Drei Soldaten an der Bar begannen zu singen, und Bill hörte nicht mehr, was Greeley sagte. Aber er vermutete, daß es in dem Stil weiterging. Weit über den Tisch gelehnt, redete Greeley unentwegt auf die Frau ein, die ihn kauend beobachtete mit einem Wo-hab-ich-das-schon-mal-gehört-Ausdruck auf ihrem Gesicht.

Gegen zehn standen sie auf, und Bill bemerkte, daß Greeleys Hosenaufschläge ausgefranst waren. Er war mit einem Satz bei der Kasse und unterzog den Fünfzig-Dollar-Schein einem erneuten Test.

Greeley sah es und strafte ihn mit einem verächtlichen Lächeln. Bill begleitete ihn an die Tür.

»Gute Nacht, *Mister* Greeley«, sagte er. »Beehren Sie uns wieder, wenn's sein muß.«

Die Frau kicherte und sagte: »Wirklich, Sie sind zum Brüllen.«

Greeley packte sie am Arm. »Wenn *ich* einen Witz mache, lachst du nie.«

Die Frau stieß ihn kühl von sich. »Über dich lach' ich doch die ganze Zeit. Ich muß mich schon zusammennehmen, sonst platz' ich.«

»Auf Wiedersehen, Schlauberger«, sagte Greeley zu Bill, während er die Tür öffnete. »Kommen Sie mich mal im Royal York besuchen.«

»Stellen die immer noch Geschirrspüler ein? Eine Schürze muß Ihnen reizend stehen.«

Ein letztes Kichern des Frauenzimmers, und die Tür schlug zu.

Ich wünschte, meine Frau würde so über alles lachen, was ich sage, dachte Bill. Sie hat keinen Sinn für Humor.

Er ging zu den Soldaten. »Macht es ein bißchen halblang, Jungs. Da draußen sind gerade zwei M. O.s vorbeigegangen.« Die Soldaten wurden leiser, und der Dienstagabend nahm seinen Fortgang.

5

Am Dienstag geriet Edith mit fast sämtlichen Hausbewohnern in Streit. Sie fing an mit Andrew, der ihr beim Frühstück eröffnete, daß er Lucilles Verschwinden bei der Polizei zu melden gedenke.

Edith tobte und heulte. Es war zu erniedrigend, es war zu beschämend, wie würden sie je wieder einem Menschen in die Augen sehen können.

Andrew war gegangen, ohne sich auf eine Diskussion einzulassen. Frustriert richtete Edith ihren Groll gegen Martin. Wie konnte Martin nur ins Büro gehen, wo er hier doch gebraucht wurde, er mußte zu Hause bleiben, es war seine Pflicht ...

Gleich nach dem Frühstück verließ auch Martin das Haus.

Die hitzigste Auseinandersetzung fand am Abend statt. Edith saß mit Polly und Giles im Wohnzimmer. Sie schlug vor, die Hochzeit zu verschieben.

Polly starrte sie lange hart an. »Warum das denn?«

»Man würde es nicht für richtig halten, daß ihr in einem solchen Moment heiratet.«

»Wer würde es nicht für richtig halten?« fragte Polly. »Du? Lucille?«

»Die Leute werden reden.«

»Die Leute reden immer. Das ist Giles' letzter Urlaub, bevor er ins Ausland geht.«

»Ich weiß«, sagte Edith mit tragischer Stimme. »Ich weiß, wie schrecklich es ist, wenn einem so etwas verdorben wird. Aber könnt ihr nicht wenigstens ein paar Tage warten? Vielleicht ist Lucille bis dahin zurück.«

»Ich scher' mich einen Dreck um Lucille«, sagte Polly. »Das war schon immer so. Und ich habe sie nur so lange ertragen, weil ich sie einfach nicht beachtet habe, mich gehütet habe, mir durch sie das Leben vermiesen zu lassen. Und ganz sicher wird sie es mir jetzt nicht vermiesen.«

Giles versuchte, den beiden Frauen nicht zuzuhören. Er betrachtete seine Hände und wollte kaum glauben, daß es seine eigenen waren, so unwirklich und gestaltlos fühlte er sich. Ihm war, als bewege er sich durch einen Alptraum und habe weder die Macht, sich daraus wachzurütteln, noch die Kraft, sich gegen die dunklen Gefahren zu schützen. Manchmal war das Haus wie eine Kiste, in der er allein war, Schatten ohne Ursprung huschten an der Decke entlang, und die Wände bewegten sich schwach, vor und zurück, als atme die Kiste. Manchmal horchte er und hörte den eigenen Atem, das war doch sicher sein eigener, doch es klang, als atme jemand im Takt mit ihm, aber nicht ganz perfekt.

Betrat er ein Zimmer, so erschien es ihm immer, als habe es jemand gerade verlassen. Die Luft war in Bewegung, und die Tür vibrierte.

»Sie ist immer sehr nett zu dir gewesen«, beharrte Edith. »Du sollst dich was schämen, in Giles' Gegenwart so von ihr zu sprechen.«

»Ich sage, was ich will. Ich bin keine Heuchlerin.«

»Niemand in diesem Haus hört auf mich! Ich lasse es einfach nicht zu! Solange die Sache mit Lucille nicht geklärt ist, verbiete ich dir zu heiraten!«

»Du kannst es mir nicht verbieten«, sagte Polly. Sie wandte Edith den Rücken zu, aber Ediths Stimme krallte sich um ihre Ohren.

»Was weißt du überhaupt von Giles? Was weißt du über ihn?«

»Ich glaube, da gibt's nicht viel zu wissen«, sagte Giles und versuchte zu lächeln. »Ich meine, es ist mir klar, daß es merkwürdig aussieht, wenn Mrs. Morrow am Tage nach meiner Ankunft verschwindet. Aber ich versichere Ihnen ...«

»Dir ist wohl auch nicht mehr zu helfen, Edith«, sagte Polly nüchtern. »Schlimm genug, daß Giles das alles mitbekommt, und dann beschuldigst du ihn auch noch.«

»Sie hat gesagt, daß er sie an irgend jemand erinnert«, schrie Edith und stürzte sich mit Gewalt in diese neue Idee. »Man kann die Menschen nicht durchschauen, man kann niemandem glauben, niemandem trauen ...«

Ihre Stimme zersprang. Sie wandte sich brüsk um und lief aus dem Zimmer, die Ärmel an ihrem Kleid flatterten. Sie sah aus wie ein großer Vogel, der mit zerbrochenen Flügeln schlug.

»Giles.«

»Ja?«

»Machen wir, daß wir hier wegkommen. Heute noch. Gleich.«

»Können wir das?«

»Niemand kann uns daran hindern. Wir gehen einfach weg. Giles, lauf rauf und pack deine Sachen. Wir können in ein Hotel gehen.«

»Gut.« Die Decke der Kiste schien sich zu öffnen, und frische, kühle Luft strömte herein. »Gut, wir gehen einfach weg.«

»Oh, Giles.«

Das Telefon im Flur begann zu läuten.

»Bestimmt, so sah sie aus«, sagte Miss Betty Flack. »Ja, ganz bestimmt. Aber ich kann es nicht mit Bestimmtheit sagen. Ich meine, wenn es wichtig ist und mit der Polizei im Spiel und so, dann kann ich's nicht mit Bestimmtheit sagen.« Miss Flack gab die Fotos zurück und fügte nachdenklich hinzu, »aber sie sah bestimmt so aus.«

Über Miss Flacks Platinlocken hinweg wechselten Bascombe und Sands Blicke.

»Was ich meine, ist,« sagte Miss Flack mit einer eleganten Geste, »ich *glaube*, das ist sie. Sie kam rein, als ich gerade zumachen wollte, und fragte, ob ich auch schneiden würde. Das tue ich natürlich, obwohl meine Spezialität Kaltwelle ist.«

»Sie haben ihr das Haar geschnitten?« fragte Sands, um Miss Flack behutsam über die Kaltwelle hinweg wieder zum Thema zurückzuführen.

»Ich habe ihr einen Krauskopf geschnitten. Haben Sie gesehen *Wem die Stunde schlägt?* So, genau so. Ich meine, wie das Mädchen in dem Film. Mrs. Smith – so hat sie sich vorgestellt – war es, glaube ich, vollkommen gleichgültig, was ich mit ihrem Kopf machte, sie hat nur stumm dagesessen und ihre Tasche festgehalten. Mir fiel auf, daß sie ganz nasse Schuhe hatte, und da ich mit meinen Kunden ganz gern ein bißchen scherze, fragte ich sie, nur so, verstehen Sie, zum Spaß, ob sie im See unten schwimmen gewesen sei. Das schien sie gar nicht komisch zu finden«, sagte Miss Flack und fügte der Gerechtigkeit halber hinzu: »Vielleicht war's das auch nicht.«

»Hat sie überhaupt nichts gesagt?« fragte Sands.

»Sie hat nur über die Kälte geklagt. Sie tat mir leid mit ihrem armseligen Mäntelchen. Sie war so sehr *Dame*, wenn Sie verstehen, was ich meine, und sah irgendwie so *verzweifelt* aus. Ich sagte mir, vielleicht ist ihr Mann einer, der trinkt oder sonstwas macht.« Miss Flack legte wieder eine ihrer bedeutsamen Pausen ein. »Jedenfalls sah er aus, als würde er trinken.«

»Oh«, sagte Sands, und Bascombes Hände zuckten, als wollten sie sich um Miss Flacks Kehle legen, um irgend etwas aus ihr herauszupressen. »Ihr Mann hat sie begleitet?«

»Nicht direkt. Ich meine, ich weiß nicht, ob er mit ihr *gekommen* war, aber als sie hinausging, blieb ich an der Tür stehen, um frische Luft zu schnappen, da sah ich diesen Mann, der auf der anderen Straßenseite wartete. Mrs. Smith blieb stehen und wechselte ein paar Worte mit ihm, dann ging sie die Straße runter, und er ihr nach. Ich weiß, ich dachte noch, was für Leute die Frauen doch manchmal heiraten. Sie war so groß und hübsch, und er so ein kleiner Kerl.«

»Ein kleiner Kerl«, sagte Sands und dachte sechzehn Jahre zurück an seine letzte Begegnung mit Andrew Morrow. Morrow war etwa einsneunzig. Selbst wenn man das Dämmerlicht berücksichtigte und die Tatsache, daß Miss Flacks Erinnerungsvermögen eher vage und romantisch veranlagt war, stand für Sands außer Frage, daß der Mann, der auf Mrs. Morrow gewartet hatte, nicht ihr Mann war.

Das ließ sich leicht nachprüfen. Sands bat Miss Flack, telefonieren zu dürfen, und während er in der Zelle saß und im Telefonbuch nach Morrows Nummer suchte, hörte er, wie Miss Flack Bascombe erzählte, daß sie eine alleinstehende Frau sei, daß ihr dieser Salon zur Hälfte gehöre und daß ihr große, schwere Männer sympathisch seien.

Sands wählte.

Die Wohnzimmertür stand immer noch offen, und Polly und Giles hörten, wie Della ans Telefon ging und dann den Flur heruntertrabte. Kurz darauf ging Andrew ans Telefon. Sie hörten ihn »Hallo« sagen und »Ja, am Apparat«.

»Also«, sagte Polly scharf. »Hören wir zu, oder unterhalten wir uns? Oder gehst du rauf und packst?«

»Wenn du willst, packe ich.«

»Wenn!« sagte Polly bitter. »Es ist zum Verzweifeln! Es genügt, daß das Telefon klingelt, und schon bricht jede Stimmung zusammen.« Sie ballte die Fäuste und fing an mit unterdrückter Stimme zu fluchen.

»Mist, Mist, Mist, Mist!«

Andrews Stimme schlich sich ins Zimmer. »Sands? Nein, tut mir leid, aber ich kann mich nicht entsinnen. Sands.« Eine Pause, ein anderer Ton. »Oh, oh, ja.« Er räusperte sich. »Ich, das ist schön, daß Sie schon so – so weit gekommen sind. S-sunnyside? Nein, ich war zu Hause. Die Mädchen waren ängstlich und baten mich, nach Hause zu kommen. Würden Sie bitte einen Augenblick warten?«

Mit grauen Lippen kam er zur Wohnzimmertür und zog sie wortlos zu.

»Die Polizei«, sagte Giles. »Sie haben wahrscheinlich etwas herausgefunden? Ich – Polly, was ist los?«

Ihre Schultern zitterten, und ein Schleier hatte sich über ihre Augen gezogen, wie eine Eisschicht über einen Fluß.

»Giles, es ist dieser Mann, es ist derselbe. Sands. Er kam mit einem ganzen Schwarm von Leuten, ich sah sie von meinem Fenster aus, wie sie durch den Schnee gingen. Er sah stellenweise wie roter Matsch aus.«

»Ich verstehe nicht ...«

»Einer von ihnen, Sands, ist ins Haus gekommen. Da drüben hat er gesessen, in dem Sessel da. Er hat nur dagesessen und uns angeschaut, Martin und mich, ganz lang. Martin lachte die ganze Zeit. Ich weiß nicht, warum, aber er lachte und lachte, unentwegt.«

Sie stand auf, schritt unsicher durch den Raum und blieb vor Mildreds Porträt stehen. Einen Augenblick lang starrten die bitteren braunen Augen in die milden und ausdruckslosen blauen Augen.

Giles sah ihr verwundert nach. »Wer ist das?«

»Meine Mutter.«

»Oh.«

»Sie war ganz jung, als sie starb.« Polly wandte sich um. Ihr Blick war hart und gnadenlos. »Vielleicht war es besser so. Sie war der Typ, der mit den Jahren aus dem Leim geht.«

Giles mochte sie nicht ansehen. Er fürchtete sich immer ein wenig vor ihr. In ihrer Beziehung war Polly der Realist, er der Träumer, sie führte, er folgte.

»Ich gehe besser nach oben und erzähle es Martin«, sagte sie. »Das wird ihn interessieren.«

»Willst du immer noch weg? Soll ich raufgehen und packen?«

»Was?« sagte sie, als hätte sie das vollkommen vergessen, als hätte sie auch ihn vergessen, wer er war und warum er dasaß. »Ich muß es Martin erzählen.«

»Es war im Winter«, sagte Sands. »Seit zwei Monaten munkelte man, daß Kinder auf dem Heimweg von der Schule im Park verfolgt würden. Die Berichte waren vage, zu einer Verhaftung kam es nie. Dann ging Mildred Morrow eines Abends eine Freundin besuchen. Sie ist nie mehr heimgekommen.«

Sands hielt inne. »Die Freundin war eine Witwe, die im Nachbarhaus wohnte. Sie hieß Lucille Landvers. Sie gab zu Protokoll, Mildred habe sich vor elf Uhr von ihr verabschiedet, augenscheinlich, um nach Hause zu gehen. Dr. Morrow war wegen eines Sterbefalls ins Krankenhaus gerufen worden, und als er gegen ein Uhr zurückkam, war Mildred immer noch nicht zu Hause. Er rief seine Schwester Edith, die sich schon schlafen gelegt hatte, um mit ihr zu Mrs. Lanvers zu gehen. Die drei haben zusammen eine Stunde lang den Park durchsucht und dann die Polizei benachrichtigt.

»Am nächsten Morgen um sechs Uhr fanden wir Mildred im Park; sie lag mit gespaltenem Schädel gegen einen Baumstumpf gelehnt. Ihre Tasche und ein paar wertvolle Schmuckstücke waren verschwunden. Die Mordwaffe wurde nicht gefunden, aber wir waren uns ziemlich sicher, daß es eine Axt war. In der Nacht hatte es heftig geschneit, die Leiche war fast völlig bedeckt, und mit den kleinen Vertiefungen in der Schneedecke, die der einzige Hinweis auf Fußspuren waren, konnten wir natürlich nichts anfangen.«

»Wer hat den Fall bearbeitet?« sagte Bascombe.

»Inspektor Hannegan. Ich ging damals noch auf Patrouille. Ich fuhr ein Motorrad.«

»Ogottogott«, sagte Bascombe. »Ein Motorrad.«

Sands lächelte still. »Aber ja. Hannegan sah den Fall als

simplen Raubmord und amüsierte sich königlich dabei, jeden reinzuholen, der je in einem Groschenladen einen Luftballon geklaut hatte. Er tat mir den Gefallen, daß er mir erlaubte, den Fall versuchsweise von einer anderen Seite anzubohren. Das Ergebnis war gleich Null. Es schien für das Verbrechen kein Motiv zu geben, außer Raub. Ich sprach mit der Familie und Mrs. Lanvers, aber ich hatte keinen offiziellen Status. Dann wurde Hannegan der Sache überdrüssig und stellte die Ermittlungen ein paar Wochen später ein.«

»Wie lautete Ihr Urteil?«

»Ich hatte keines. Dr. Morrow hatte ein Alibi. Mit seiner Schwester Edith kam ich nicht ganz klar; sie gehört zu jenen ziemlich labilen Menschen, und ich hatte das Gefühl, daß sie mit geradezu eifersüchtiger Zuneigung an Ihrem Bruder hing und es wahrscheinlich lieber gesehen hätte, wenn er Junggeselle geblieben wäre. Mrs. Lanvers war eine stille, zurückhaltende Person, eher unansehnlich, jedenfalls längst nicht so hübsch, wie sie jetzt ist, wenn man den Fotos glauben darf. Sie war Mildred Morrows beste Freundin, und auch da gab es kein Motiv, außer dem schwach möglichen, daß sie Mildreds Mann wollte.«

»Und ihn bekam.«

»Ja, aber daß ein Mann die beste Freundin seiner Frau heiratet, ist nicht ungewöhnlich. Es kommt immer wieder vor, vor allem, wenn der Mann seine Frau wirklich geliebt hat, wie es hier der Fall war. Mildred war Morrows ein und alles. Nach ihrem Tod war er lange Zeit schwer krank.«

»Und Lucille pflegte ihn, nehme ich an«, sagte Bascombe mit einem zynischen Lächeln.

»Ich weiß nicht«, sagte Sands. »Aber die meisten Sorgen bereiteten die Kinder. Ich versteh' nicht viel von Kindern, und ich fand ihre Reaktion höchst sonderbar. Das Mädchen war damals zehn oder elf. Sie benahm sich, als wäre nichts passiert, und wann immer ich ihr eine Frage stellte, starrte sie mich bloß an, als hätte sie nicht gehört. Der Junge war ein paar Jahre älter und ging damals ans Upper Canada College, aber er führte sich wie ein Verrückter auf. Er lachte viel und forderte mich zu einem Kampf auf. Er sagte, er würde mich mit einer Hand fertigmachen, vorausgesetzt, ich schonte seinen Rücken, den er sich bei irgendeinem Fußballspiel gebrochen hatte.«

»Was ist aus ihm geworden?«

»Er ist jetzt Feuilletonchef bei der *Review.*«

»Großer Gott!«

»Das einzige Familienmitglied, das ich seitdem noch einmal gesehen habe, ist das Mädchen, Polly. Die saß vor drei Jahren mal im Gericht. Sie war in irgendeinem Fürsorgefall als Zeugin vorgeladen. Sie erkannte mich wieder und sah weg.«

»Komisch, daß sie Sie wiedererkannt hat.«

»Ja. Komisch. Im Gegensatz zu ihrem Vater, der sich nicht erinnerte, als ich anrief. Wie dem auch sei, für Hannegan war der Fall abgeschlossen, und ich wurde angewiesen, die Untersuchungen einzustellen. Ich glaube, jetzt werden wir sie wiederaufnehmen.« Er sah Bascombe an. »Meinen Sie nicht?«

»Ja«, sagte Bascombe.

Miss Flack tauchte aus der kleinen Kabine auf, in der sie sich aufgeputzt hatte.

»Es ist wirklich sehr nett von Ihnen, daß Sie mich nach

Hause fahren wollen«, sagte sie. »Um Ihnen die Wahrheit zu sagen, ich war zu Tode erschrocken, als Sie mir sagten, daß Sie von der Polizei sind. Jetzt habe ich überhaupt keine Angst mehr.«

»Um so besser«, sagte Sands.

Miss Flack wurde vor ihrer Wohnung abgesetzt.

»Was jetzt?« sagte Bascombe.

»Wir sehen uns um.«

»Wenn ich nicht irre, hat mir mal jemand gesagt, daß sich Toronto zwischen Ost und West über zweiundzwanzig und zwischen Norden und Süden über vierzehn Kilometer erstreckt.«

»Was Sie nicht sagen« sagte Sands.

»Ich wüßte ganz gern, wer das Kind nun schaukelt, Sie oder ich?«

»Wir teilen es uns, bis es alt genug ist, sich für einen von uns zu entscheiden.« Der Wagen schoß geradeaus, als wüßte er, wie ein gut dressiertes Pferd, wohin es ging.

»Ich will erst Mrs. Morrow in die Finger bekommen.«

Mr. Greeley und seine Dame waren in einem billigen Tanzlokal draußen am Hafen. Beide fühlten sich nicht wohl. Das Lokal war zu fein. Greeley wagte wegen seines schäbigen Anzugs nicht, den Mantel abzulegen. Nach dem zweiten Tanz floß ihm der Schweiß in Strömen den Nacken hinunter, und die Wirkung des Champagners begann nachzulassen. Greeley brauchte stärkeren Tobak.

»Machen wir, daß wir hier rauskommen«, sagte er.

»Warum?« sagte die Frau. »Ich amüsier' mich großartig.«

»Zum Teufel, wenn du in den Hintern gepufft werden willst, das kannst du auch in der Trambahn haben, und billiger!«

»Kaum sind wir irgendwo hingekommen, schon willst du wieder gehen.«

»Ich bin verabredet, davon ganz abgesehen. Jetzt komm!«

Er spazierte hinaus, ohne sich umzusehen, ob sie nachkam.

Als sie auf der Straße waren, sagte sie: »Du hast keine Manieren, Eddy.«

Sie knöpfte ihren Mantel zu. Voller kaltem und verächtlichem Haß schlugen die Wellen des Sees gegen die Mole.

»Mensch, Eddy, komm, wir gehen nach Haus.«

»Nerv mich nicht immer.«

»Mir gefällt's hier nicht.«

»Verdammt nochmal, wart einen Augenblick.«

Er schlug seinen Mantel zurück und stach sich durch den Stoff irgend etwas in den Oberschenkel. Sein Oberschenkel tat weh, aber sein Kopf fing an, die Dinge wieder im richtigen Licht zu sehen. Die Welt war zum Speien, aber er, Greeley, hatte es geschafft.

Ich, Greeley.

Um zwei Uhr früh rief Sands wieder an. Andrew war noch nicht zu Bett gegangen, er saß in seiner Höhlc und las.

»Ja?« sagte er ins Telefon.

»Dr. Morrow? Inspcktor Sands. Wenn Sie so nett wären, sich anzuziehen . . .«

»Ich bin angezogen. Was ist passiert?«

»Ich bin im Lakeview Hotel. Bleacher Street, direkt

beim Boulevard, westlich von Sunnyside. Ihre – Ihre Frau ist hier.«

»Ja ... ja ...« Es war, als sei in seinem Kopf irgend etwas zersprungen und als müsse er gegen ein entsetzliches Dröhnen ankämpfen. »Sie ist – ihr ist doch nichts passiert?«

»Sie lebt«, sagte Sands.

»Aber sie ist krank, oder was? Ist sie krank? Ich ...«

In einen alten Bademantel gehüllt erschien Edith in der Tür. »Was ist, Andrew? Ich will es sofort wissen. Was ist los?«

»Ich komme sofort«, sagte Andrew und legte den Hörer auf.

»Ich komme mit«, sagte Edith. »Was es auch ist, ich komme mit, du kannst das nicht allein auf dich nehmen.«

Andrew blickte sie an, aber er sah sie nicht richtig. Sie war nur ein verschwommener Farbfleck, eine wirbelnde Skala von Farben ohne Form und Inhalt. Er fühlte nicht einmal, wie seine Hand sie beiseite schob, und obgleich seine Beine sich bewegten, schienen seine Füße den Boden nicht zu berühren.

Seine Augen funktionierten, aber nur wenn er jedes Ding für sich betrachtete, als selbständiges, stationäres Ding, die Tür, den Instrumentenkoffer, der gepackt und bereit auf dem Beifahrersitz im Auto lag, eine Straßenlaterne, ein Haus, einen Baum.

Sie saß aufrecht in einem Sessel. Die Dampfheizung neben ihr spie Geräusche und Hitze aus, die nach Farbe roch. Aber ihr Gesicht blieb kalt und wächsern und ihre Augen frostig.

»Mrs. Morrow ...«

(In meinem Zimmer ist ein Mann. Ist es mein Zimmer? Nein. Ja, mein Zimmer. Ein Mann und noch ein Mann. Zwei Männer.)

»... Ich habe Ihren Gatten angerufen. Er kommt sofort.«

(Ein ganzer Schwarm von Männern in meinem Zimmer, und was sie alles reden.)

»Wenn ich irgend etwas für Sie tun kann ...«

(Vielleicht reden sie mit mir.)

Bascombe trat nervös von einem Bein aufs andere. »Ich glaube, sie hört Sie gar nicht.«

(Tu ich doch. Sie täuschen sich, junger Mann. Junger Mann? Alter Mann? Auf jeden Fall zwei. Zwei, zwei.)

»Mrs. Morrow, ich möchte Ihnen gern helfen. Wenn Sie noch wissen, was passiert ist ...«

Ein Ausdruck wanderte über ihr Gesicht, leicht, wie eine Katze. Sie wußte, daß sie jetzt schlau sein mußte, denn das waren ihre Feinde.

(Sie war im See, sie schwamm, und das Wasser war kalt und dunkel, und die Wellen so leidenschaftlich gegen sie und so stark. Sie sah eine ausgestreckte Hand, die ihr helfen wollte, sie griff nach der Hand, und diese stieß sie wild zurück und hinunter, tiefer, tiefer, so schwarz, so sterbend, sterbend.)

»Mrs. Morrow, hier ist Ihr Mann.«

»Lucille – Lucille, Liebling ...«

Er trat in das stickige Zimmer. Sie wandte ihren Kopf sehr langsam nach ihm und sah, wie er ihr seine Hand hinstreckte.

Sie begann zu schreien. Die Schreie glitten sanft, fast mühelos aus ihrer Kehle, wie Gesang aus einem Vogel.

Als der Krankenwagen kam, schrie sie immer noch.

Wen der Krankenwagen übersah, war Mr. Greeley. Die Scheinwerfer verpaßten ihn knapp.

Er saß, an eine Häuserwand gelehnt, in einer Gasse unmittelbar hinter dem Hotel. Der Wind vom See schnitt ihm ins Gesicht, aber das machte Greeley nichts aus. Die Welt war zum Speien, aber er, Greeley, hatte es geschafft. Die Nacht war finster, aber voll heller Träume – warme Frauen, Seide, dicke, weiche Pelze, samtene Berge und weiche, wohlige Orte.

Träumend glitt er in Schlaf und schlafend in den Tod.

II
Der Fuchs

6

Sie fühlte sich wieder sicher. Hinter ihr gab es ein eisernes Tor und hundert Türen, die sich mit einem großen Schlüssel abschließen ließen. Und da war eine Schwester, die diesen Schlüssel nie aus der Hand legte.

Es gab keine Treppen, nur Rampen, die man mit jemandem hinauf- oder hinabspazierte, der nett und unpersönlich daherredete, und dann schließlich die letzte Tür, das letzte Schnappen eines Schlosses, und der Feind war ausgesperrt. Das Zimmer hatte Fenster, aber durch die konnte niemand einsteigen. Sie waren von innen und außen durch Stahlgitter abgesichert.

Sie ging sofort zum Fenster und betastete das Stahlgitter, obschon sie wußte, daß die Schwester sie beobachtete und es dem Direktor melden würde. Aber sie mußte wissen, ob das Zimmer sicher war, und das Gefühl des Gitters unter ihren Fingern war beruhigend.

»Es ist stark, nicht wahr?« sagte sie.

»Aber ja«, sagte die Schwester munter. Sie war jung, hatte blonde Locken und ein hübsches Lächeln. Sie machte einen properen und tüchtigen Eindruck, doch ihre Augen schienen zu lachen, als führten sie heimlich ein leichtfertiges Einzelleben. »Ich bin Miss Scott.«

»Miss Scott«, wiederholte Lucille.

»Wir werden jetzt nur eben Ihre Sachen auspacken und in den Schrank hängen, Mrs. – Morrow.«

»Mrs. Morrow.«

»Sie teilen dieses Zimmer mit Miss Cora Green. Miss Green ist im Augenblick unten in der Bibliothek. Miss Green wird Ihnen bestimmt gut gefallen. Wir haben sie alle gern.«

Ohne den Schlüssel aus der Hand zu legen, begann sie, Lucilles Sachen auszupacken. Sie wandte Lucille nie den Rücken zu und behielt sie immer im Auge, aber ihre Wachsamkeit war unaufdringlich. Sie redete freundlich und fortwährend. Als Lucille schließlich klar wurde, wie genau man sie beobachtete, störte sie das nicht besonders. Miss Scott war so sanft. Sie wirkte nur aufmerksam, nicht argwöhnisch, vorsichtig, aber absolut nicht mißtrauisch.

»Oh, ist dieses blaue Kleid hübsch«, sagte Miss Scott. »Beinahe dieselbe Farbe wie Ihre Augen, nicht wahr? Das heben wir am besten für den Filmabend auf.«

»Ich wußte nicht, daß ich das Zimmer mit jemandem teilen würde.«

»Wir glauben, daß es besser ist, immer zwei Leute in ein Zimmer zu legen. Dann fühlen sie sich nicht so einsam. Und Sie werden von Miss Green begeistert sein. Sie bringt uns alle zum Lachen.«

»Ich wollte allein sein.«

»Natürlich haben Sie zunächst einmal das Bedürfnis. Wenn Sie so nett wären, mir noch einen Kleiderbügel zu reichen, Mrs. Morrow.«

Lucille rührte sich ganz automatisch. Durch die vertraute Beschäftigung, die eigenen Kleider aufzuhängen, fühlte sie sich sofort mehr zu Hause. Sie nahm einen Bügel von der Stange.

Miss Scott beobachtete sie. »Vielleicht räumen Sie Ihre

Sachen lieber selbst ein, Mrs. Morrow? Dann wissen Sie, wo alles ist.«

»Ja gut.«

»Uns ist es am liebsten, wenn alle so viel wie möglich selbst besorgen. Jede Suite soll eine kleine Gemeinschaft für sich bilden ...«

»Ich will die anderen nicht sehen.« Die anderen, die Verrückten. »Ich will allein sein.«

»Sie werden sich erst ein wenig fremd fühlen, aber wir haben mit unserem System die besten Erfahrungen gemacht.«

Es war Lucilles erste Begegnung mit dem allgegenwärtigen »wir«. Wir, die Schwestern: wir, die Ärzte, die Messingschlüssel, die Stahlgitter: wir, das eiserne Tor, der Zaun: wir, die Menschen, die Gesellschaft: wir, die Welt.

»Jede Suite umfaßt vier Zimmer«, sagte Miss Scott. »In jedem Zimmer sind zwei Leute untergebracht. Wir versuchen, Leute aus ähnlichen Verhältnissen zusammenzustecken.«

Irgendwo jenseits der Tür begann eine Frau zu stöhnen: »Gebt mir mehr zu essen und mehr zum Anziehern.« Die Stimme war schwach, aber deutlich.

»Das ist Mrs. Hammond«, sagte Miss Scott kurz. »Lassen Sie sich von ihr nicht beirren, sie hat genug zu essen und Kleider.«

»Gebt mir mehr zu essen und mehr zum Anziehern.«

»Das ist das einzige, was man je von ihr hört«, fügte Miss Scott hinzu.

»Gebt mir ...«

Lucille beugte sich über den Koffer, als sei ihr Körper plötzlich aus dem Kleid geflossen und das Kleid selbst bereit, sich in den Koffer zu falten und nach Hause zu gehen.

»Fühlen Sie sich unwohl, Mrs. Morrow?«

Vor ihren Augen war ein Nebel, und hinter dem Nebel hüpften und tanzten Worte, und hinter der Schwere, die sich über ihre Ohren gelegt hatte, sprachen Stimmen außerhalb von Raum und Zeit.

Gebt mir mehr zu essen. Damen aus ähnlichen Verhältnissen. Mrs. Morrow, hier ist Ihr Mann. Mehr zum Anziehern. Ist dieses blaue Kleid hübsch! Fühlen Sie sich unwohl, Mrs. Morrow? Fühlen Sie sich unwohl? Unwohl? Unwohl?

»Nein«, sagte sie.

»Nur ein wenig durcheinander, nicht wahr?« sagte Miss Scott. »Damit rechnen wir. Vielleicht ist es Ihnen lieber, wenn ich Sie einen Moment allein lasse, bis Sie sich an das Zimmer gewöhnt haben. Ich gehe in die Bibliothek und hole Miss Green. Kommen Sie, machen Sie sich's in diesem blauen Sessel hier bequem.«

»Werden Sie meine Tür absperren? Ich will, daß meine Tür immer abgesperrt wird.«

»Wir sperren die Türen der einzelnen Zimmer tagsüber nie ab.«

»Ich will, daß meine Tür ...«

»Heute abend, wenn Sie schön im Bett liegen, werden wir Ihre Tür absperren.«

Ohne direkt rückwärts zu gehen, aber auch ohne Lucille aus den Augen zu lassen, ging Miss Scott zur Tür. Sie hakte die Tür auf und trat in den Flur hinaus.

Da stand Mrs. Hammond, die Arme über der flachen Brust gekreuzt. Sie war eine hübsche junge Frau mit vollem schwarzem Haar und düsteren braunen Augen, aber ihre straff über die Backenknochen gespannte Haut hatte eine gelbliche Farbe. Sie trug einen schwarzen Rock und einen dicken roten Pullover.

»Gebt mir mehr zu essen und mehr zum Anziehern.«

»Ein wenig leiser, bitte, Mrs. Hammond«, sagte Miss Scott. »Wir haben heute einen neuen Gast bekommen. Sagen Sie Miss Parsons, sie soll Ihnen einen Apfel geben.«

Miss Parsons tauchte selbst im Flur auf. Sie war jünger als Miss Scott und weniger souverän.

»Aber sie hat ja schon zwei Äpfel und eine Banane bekommen, Miss Scott.«

»Du liebe Zeit«, sagte Miss Scott. »Am Ende verderben Sie sich noch den Magen, Mrs. Hammond.«

»Gebt mir mehr zu essen ...«

»Ich könnte ihr einen Milchshake geben«, sagte Miss Parsons nervös.

»Na bitte«, sagte Miss Scott munter, »wenn Sie brav sind und sich gut benehmen, wird Miss Parsons Ihnen einen Milchshake geben. Und jetzt gehen Sie wieder in Ihr Zimmer, Mrs. Hammond. Die Ruhezeit ist noch nicht vorbei.«

Majestätisch schritt Mrs. Hammond den Korridor hinunter und verschwand in ihrem Zimmer.

»Was macht sie nur damit?« sagte Miss Parsons erschöpft. »Was *macht* sie nur damit?«

»Wenn Sie so nett wären, Miss Cora zu holen. Sie ist in der Bibliothek.« Sie senkte die Stimme. »Ich glaube nicht, daß wir mit Mrs. Morrow Schwierigkeiten haben werden, nur – Dr. Goodrich will, daß wir alles, was sie sagt, aufschreiben.«

Miss Parsons sah verzweifelt aus. *»Alles?«*

»Halb so wild. Sie sagt nicht viel. Hier ist der Schlüssel, um Miss Cora zu holen.«

Miss Scott ließ sich an ihrem Schreibtisch nieder. Er stand in der Mitte des kurzen Korridors; von hier aus konnte sie die offenen Türen der einzelnen Zimmer überblicken und die geschlossene Tür, die zur Rampe führte.

Sie sah auf die Uhr. Zwanzig vor drei. Sie hatte also noch zwanzig Minuten, um Miss Cora mit ihrer neuen Zimmergenossin bekannt zu machen, die Abteilung für den Spaziergang zusammenzutrommeln und Mrs. Morrow zu veranlassen, daß sie friedlich ihr Zimmer verließ und Dr. Goodrich in seinem Büro aufsuchte.

Sie seufzte, aber nicht aus Müdigkeit. Es war das befriedigte Seufzen eines Menschen, der tausenderlei Dinge zu tun hat und weiß, daß er sie alle gut machen kann.

Die Rampentür öffnete sich, und Miss Parsons kam mit Miss Cora Green herein.

Miss Green war eine kleine, quicklebendige Person über Sechzig. Ihr schwarzes Seidenkleid war tadellos sauber und gebügelt, und ihr weißes Haar zu Hunderten von winzigen Löckchen gekämmt, auf denen zuoberst eine rosa Samtschleife saß. Sie bewegte sich so flink und zierlich wie ein Vogel.

»Ist sie hier?« fragte Miss Cora.

»Ist wer hier?« fragte Miss Scott recht streng zurück. Sie mußte mit Miss Cora streng sein, um nicht zu lachen. Miss Cora war ungeheuer gewitzt, sie wußte über die Patienten beinahe besser Bescheid als Dr. Goodrich und versuchte immer, aus den Schwestern weitere Informationen herauszulocken.

»Immer schicken Sie mich in die Bibliothek, wenn bei

mir jemand Neues einzieht«, sagte Miss Cora. »Was ist mit ihr? Wie heißt sie?«

»Mrs. Morrow«, sagte Miss Scott. »Kommen Sie und sehen Sie zu, daß Sie einen guten Eindruck machen.«

»Na, Sie könnten mir dann wenigstens sagen, was mit ihr ist.«

Miss Parsons und Miss Scott wechselten ein schwaches Lächeln.

»Ich weiß es nicht«, sagte Miss Scott.

»Na, Sie könnten mir doch wenigstens sagen, wie schlimm es ist. So schlimm wie Mrs. Hammond?«

»Nein.«

»Gott sei Dank! Ich finde Mrs. Hammond einfach *langweilig*. Wenn ich hier die Leitung hätte, würde ich sie füttern und füttern und nochmals füttern, nur um zu sehen, was passiert. Ich möchte doch mal wissen, wieviel sie wirklich essen kann.«

Miss Scott, die das eigentlich auch wissen wollte, schaute angenehm ausdruckslos drein. Sie nahm Miss Cora beim Arm, und sie gingen zusammen in das Zimmer.

»Das ist Miss Green, Mrs. Morrow.«

»Miss Green?« Lucille blickte auf. Die Angst, die ihr in die Augen gesprungen war, glitt langsam wieder hinaus. »Miss Green?« Eine winzige alte Frau, keine Bedrohung, keine Gefahr. »Es freut mich, Sie kennenzulernen, Miss Green.«

»Das Vergnügen ist ganz meinerseits, Mrs. Morrow«, sagte Miss Cora. »Was Sie für herrliches Haar haben!« Sie warf Miss Scott einen schlau lächelnden Blick zu, der ausdrückte: Dergleichen sagen *Sie* jeweils, aber mir machen Sie nichts vor.

Miss Scott gab vor, nichts zu merken. »Beneidenswert,

nicht wahr? Wunderbar, diese Farbe. Ich bin überzeugt, daß Sie sich mit Miss Green prächtig verstehen werden, Mrs. Morrow. Ich bin draußen im Gang, falls Sie mich brauchen. Wie ich heiße, wissen Sie?«

»Miss Scott«, sagte Lucille.

»Sehr gut«, sagte Miss Scott und schien hocherfreut. Sie ging aus dem Zimmer.

»Sie redet gern dummes Zeug«, sagte Miss Cora. »Man hat ihnen eingetrichtert, dummes Zeug zu reden.«

»Ja?« sagte Lucille.

»Sie unterschätzen unsere Intelligenz, vor allem die meine.« Sie musterte Lucille und fügte nachdenklich hinzu: »Vielleicht auch die Ihre. Haben Sie irgend etwas Besonderes?«

»Ich weiß nicht.« Soweit war sie kalt und reserviert geblieben, doch überkam sie plötzlich das dringende Verlangen zu reden, sich Miss Green mitzuteilen: Mir fehlt überhaupt nichts. Ich habe Angst, aber es ist richtige Angst, keine eingebildete. Ich habe Angst, man wird mich umbringen. Einer von ihnen wird mich umbringen. Andrew, Polly, Martin, Edith, Giles, einer von ihnen. Sie flüsterte: »Ich habe mich hierher in Sicherheit gebracht.«

»Stellt Ihnen jemand nach?«

»Ja.«

»Ach, meine Liebe, das behaupten sie alle«, sagte Miss Cora enttäuscht. »Das dürfen Sie Dr. Goodrich nicht erzählen, sonst kommen Sie hier überhaupt nicht mehr heraus. Sie ahnen ja nicht, wie mißtrauisch die hier alle sind.«

Miss Scott steckte den Kopf zur Tür herein. »Ziehen Sie den Mantel an, Cora. Wir gehen spazieren.«

»Ich gehe heute nicht spazieren«, erklärte Miss Cora fest.

»Kommen Sie, seien Sie brav.«

»Nein, meine Nervenentzündung macht mir seit heute mittag wieder zu schaffen.«

»Sie haben seit einer Woche keinen Fuß mehr vor die Tür gesetzt«, sagte Miss Scott. So wenig Miss Cora beweisen konnte, daß sie tatsächlich an einer Nervenentzündung litt, so wenig konnte man ihr nachweisen, daß diese Nervenentzündung ein Hirngespinst war. Miss Coras Nervenentzündung war in der Tat schwer festzunageln. Sie sprang behend von einem Glied zum anderen, sie quartierte sich – war ein Spaziergang verordnet – in den Beinen ein; in den Armen, wenn Miss Cora sich für Beschäftigungstherapie nicht aufgelegt fühlte, und bei der geringsten Provokation im Kopf.

»Und außerdem«, gab Miss Cora zu bedenken, »kann ich das meinem Herzen nicht zumuten.«

»Unsinn«, sagte Miss Scott schroff. »Ein bißchen Bewegung tut Herzkranken gut.«

»Mir nicht.«

Miss Scott gab es auf und zog sich zurück.

»Die Spaziergänge sind sehr langweilig«, erklärte Miss Cora Lucille. »Sie tun schrecklich naive Dinge, zum Beispiel Blättersammeln. Das geistige Niveau hier ist sehr niedrig.«

Miss Scott erschien abermals in der Tür, nunmehr in ein marineblaues Cape gehüllt. »Auf Wiedersehen, Cora. Sie werden noch bereuen, nicht mitgekommen zu sein. Wir wollen einen wunderschönen Schneemann machen.«

»Ist sie nicht *absurd*«, schrie Miss Cora und schüttelte den Kopf. »Einen wunderschönen Schneemann! Wirklich!«

Mrs. Hammond schritt an der Tür vorbei. Sie war in

einen riesenhaften Pelz vermummt und hatte sich einen wollenen Schal um den Kopf gebunden. Hinter ihr kamen zwei untersetzte, nicht mehr ganz junge Frauen, die einander glichen wie ein Ei dem anderen. Sie gingen Arm in Arm im Gleichschritt.

»Die Filsinger-Zwillinge«, sagte Miss Cora, ohne auch nur die Stimme zu senken. »Ich kann sie nicht mehr auseinanderhalten. Bis vor kurzem hob Mary sich von ihrer Schwester noch dadurch ab, daß sie verrückter war. Inzwischen hat Betty sie eingeholt.«

Miss Cora winkte ihnen zu, und die Zwillinge zogen grollend ab.

»Zuerst war nur Mary hier«, erklärte Miss Cora. »Betty besuchte sie häufig, war aber völlig normal, bis sie vor ein paar Monaten anfing, Marys Symptome zu kopieren. Jetzt haben wir sie beide. Mary sorgt für Betty, sie badet sie sogar.« Miss Cora seufzte. »Freud käme hier auf seine Kosten. Ich habe auch eine Schwester, aber bei der bloßen Vorstellung, sie baden zu müssen, wird mir übel. Sie ist ziemlich dick und haarig.«

Sie hielt inne und besah sich ihre zarten, weißen Hände. Ihre Bewegungen waren für ihr Alter ein wenig zu brüsk, und sie sprach ein wenig zu schnell. Trotzdem hatte Lucille das beruhigende Gefühl, zum ersten Mal in ihrem Leben jemanden gefunden zu haben, der vollkommen normal war.

»Ich weiß, was Sie denken«, sagte Cora, »und Sie haben vollkommen recht. Ich bin viel zu vernünftig, um es in einer unvernünftigen Welt aushalten zu können. Deshalb bleibe ich lieber hier.« Sie lachte. »Ich in meinem Eckchen und Sie in Ihrem.«

Irgendwo im Garten ertönte ein Gong. In einem Anflug von Panik fuhr Lucille aus ihrem Sessel hoch, aber noch ehe sie stand, war der Gong wieder verstummt.

»Das ist Mary Filsinger«, sagte Cora trocken. »Jedesmal, bevor sie spazierengeht, muß sie an das Tor rennen und auf den Knopf drücken, um sich zu vergewissern, daß der Fluchtalarm noch funktioniert. Ausnahmslos; jedesmal.«

»Warum?« sagte Lucille.

»Warum? Die Frage ›warum‹ gibt es in Penwood nicht, warum fragen ist müßig. Viel besser, sich statt dessen an der wunderbaren Ordnung und Beständigkeit der Dinge zu freuen – an Mary Filsinger und dem Zaun, an Mrs. Hammond und ihrem einzigen Satz. All dem liegt ein System von göttlicher Unlogik zugrunde, und das System verändert sich nicht. Genau das habe ich in der wirklichen Welt vermißt – so etwas wie ein System, das sich nie verändert.«

»Der Zaun«, sagte Lucille. »Angenommen, jemand würde hier einbrechen wollen – würde der Alarm dann losgehen?«

»*Einbrechen* wollen?« Coras Stimme war scharf vor Enttäuschung. Sie hatte weiter über Systeme sprechen wollen. Sie hatte das Gefühl gehabt, endlich eine Zimmergenossin gefunden zu haben, die ihre Intelligenz zu würdigen wisse, eine Frau, die, wie sie selbst, das Leben zwar beobachten konnte, jedoch völlig verstört wurde, wenn sie es zu leben versuchte. »Wer, um Himmels willen, soll hier schon rein wollen? Aus Penwood wird im allgemeinen ausgebrochen.«

»Ich will hier bleiben«, flüsterte Lucille.

»Psst.« Cora warf einen besorgten Blick auf die offene Tür. »Miss Scott kann jeden Augenblick wiederkommen.

Wehe, wenn sie das hört. Warum wollen Sie hierbleiben?«

»Ich weiß nicht – ich – ich habe Angst ...« Die Worte preßten sich ihr gegen die Kehle wie Luftblasen, die im nächsten Augenblick zu zerplatzen drohten. *Wenn ich es jemandem sagen würde, wäre mir vielleicht geholfen, jemand könnte mir helfen ... hilf mir, Cora ...*

Dann sah sie Coras erregt flackernde Augen. Sie zog sich in ihrem Sessel zurück und preßte ihre Fäuste gegen die Brust.

»Sagen Sie nichts«, sagte Cora. »Sagen Sie Dr. Goodrich gar nichts, wenn Sie hierbleiben wollen. Gehen Sie auf seine Fragen überhaupt nicht ein, mit keinem Wort. Ein einziges Wort genügt, und Sie sind verraten.«

»Verraten?«

»Sie gehören hier nicht hin. Wenn Sie trotzdem bleiben wollen, ist es Ihre Sache. Sagen Sie Dr. Goodrich überhaupt *nichts.*«

»Guten Tag, Mrs. Morrow.«

(Antworte ihm überhaupt nicht.)

»Ich hoffe, daß Sie sich in Ihrem Zimmer zu Hause fühlen. Wenn Sie bitte Platz nehmen wollen. Sie können gehen, Miss Scott.«

(Schweigen. Augen. Er hatte doch mehr als zwei Augen, oder?)

»Bitte, nehmen Sie Platz, Mrs. Morrow.«

(Sollte ich Platz nehmen? Werde ich mich dadurch schon verraten?)

»So, schon besser, gut so. Zigarette? Leider können wir aus begreiflichen Gründen nicht zulassen, daß unsere Gäste auf ihren Zimmern rauchen. Das verstehen Sie?«

(Natürlich. Wir sind Kinder, ihr laßt uns nicht mit Feuer spielen.)

»Oder?«

(Was hält er mir da hin? Eine Zigarette? Nein, einen Kugelschreiber. Warum einen Kugelschreiber?)

»Ich hätte ein paar Fragen an Sie, reine Routine. Wenn Sie bitte den Kugelschreiber nehmen und hier unterschreiben? ... Der wievielte ist heute überhaupt?«

(Der erste Dezember, aber das sage ich dir nicht, mich kriegst du nicht.)

»Name, Vorname?«

(Mich kriegst du nicht.)

»In welchem Jahr sind Sie geboren? Wissen Sie, wo Sie sind? Sehen Sie das? Verstehen Sie mich? Welche Farbe hat Ihr Kleid?«

Eine Frage nach der anderen. Lucille sagte nichts. Dr. Goodrich schien von ihrem hartnäckigen Schweigen in keiner Weise beeindruckt. Er schien sich allein aufs Schreiben zu konzentrieren und sah kaum einmal zu ihr auf.

Sie fühlte sich sicher in ihrem Schweigen, und dann plötzlich siegesgewiß. Es war ja gar nichts dabei, es war im Gegenteil das einfachste von der Welt, ihn zu täuschen. Sie warf einen beinahe kühnen Blick über den Schreibtisch auf das Blatt, um zu sehen, was er schrieb. Sie fuhr zusammen; er hatte nicht geschrieben; er hatte kleine Männchen gemalt und ganz bewußt auf den Augenblick gewartet, in dem sie ihn dabei ertappen würde.

In dem Moment sah er hoch, und ihre Blicke begegneten sich. Der seine war freundlich, wiewohl ein wenig zynisch. *Mir können Sie nichts vormachen,* drückte er aus.

»Na schön, Mrs. Morrow«, sagte er und zwinkerte ihr aufmunternd zu. »Wir wollen's am ersten Tag nicht übertreiben. Miss Scott wird Sie wieder auf Ihr Zimmer führen.«

Durch einen Nebelschleier sah sie, wie Miss Scott durch den Raum auf sie zuglitt. Sie streckte blind die Hände aus, um irgendwo Halt zu finden.

Miss Scott fing sie im Fallen auf.

»Sie ist ohnmächtig geworden«, sagte Miss Scott überrascht.

»Legen Sie sie auf die Couch und holen Sie eine Tragbahre. Schicken Sie sie nachher zum Abendbrot nicht in den Speisesaal, es sei denn, sie bittet darum. Und dann seien Sie so nett und schicken Sie mir Miss Green.«

Eine Viertelstunde später erschien, von einer errötenden Miss Parsons flankiert, Miss Cora.

»Daß ich mich von ihr führen lassen muß, ist ja wohl die Höhe«, sagte Cora. »Ich kenne mich in diesem Haus besser aus als sie. Und es ist ja nicht so, daß ich versuchen würde, zu entfliehen.«

Miss Parsons vollzog einen eiligen Abgang. Cora hüpfte durch den Raum auf Dr. Goodrich zu.

»Eben darüber wollte ich mit Ihnen sprechen, Cora«, sagte Dr. Goodrich und lächelte matt.

Cora setzte sich. Ihr Atem ging schwer, und ihre Lippen hatten einen Stich ins Bläuliche, den Goodrich besorgt zur Kenntnis nahm.

»Wie geht es Ihnen, Cora?«

»Gut.«

»Ich wünschte, Sie lernten endlich, sich ein wenig zu bremsen.«

»Behutsamkeit war nie meine Stärke«, sagte Cora und

warf den Kopf in den Nacken. »Und zum Lernen ist es jetzt zu spät.«

»Morgen ist Besuchstag. Ihre Schwester kommt. Ich dachte, es ist wahrscheinlich keine schlechte Idee, wenn Sie Ihre Sachen packen und mit ihr heimfahren.«

Sie starrte ihn an. »Haben Sie es Janet schon gesagt?«

»Sie hat selbst den Vorschlag gemacht. Sie sind schon ziemlich lange nicht mehr zu Haus gewesen.«

»Ich will nicht gehen. Ich bin zu alt, um immer hin- und herbugsiert zu werden.«

»Sie können wiederkommen, wann immer Sie wollen. Sie haben in letzter Zeit sehr nette Fortschritte gemacht.«

»Sie wissen selbst, daß Sie jetzt lügen, Doktor«, sagte Cora. »Warum wollen Sie mich nach Hause schicken? Weil's ohnehin bald mit mir vorbei ist? Ist das der Grund?«

»Unsinn. Ihre Schwester meinte, Sie würden vielleicht ganz gerne wieder zu ihr kommen. Aber bitte, wie Sie wollen. Wenn Sie lieber hierbleiben, auch gut. Sie wissen, daß wir Sie gern hier haben.«

Das stimmte. Miss Green war der Liebling der Anstalt. Man konnte sich kaum vorstellen, daß diese vergnügte und aufgeweckte kleine Frau sich blind betrank, sobald sich eine Gelegenheit bot. Dann gab es für sie keinerlei moralische Schranken mehr. Zweimal war sie wegen Diebstahls verhaftet worden und mehrere Male wegen Erregung öffentlichen Ärgernisses. Im allgemeinen erinnerte sie sich nachher an nichts mehr. Nach der zweiten Straftat hatte ihre Schwester Janet sie nach Penwood geschickt. Man hatte ihr erlaubt, hin und wieder nach Haus zu fahren, aber diese Besuche waren kein Erfolg. Unter dem wachsamen und besorgten Auge ihrer Schwester fühlte Cora sich weit mehr aller Verantwortung enthoben und unruhiger als in Penwood. Nach zwei – drei Tagen hatte sie nur noch den Wunsch: dieser ständigen Beobachtung zu entfliehen. Sie besaß die subtile Findigkeit einer Meistersäuferin, und Janet, eine einfallslose und erfolgreiche Geschäftsfrau, war ihr nicht gewachsen. Cora fand immer Mittel und Wege, aus dem Haus, zu Geld und an Schnaps zu kommen. Ihr schwaches Herz machte diese Ausflüge in zunehmendem Maße gefährlich.

»Sie wissen, worauf das hinauslaufen würde«, sagte Cora. »Sie wissen ganz genau, daß ich nicht geheilt bin.«

Goodrich, der es ganz genau wußte, sagte nichts.

»Wie viele von uns werden hier überhaupt je geheilt?« fragte sie.

»Nicht viele.«

»Ich habe immer gedacht, wenn ich einmal weiß, warum ich trinke, dann kann ich es sofort aufgeben, einfach so.« Sie schnippte mit den Fingern. »Aber nichts ist so einfach, wie es scheint. Ich weiß es, und Sie wissen es, warum ich trinke.«

Er ließ sie reden, obwohl er ihre Krankheitsgeschichte in- und auswendig kannte. Sie hatte mit fünfzehn Jahren ihre Eltern verloren und stand von dem Tag an mit einer kleinen fünfjährigen Schwester allein in der Welt. Fünfundzwanzig Jahre lang war sie ihrer Pflicht, diese kleine Schwester großzuziehen, gewissenhaft und selbstlos nachgekommen. Als Janet in ihrem Beruf die ersten Erfolge erntete, begann es mit Cora bergab zu gehen. Sie wurde zerfahren, vergaß alles, und es fiel ihr immer schwerer, mit Situationen und Menschen fertig zu werden. Sie warf die Last einer Verantwortung ab, die für sie zu schwer gewesen war. Und nun war sie die Last zwar los, doch ihr Gewissen erinnerte sich noch immer schuldbewußt an das Gefühl und ihre Art.

»Die Verantwortung trage ich immer noch«, sagte Cora. »Ich werde sie bis an mein Lebensende tragen ... O Himmel, ich nehme zu, nicht wahr? Ich mag keine fetten Leute.«

Sie erhob sich, indem sie sich mit den Händen an den Armlehnen emporzog.

Goodrich sah es. »Sie täten gut daran, sich morgen noch einmal von Dr. Laverne untersuchen zu lassen, Cora.«

»Das ist nicht nötig. Mir geht's bestens.«

»Ich melde Sie an.«

»Dieses ganze Theater ist doch kindisch«, sagte Cora. »Wenn eine sechzigjährige Frau sterben muß, ist das schließlich keine Tragödie.«

»Nicht schummeln, Cora. Sechsundsechzigjährig.«

Sie wehrte lachend ab. »Noch weniger tragisch.«

Cora Green starb zwei Tage darauf.

In der Woche, in der die Familie Morrow Lucille besuchte, fand ein kleiner Junge namens Maguire ein ans Seeufer gespültes Päckchen, das er seiner Mutter heimbrachte. Und am selben Tage fand eine gerichtliche Untersuchung der Leiche von Eddy Greeley statt.

7

Sowohl im Leben wie im Tod war Mr. Greeley ein öffentliches Ärgernis. Zu Lebzeiten hatte er sich Kost und Unterkunft jahrelang vom Staat bezahlen lassen, und indem er sein Leben in einer dunklen Gasse beendete, machte er sich wiederum schuldig, den Staat die Untersuchung und den Coroner, die Geschworenen und den Polizeiarzt wertvolle Zeit zu kosten.

Edwin Edward Greeley, erklärte der Polizeiarzt, war ein notorischer Morphinist. Sein Körper war abgemagert, und beide Oberschenkel wiesen Hunderte von Injektionsnarben und etliche entzündete Einstiche auf. Eine Untersuchung von Mr. Greeleys Hosen (nicht vorgelegt) ergab, daß er sich das Morphium durch die Kleider einzuspritzen pflegte, und zwar mittels einer selbstgebastelten Spritze (den Geschworenen vorgelegt und von denselben mit Interesse und Abscheu beäugt).

Der Obduktionsbefund lautete auf Morphiumvergiftung.

Der Coroner legte die Tatbestände dar und ließ keinen Zweifel daran, daß Greeley sich für ihn, den Coroner, verrechnet und mit einer Überdosis ins Jenseits befördert hatte (für die Welt kein Verlust – schwang bei seinen Ausführungen unüberhörbar mit); wollten die Geschworenen sich jedoch lächerlich machen und auf Mord oder

Selbstmord hinarbeiten – bitte, das sei ganz ihnen überlassen.

Die Geschworenen zogen sich etwa zwanzig Minuten zur Beratung zurück. Miss Alicia Schaefer faßte die Meinungen der anderen Geschworenen zusammen, indem sie sagte, daß einem Menschen, der ein solches Gerät benutze, statt in einen Laden zu gehen und sich eine ordentliche Injektionsnadel zu kaufen, und der sich Zeug durch die Kleider einspritzt – allein schon der Gedanke, statt das Ding vorher anständig zu sterilisieren, wie es sich gehört –, nun, daß einem solchen Menschen jede Art von Versehen zuzutrauen sei.

Miss Schaefers zwingende Logik wischte alle Bedenken vom Tisch, und die Gerichtsakten erweiterten sich an jenem Tag um den Vermerk, daß Edwin Edward Greeley infolge eines Unglücksfalls gestorben sei.

Der Barkeeper im Allen Hotel las die Nachricht im *Evening Telegram.* Er rief in Inspektor Sands' Büro an und ließ ihm ausrichten, er wünsche ihn zu sprechen.

Kurz nach sieben am Donnerstagabend kam Sands herein, nahm in der rückwärtigen Nische Platz und bestellte ein Bier. »Sie wollten mich sprechen?« sagte er zu Bill.

»Ja«, sagte Bill. »Greeley ist abgekratzt, lese ich in der Zeitung?«

»Freund von Ihnen?«

»Das wäre zuviel gesagt. Aber er war vor ein paar Tagen noch hier. Muß der Abend gewesen sein, an dem es ihn erwischt hat. Dienstag.«

»Und?«

»Er war mit einer Nutte hier, von dem Puff vorn an der Ecke. Hat Champagner bestellt und mit einem Fünfziger bezahlt.«

Sands schien unbeeindruckt, und Bill fügte eilig hinzu: »Sie werden vielleicht sagen, na und? Aber ich hatte das dunkle Gefühl, daß er etwas ganz Dickes in petto hatte. Sie hätten hören sollen, wie er prahlte, von wegen einem festen Einkommen, das ihm von nun an sicher sei. Ich dachte, das würde Sie vielleicht interessieren.«

»Danke.«

»Herrgott, sein festes Einkommen hat er ja jetzt. Als Maurer himmlischer Häuser.«

»Wer war die Frau?«

»Susie. Eine von Phyllis' Etablissement um die Ecke, eine Rote, ganz schön was dran. Nettes Mädchen. Ich glaube nicht, daß gegen sie etwas vorliegt. Liest vielleicht hie und da mal was auf, aber sie ist kein schlechter Mensch.«

»Kommt sie oft hierher?«

»Gelegentlich.«

»Ich hätte gern mal mit ihr gesprochen. Wie wär's, wenn Sie sie hier rüberlotsen würden?«

»Aber Mr. Sands«, sagte Bill. »Himmel noch eins, ich habe Frau und Kinder, ich hure nicht herum, das wissen Sie. Wenn meiner Frau das zu Ohren kommt ...«

»Rufen Sie sie doch an.«

»Genau. Daran habe ich überhaupt nicht gedacht. Klar, warum nicht, Mr. Sands.« Er erhob sich. »Kann sein, daß Sie das ein bißchen was kosten wird. Am besten sag' ich wahrscheinlich, es ist was Geschäftliches.«

»Gute Idee.«

»Haben Sie fünf Dollar übrig?«

»Ja.«

Bill verschwand in seinem Büro. Nachdem er der Madame versichert hatte, daß er in einer geschäftlichen Angelegenheit anrufe – im Werte von fünf Dollar –, durfte er mit Susie sprechen.

»Susie? Bill am Apparat, unten vom Allen.«

»Und? Was ist? Oder ist es zu persönlich?«

»Ich habe hier einen Burschen. Fünf Dollar.«

»Ich habe keine Lust, bei dem Sauwetter für lumpige fünf Dollar rauszugehen.«

»Hast du das mit Greeley in der Zeitung gelesen? Dem sind Flügelchen gewachsen. Und nicht, daß du meinst, er hätte sich eine Boeing gekauft.«

»Soso«, sagte Susie und hängte ein.

Eine Viertelstunde später war sie im Allen. Sie hatte sich eilends angezogen, war kaum frisiert, und ihr Lippenstift war verschmiert.

Bill führte sie in die rückwärtige Nische und machte sie mit Sands bekannt. Ihr Blick wanderte langsam über Sands hin.

»Wen wollen Sie auf den Arm nehmen?«

»Hör mal, in dem Ton kannst du mit Mr. Sands nicht sprechen«, sagte Bill. »Schließlich ist Mr. Sands ...«

»Setzen Sie sich, Susie«, sagte Sands. »Sie haben recht, ich bin harmlos.«

»Das habe ich nicht gemeint«, sagte Susie. »Großer Gott, so etwas würde ich niemandem unterstellen. Ich meine nur, Sie sind nicht der Typ.«

»Woher willst du das wissen?« fragte Bill grollend. »Mr. Sands hat allerhand Muskeln unterm Anzug, nicht wahr, Mr. Sands?«

»Zieh Leine«, sagte Sands, ohne ihn anzusehen.

»Gewiß«, sagte Bill. »Gewiß. Bin schon auf dem Weg.«

Er zog ab, und Susie setzte sich. »Was soll das Ganze?«

»Ich hätte ein paar Fragen an Sie. Bezüglich Greeley.«

»Ich kapiere. Polizei?«

»Ja.«

Überraschenderweise lehnte sie sich zurück und lächelte. »Kommt mir wie gerufen. Ich bin heute abend ein bißchen müde. Und ich habe nichts auf dem Gewissen, das Sie nicht schon wüßten.«

»Haben Sie Greeley lange gekannt?«

»Nicht besonders. Vielleicht zwei Monate, rein geschäftlich. Er war ein Geizhals. Mich hat's total umgehauen, als er am Dienstagabend aufkreuzte, für die ganze Nacht zehn Dollar zahlte und dann nicht einmal blieb. Wir sind hierhergegangen, vielleicht zwei Stunden geblieben, und wissen Sie, was wir getrunken haben?«

»Champagner«, sagte Sands.

»Ja, ist das nicht irre? Armer Eddy, er hat es offenbar nicht verkraftet. Er ist tot, sagt Bill?«

»Ja.«

»Haben Sie ihn gekannt?«

»Nicht persönlich.«

»Er war ein Kokser. Er hat sich eine Dosis verabreicht, nachdem wir vom Hafen weg sind.«

»Wieviel Uhr?«

»Gegen zwölf, würde ich sagen.«

»Und dann?«

»Dann hat er mich mit einer Taxe nach Hause geschickt«, sagte Susie trocken. »Ob Sie es glauben oder nicht. Er sagte, er sei noch mit jemandem verabredet. Er hat den ganzen Abend große Töne gespuckt. Ich hab' nur gelacht. Das einzige, zu dem Eddy taugte, war Besoffene ausnehmen, auf die Weise muß er sich auch diesen Fünfziger verschafft haben.«

Sands gab ihr fünf Dollar. Sie nahm den Schein mit einem schiefen Lächeln.

»Leicht verdientes Geld. Ich wünschte verdammt noch mal, ich bekäme immer bloß fürs Reden bezahlt. Sie würden mich vor lauter Nerz nicht mehr sehen.«

Sands erhob sich und setzte den Hut auf. »Gute Nacht, und danke.«

»Ein Jammer, daß Sie schon gehen müssen.«

»Ja. Ich habe eine Verabredung.«

Er erwähnte nicht, daß er mit den sterblichen Überresten von Mr. Greeley im Leichenschauhaus verabredet war. Niemand hatte auf Greeley einen Anspruch angemeldet, und er würde eine lange kalte Wartezeit verbringen müssen, ehe es jemand tat.

Der Wärter zog das Kühlfach heraus wie ein Schubfach aus einem Aktenschrank.

»Soll ich dabeibleiben, Inspektor?«

»Nein«, sagte Sands. Sein Gesicht war grau, und als er zugriff, um das über Greeley gebreitete Tuch zurückzuschlagen, zitterten ihm die Hände.

Im Leichenschauhaus war es aufdringlich still. Kein Geräusch drang von der Straße durch die Mauern, und die grelle weiße Deckenbeleuchtung hob die Stille nur noch krasser hervor. Licht müßte von Bewegung und Geräuschen begleitet sein, aber es gab keine Bewegung außer dem Fallen des Tuchs, und es gab kein Geräusch außer Sands' eigenem Atem.

Gnadenlos starrte das Licht auf Greeley hinunter, wie ein kaltes, teilnahmsloses Auge, das alles besah: seine spitzen Knochen, die verwachsenen Füße, die abgebrochenen, schorfigen Nägel, die knochigen und behaarten und leicht verkrümmten Beine. Wer immer Greeley gewaschen hatte, hatte sich herzlich wenig Mühe gegeben, und wer immer ihm nach der Autopsie die Brust mit

Sägemehl vollgestopft und zugenäht hatte, war dabei kaum liebevoller zu Werke gegangen.

Greeley, ein Ärgernis von Anfang bis Ende und nach wie vor ein Ärgernis, da niemand für seine Beisetzung aufkommen wollte.

»Greeley«, sagte Sands.

Es war der einzige Nachruf, den Greeley erhielt, und er wäre sicher nicht begeistert gewesen, hätte er gewußt, daß er von einem Polizeibeamten kam.

Sands beugte sich vor und zwang sich, das kalte Fleisch zu berühren.

Später rief er Dr. Sutton, einen der Assistenten des Coroners, an.

»Ich habe eben mal einen Blick auf Edwin Greeley geworfen«, sagte er.

»Greeley? O ja, der Unglücksfall.«

»Haben Sie einen Einstich in seinem linken Oberarm gesehen?«

»Ich kann mich nicht entsinnen. Er war mit Einstichen derartig übersät, daß man sich wundert, daß er noch laufen konnte.«

»Der, den ich meine, ist auf seinem Arm und kaum zu sehen.«

»Ja und? Die Ermittlungen sind abgeschlossen. Die Sache war vollkommen klar. Es handelte sich entweder um Unfall oder Selbstmord, und ich wüßte nicht, wen jetzt noch interessieren sollte, ob es das eine oder andere war. Denken Sie etwa an *Mord?*«

Suttons Stimme klang ungläubig und ein wenig gereizt. »Sie kennen mich, Sands. Ich untersuche jeden Fall zunächst einmal auf Mord hin. Aber das ist in diesem Fall ausgeschlossen. Ich kannte Greeley, hab' vor zwei Jahren schon einmal bescheinigen müssen, daß er süchtig ist. Er war mißtrauisch bis auf die Knochen. Wenn Sie glauben, er schaut seelenruhig zu, während ihm irgend jemand eine tödliche Dosis Morphium verabreicht ...«

»Woher sollte er wissen, daß sie tödlich war?« fragte Sands sanft. »Ich habe noch etwas für Sie. Ich habe gerade erfahren, daß Greeley sich am Dienstag gegen Mitternacht eine Dosis verpaßt hat. Er wurde am nächsten Morgen gegen sechs gefunden und war zu dem Zeitpunkt seit etwa drei Stunden tot, war's so?«

»Genau.«

»Schön, dann überlegen Sie mal. Wir haben ja Zeit, Greeley wird uns nicht davonlaufen.«

Es gab eine lange Pause.

»Ja«, sagte Sutton endlich. »Ich begreife. Die Zeiten stimmen nicht. Wenn die tödliche Dosis diejenige war, die er sich selbst gegen Mitternacht verpaßt hat, ist er nicht früh genug gestorben. Dann kann die es also nicht gewesen sein.«

»Und um die Sache mit den Zeiten noch ein Stückchen weiter zu verfolgen«, sagte Sands, »was hätte Greeley für einen Grund gehabt, sich zwei Stunden später noch eine Dosis zu verpassen? Rauschgiftsüchtige schmeißen nicht mit dem Zeug um sich. Greeley hatte irgendwann nach Mitternacht eine Verabredung. Es sieht so aus, als hätte er sich für diese Begegnung aufmöbeln wollen und als habe ihm danach irgend jemand eine kleine Extraportion verpaßt.«

Der Fall von Mr. Greeley wurde am Freitagmorgen inoffiziell wieder aufgenommen.

Am Freitagmorgen erstattete außerdem Dr. Goodrich Andrew telefonisch zum zweitenmal Bericht.

»Es wäre verfrüht, Ihnen in diesem Stadium schon irgend etwas Abschließendes zu sagen«, erklärte Dr. Goodrich. »Sie als Gynäkologe haben selbst genügend Erfahrung mit den seelischen Störungen, die sich bei den meisten Frauen während des Klimakteriums einstellen. Im allgemeinen sind diese Störungen nicht weiter ernst – Schlaflosigkeit, böse Träume mit latent sexuellem Inhalt, hysterische und depressive Phasen ...«

»Sie würden ihren Zustand also auf die Wechseljahre zurückführen?« fragte Andrew.

»Offengestanden nein. Sie sind eine zusätzliche Belastung, das ja. Aber sie scheint vor allem an den Nachwirkungen eines sehr ernsten Schocks zu leiden. Sie ist benommen und zittert zugleich vor Angst, so sehr, daß ich den Eindruck habe, sie will hierbleiben, weil sie sich hier in Sicherheit fühlt. Das gibt's häufiger, wir haben eine ganze Reihe von Patienten, die nicht mehr fort wollen, aber das sind durchweg Frauen, die schon seit Jahren hier sind und sich nicht überwinden können, der bequemen Routine des Anstaltlebens adieu zu sagen, um sich erneut einer sich ständig verändernden Umwelt zu stellen. Ihre Frau dagegen ist erst vor ein paar Tagen eingeliefert worden; Neulinge setzen gewöhnlich alles daran, hier wieder herauszukommen ... Sind Sie sicher, daß Sie mir von der Vorgeschichte nichts verschwiegen haben?«

»Ich habe Ihnen gesagt, was ich weiß«, sagte Andrew teilnahmslos. »Sie war mit den zwei Mädchen allein im Haus, und ein Mann lieferte ein Päckchen für sie ab. Niemand weiß, was der Inhalt war. Sie hat es mitgenommen, als sie fortlief.«

»Und zwischen Ihnen und Ihrer Frau hat es keine Schwierigkeiten gegeben? In Mrs. Morrows Alter erlebt man manchmal ...«

»Nicht die geringsten. Wir sind seit fünfzehn Jahren verheiratet, und eine bessere Frau als Lucille könnte ich mir nicht vorstellen. Und ich – ich weiß nicht, ob ich ein guter Ehemann war, aber sie schien glücklich zu sein.« Er hielt inne und fügte ruhig hinzu: »Sehr glücklich, glaube ich.«

»Diese Angst«, sagte Goodrich. »Es ist nicht diese wilde, irrationale Art von Angst, mit der wir hier so oft zu tun haben. Ich überlegte eben, vielleicht kämen wir einen Schritt weiter, wenn Sie Ihrer Frau heute nachmittag einen Besuch abstatten könnten. Zusammen mit den Kindern und Ihrer Schwester. Ein Gespräch mit vertrauten Menschen würde den Druck, unter dem sie offensichtlich steht, vielleicht ein wenig lindern? Andererseits weiß ich nicht, vielleicht würde es eher schaden?«

»Ich verstehe. Würde sie – würde sie uns sehen wollen?«

»Da gibt es vielleicht eine kleine Schwierigkeit, aber soweit hat sie sich allem gefügt, und ich denke, mit ein wenig gutem Zureden würden wir sie schon dahin bringen.«

»Dann kommen wir auf jeden Fall. Wir wollen nichts unversucht lassen, wenn wir ihr irgendwie helfen können.«

»Es scheint doch dieses Päckchen gewesen zu sein, was diesen Schock ausgelöst hat. Ich wüßte gern, was es enthielt. Ich habe sie natürlich nicht gefragt, da sie bisher selbst meine harmlosesten Fragen nur mit hartnäckigem Schweigen beantwortet hat. Ich würde sagen, es war irgendein Zeugnis aus einem früheren Abschnitt ihres Lebens, das, als es ihr plötzlich wieder in die Hände fiel, einen übertriebenen Schuldkomplex in ihr ausgelöst hat.«

»Wir werden alles tun, was in unserer Macht steht«, sagte Andrew. »Wir – wir sind aufs äußerste betroffen; meine Tochter hatte heute nachmittag heiraten wollen.«

»Das tut mir leid«, sagte Goodrich. »Drei Uhr wäre die beste Zeit. Bis dann also.«

Das Taxi kam die Auffahrt hoch, Giles bückte sich und nahm seinen Koffer.

»Dann also auf Wiedersehen, Giles«, sagte Polly. »Es war nett, dich kennenzulernen.«

»Ach, heiliger Strohsack.« Er ließ den Koffer wieder fallen. Der Schnee stäubte auf. »Fängst du wieder von vorn an?«

»Ich mag keine Leute, die vor Problemen davonlaufen.«

»Ich laufe ja nicht weit. Nur bis zum Hotel Ford, wie du weißt. Ich kann hier nicht bleiben. Ich steh' im Weg, und das weißt du.«

»Du hast dich in den letzten paar Tagen ganz schön verändert.« Sie hackte mit der Spitze ihres Schuhs in den Schnee mit finsterer Miene. »Früher warst du noch nicht *ausnahmslos* unhöflich.«

»Ich kann hier nicht bleiben«, wiederholte er. »Ich fühle mich total idiotisch. Ein Bräutigam in spe auf Krücken, während es überall brennt und die Feuerwehr Brotzeit macht.« Er sah hilflos zu ihr hinunter. »Verdammt nochmal, du solltest nicht ohne Mantel hier draußen stehen.«

Der Taxifahrer hupte.

»Lauf schon«, sagte Polly schnöde.

»Polly, ich ruf' dich an, sobald ich da bin.«

Sie sah ihn kalt an. »Warum das?«

Er beugte sich zu ihr hinunter, um sie zu küssen, aber sie wandte den Kopf ab. Er packte sie bei den Schultern und zog sie zu sich herum.

»Hör zu«, sagte er. »Du hast mich falsch eingeschätzt. Ich bin nicht wie dein Vater.«

»Laß meinen Vater aus dem Spiel. Er hat mehr Format, als du je erlangen wirst.«

»Das sage ich ja«, bestätigte er ruhig. »Jemand von seinem Format kann sich von den Damen seiner Familie herumkommandieren lassen, ohne das übelzunehmen. Aber ich kann das nicht ertragen. Wenn ich es könnte, würde ich mich mit euch versöhnen, hierbleiben und es nehmen, wie es kommt. Es tanzen nicht alle nach deiner Pfeife, Polly.«

»O nein?«

Er nahm seinen Koffer wieder. »Du weißt, wo ich bin, wenn du mich suchst.«

»Aber sicher.«

Sie drehte sich um und marschierte, ohne sich noch einmal umzuschauen, ins Haus. Er schritt mit einem wilden, verstörten »Verdammt« zur Taxe und öffnete die Wagentür.

Polly trat langsam ins Wohnzimmer und starrte eine Weile mit vor Wut brennenden Augen auf das kleine Foto von Lucille, das auf dem Kaminsims stand.

»Sie war's«, zischte sie durch die Zähne. »Sie war's, es ist alles ihre Schuld. Sie hat mir immer alles vermasselt.«

Die Abteilung für Beschäftigungstherapie bestand aus zwei fröhlichen, geräumigen Zimmern, durch deren große Fenster das Sonnenlicht hereinströmte. Neben der Lehrerin taten hier noch zwei Schwestern Dienst, die über ihrer Tracht jedoch farbenfrohe Kittel trugen, und es herrschte in der ganzen Abteilung die Atmosphäre einer freundlichen, zwanglosen Werkstatt.

In einer Ecke stand ein großer, mit Wasser gefüllter Bottich, in dem Weidenzweige aufweichten, und neben dem Bottich war Mrs. Hammond damit beschäftigt, die im Wasser geschmeidig gewordenen Zweige in ein vor ihr aufgebautes Rahmengestell einzuflechten. Sie achtete nicht besonders auf Details, schien aber großen Spaß daran zu haben, mit den Zweigen wild zu fuchteln.

»Kommen Sie, Mrs. Hammond«, sagte die Lehrerin, »nehmen Sie's immer mit der Ruhe.« Sie wandte sich Lucille zu. »Mrs. Hammond bastelt einen Lampenschirm. Macht sie das nicht schön?«

»Ja«, sagte Lucille.

Mrs. Hammond fuchtelte weiter.

»Wenn Sie irgendeine Arbeit sehen, die Ihnen besonderen Spaß machen würde, Mrs. Morrow ...«

»Nein. Nein – egal was – irgend etwas.«

»Kommen Sie, Cora«, rief die Lehrerin durch den Raum. »Jetzt geht's an die Arbeit. Zeigen Sie Mrs. Morrow einmal das hübsche Bild, das Sie gemacht haben. Vielleicht wäre das etwas für sie.«

»Das wär's bestimmt«, sagte Cora artig.

Cora hatte eine kleine Nische ganz für sich allein. Auf einer Art Staffelei stand ein mit Rupfen bespannter Holzrahmen, und auf dem Tischchen daneben standen allerlei Schälchen mit Makkaroni, Graupen, Reis und ähnlichen Nahrungsmitteln.

»Die leimen wir auf den Rupfen«, erklärte die Lehrerin

Lucille, »und wenn der Leim trocken ist, wird alles bemalt. Manche der Arbeiten sind wirklich erstaunlich, obwohl man leider nicht behaupten kann, daß Cora sich durch übertriebenen Fleiß auszeichnet.«

»Es kommt nicht auf Fleiß an«, sagte Cora augenzwinkernd. »Wichtig ist allein der künstlerische Impuls und ein großer Einfallsreichtum.«

»Letzteres ist allerdings überzeugend«, sagte die Lehrerin mit einem Blick auf die willkürlich über die Leinwand verstreuten Reis- und Graupenkörner. »Trotzdem bin ich mir immer noch nicht *ganz* sicher, was das werden soll.«

»Es ist eine bildliche Darstellung von James Joyces *Ulysses.* Ich meine, ich hätte Ihnen das schon einmal erläutert. Das Medium ist dafür wie geschaffen.«

Die Lehrerin zögerte. »Nun, in dem Fall ... Vielleicht hätten Sie Lust, auch so etwas zu machen, Mrs. Morrow?«

»Wir könnten diese Arbeit zusammen fertigmachen«, sagte Cora.

»Mrs. Morrow soll selbst entscheiden, Cora. Wir müssen höflich sein.«

»Meinetwegen«, sagte Lucille. »Mir einerlei.«

Mrs. Hammond hatte ihre Arbeit eingestellt und starrte düster auf die mit Nahrungsmitteln gefüllten Schalen. Unauffällig trat eine der Schwestern an ihre Seite.

»Gebt mir mehr zu essen und mehr zum Anziehern«, stimmte Mrs. Hammond an. »Gebt mir ...«

»Aber, aber, Mrs. Hammond, Sie haben doch eben erst gefrühstückt. Nachher gibt's einen kleinen Imbiß. Oh, das haben Sie aber wirklich prächt ...«

»... mehr zu essen und zum Anziehern.«

Die Schwester nahm einen Weidenzweig auf und drückte ihn Mrs. Hammond in die Hand. Sie warf ihn wieder von sich, er zischte durch die Luft und traf die Schwester am Bein.

»Gebt mir mehr zu essen und zum Anziehern.«

»Gut. Kommen Sie.«

Freundlich, aber bestimmt nahm die Schwester Mrs. Hammond beim Arm und führte sie hinaus.

»An Besuchstagen ist es immer besonders schlimm mit ihr«, erklärte Cora. »Dann kommt ihr Mann sie besuchen. Hier, tun Sie so, als arbeiteten Sie, dann läßt die Lehrerin uns in Frieden.«

Lucille nahm ein Makkaroni aus der Schale. Sie hob es mit spitzen Fingern auf Augenhöhe und besah es stumpf. Es schien vor ihren Augen zu wachsen, zu einem Symbol ihres zukünftigen Lebens zu werden.

Mein ganzes Leben, dachte sie, mein ganzes Leben, während Coras Stimme in ihrem Rücken weiterzwitscherte: »Mrs. Hammond kommt aus einer sehr reichen jüdischen Familie. Dann hat sie diesen Mann geheiratet, er ist irgendein kleiner Angestellter, und ihre Familie hat mit ihr gebrochen, weil er kein Jude war. Sie waren sehr arm, und dann ist ihr Baby bei der Geburt gestorben. Seit dem Augenblick, in dem sie es ihr gesagt haben, hat sie kein Wort mehr gesagt, außer immer wieder diesen einen Satz. An Besuchstagen kommt ihr Mann; er spricht mit ihr, aber ich glaube nicht, daß sie etwas mitbekommt. Sie ist schon sehr lange hier.«

Sehr lange? dachte Lucille. Das werde ich auch.

»Sie hören nicht zu«, sagte Cora.

»Doch, ich höre.«

»Also gut, Mrs. Hammond muß sich eingeredet haben,

daß ihr Mann sie hat verhungern lassen und auch am Tod des Babys die Schuld trägt. Aber sie selbst wird sich auch schuldig fühlen, weil sie sich von ihrem Glauben losgesagt hat.«

In der Tür erschienen die Filsinger-Zwillinge mit Miss Scott. Mary gab sich sofort als Mary zu erkennen.

»Ich habe dem Chef schon tausendmal gesagt, wenn Betty sich nicht wohlfühlt, ist es Unsinn, sie zu zwingen, hier herunterzukommen.« Sie warf den Kopf in den Nakken und rief: »Direktor! Di-rek-tor!«

»Pst, Mary«, sagte Miss Scott und wandte sich Betty zu. »Ist es so schlimm, Betty?«

»Mir geht's gut«, gab Betty hohl zurück.

»Sie nimmt sich eben zusammen«, rief Mary. »Sie ist ja ganz fahl im Gesicht – oh, das sieht doch ein Kind, wie elend sie ausschaut.«

Sie streichelte ihrer Schwester über die rosigen Wangen.

Die Lehrerin tauchte aus dem anderen Zimmer auf.

»Mary, wenn Sie sich nicht beeilen, ist Miss Sims mit ihrem Waschlappen eher fertig als Sie. Sie ist schon bei der Feinarbeit.«

Mary schnaubte. »Komm, Betty, komm, Betty. Paß auf, daß du nicht fällst. Oh, es ist ein Skandal, daß sie dich in deinem Zustand überhaupt hier herunterlassen. Fall nicht, Betty.«

»Mir geht's gut«, sagte Betty.

»Ach, du bist ja so tapfer, Liebste. Wenn Miss Sims nicht diesen Vorsprung hätte, würde ich sofort zum Aufseher gehen. Ach, herrje. Ach, Miss Scott, tu' ich auch das Richtige?«

»Genau das Richtige«, sagte Miss Scott.

Abgesehen von Mary Filsingers gelegentlichen Hilferufen nach dem Direktor verlief der Morgen ohne weitere Zwischenfälle. Die Lehrerin hatte Lucille und Cora unauffällig getrennt, und Lucille stellte nach einer Weile fest, daß sie mit Eifer und echtem Interesse an dem von Mrs. Hammond aufgegebenen Lampenschirm arbeitete. Es gefiel ihr, wie die Weidenzweige sich anfühlten, glatt und biegsam, und zum ersten Mal seit Jahren verspürte sie die Befriedigung, etwas mit ihren eigenen Händen anzufertigen. Als die Glocke zum Mittagessen ertönte, hatte sie beinahe vergessen, wo sie war und daß sie aus diesen Mauern bis an ihr Lebensende nicht mehr herauskommen sollte.

»Ich geh' nicht hinunter.« Lucille stand in ihrem Zimmer vor dem Fenster, die Hände zu Fäusten geballt und an ihre Hüften gepreßt. »Ich will niemanden sehen.«

»Ach was, kommen Sie schon«, sagte Miss Scott. »Wir haben heute alle Besuch, selbst die Zwillinge. Sie werden sich hier oben verlassen fühlen. Und dabei hat Ihre Familie Ihnen so schöne Rosen geschickt ...«

»Ich will keine Rosen. Die können Sie jemand anderem geben.«

Sie hätte es sich nicht träumen lassen, daß die Familie sie besuchen würde, einfach so, offen und sorglos. Sie hatte sich ausgemalt, wie einer von ihnen, irgendwann einmal, im Schatten der Nacht in ihr Zimmer geschlichen kommen würde, um sie zu stellen, um sie zu quälen. Und nun waren sie plötzlich da, allesamt, warteten unten auf sie, als wäre nichts geschehen, schickten ihr Rosen und taten so, als sei dies ein normales Hospital und sie, Lucille, nur ein wenig krank.

»Wir wissen, daß es beim erstenmal immer ein bißchen

schwierig ist, seine Familie wiederzusehen«, sagte Miss Scott. »Trotzdem wäre viel damit gewonnen, wenn Sie sich überwinden könnten, davon sind wir überzeugt.«

»Wie bei Mrs. Hammond«, sagte Lucille.

Miss Scotts Blick wurde kurz, beinahe finster. »Cora ist eine alte Schwätzerin. Sie wollen Ihren Mann doch sehen, oder?«

Lucille preßte die Hände gegen ihr Herz. *Ich will Andrew sehen, mit ihm nach Haus fahren, mein Lebtag nicht mehr von seiner Seite weichen und sonst keinen Menschen sehen.*

»Nein, das will ich nicht«, sagte sie.

»Na schön, ich werde es Dr. Goodrich sagen. Sie können hier oben bleiben.«

Miss Scott ging, und Lucille ließ sich auf der Bettkante nieder. Sie war kaum noch bei Bewußtsein. Obwohl sie aufrecht dasaß und die Augen geöffnet hatte, war ihr, als schliefe sie beinahe und als liege ihr Geist in den Wehen und wälze sich mit Träumen, kleinen Gesichtern, Weidenfingern, Blutrosen, etwas zum Anziehern und einem Reiskügelchen, haben Sie die Löffel gezählt, Schwester?, harten, toten Makkaronikörpern, entwickelt sich erwartungsgemäß, sind diese Rosen für mich, für *mich*, für *mich?*

Weide in Wanne ertrunken, weiche tote Weide treibt Haar und Kopfschmerzen in Wanne.

Direktor!

Wie glatt, wie lieb, wie tot. Komm Cora, Cora, komm, Cora.

Di-rek-tor!

Traubenaugen zerstampft, verfaulte Nasen über die Wand verspritzt, die Suppe heute wird Ihnen bestimmt gut schmecken, die Weide treibt darin, o Schwester, liebe Schwester ...

Plötzlich beugte sie sich vor und begann zu würgen.

Miss Scott stürzte zur Tür herein. »Mrs. Morrow! Hier. Kopf runter! Runter mit dem Kopf, bitte.«

Sie preßte Lucilles Kopf gegen ihre Knie und hielt ihn fest. »Tief einatmen, ja so, so ist's gut. Gleich geht's uns wieder besser. Sie müssen etwas gegessen haben, das Ihnen nicht bekommen ist.«

Miss Scott nahm ihre Hände weg, und Lucille hob langsam den Kopf. Sie wußte, daß Miss Scott da war, sie konnte sie hören und sehen, aber Miss Scott war nicht wirklich da, sie war eine weiße Rauchwolke, man konnte sie mit einer Handbewegung fortfegen, konnte sie fortblasen, sie war nichts, sie konnte nichts machen, sie war nicht vorhanden.

»Möchten Sie einen Schluck Wasser, Mrs. Morrow? Warten Sie, ich wische Ihnen den Mund ab, Sie haben sich auf die Lippe gebissen. So, fühlen wir uns wieder besser?«

(Tind tleine Ippe bissen?)

»Kommen Sie, trinken Sie. Sie haben sich sicherlich aufgeregt, weil sie nicht runtergegangen sind, um ihre Familie zu sehen. Die machen sich große Sorgen um Sie, wissen Sie? Sie wollen sie doch nicht aufregen, oder?«

Miss Scott erwartete keine Antwort. Sie ging zur Kommode, holte einen Kamm aus der Schublade und begann Lucilles Haar zu kämmen. Dann bürstete sie ihr Kleid ab und zog den Gürtel wieder stramm. Lucille leistete keinerlei Widerstand und ließ sich gleichgültig aus dem Zimmer führen.

»Ihre Familie erwartet Sie in Dr. Goodrichs Büro. Wir dachten, da können Sie sich ungestörter unterhalten als im Gemeinschaftsraum. Da sind wir. Möchten Sie allein hineingehen?«

Lucille schüttelte den Kopf. Sie hatte ihn nur einmal schütteln wollen, doch nun schien sie nicht aufhören zu können, sie fühlte, wie ihr Kopf sich schüttelte und schüttelte. Miss Scott stützte ihn schnell, damit er zur Ruhe kam.

Die Tür öffnete sich, und Dr. Goodrich kam in den Korridor heraus. Miss Scott sah ihn stirnrunzelnd und mit einer kaum wahrnehmbaren Kopfbewegung in Lucilles Richtung an.

»Ich verstehe«, sagte er. »Kommen Sie herein, Mrs. Morrow. Hier ist Ihre Familie.«

Andrew trat auf sie zu und küßte sie auf die Wange. Die anderen saßen steif auf der Ledercouch, als wüßten sie nicht recht, wie sie sich zu verhalten hätten.

Dann erhob sich auch Edith und schritt auf sie zu.

»Lucille, Liebste«, sagte sie, und ihre Wangen berührten sich kurz in der alten, vertrauten Geste.

Lucille blieb steif stehen und rieb sich die Wange.

(Hier ist Ihre Familie. Zumindest haben sie gesagt, es sei deine Familie, und der Große hatte eine gewisse Ähnlichkeit mit Andrew. Aber das Mädchen, wer war denn das? Und der junge Mann? Und das struppige Weib, das sie geküßt hatte? Hahahaha. So ein Witz! Aber sie wußte ja Bescheid.)

»Tag Lucille!«

»Wie schön, dich wiederzusehen, Lucille.«

»Lucille, guten Tag. Was bist du hübsch frisiert!«

»Wollen Sie sich nicht setzen, Mrs. Morrow?«

»Wir waren so besorgt um dich, Lucille, so mir nichts, dir nichts fortzulaufen ...«

(Das war das Weib, das nicht Edith war. Sie sprach wie Edith, hatte dieselbe hohe, sirrende Stimme, dünn wie Draht, aber so hatte Edith nie ausgesehen, eine vertrocknete, verrunzelte Mumie mit kranker, gelber Haut. Und doch ... und doch ...)

»Edith?« sagte sie, und in ihrem Gesicht zuckte es vor Bestürzung und Schmerz. »Bist du das, Edith?« Sie warf einen fragenden Blick in die Runde. »Und du, Andrew? Und du, Polly – Martin? So eine Überraschung. Ich habe euch gar nicht erwartet.«

(Sie hatte irgend etwas gesagt, das nicht ganz stimmte, aber das war jetzt nicht wichtig, sie würde es später herausfinden.)

»Und was für eine Überraschung! Ich bin ganz durcheinander.«

Andrew brachte ihr einen Stuhl, und als sie sich setzte, legte er seine kräftige und ruhige Hand auf ihre Schulter und blieb neben ihr stehen.

»Wenn du irgendwelche Sorgen hast, Lucille«, sagte er sanft, »dann teile sie mit uns. Dafür ist eine Familie da.«

»Ganz durcheinander – und müde.«

»Du kannst uns vertrauen, Liebling. Was immer dich bedrückt, wahrscheinlich ist es nicht halb so schlimm, wie du denkst.« Er sah zu Polly und Martin hinüber. »Sagt's ihr doch, Polly, Martin, sagt ihr, daß wir alle hinter ihr stehen, was immer ...«

»Natürlich«, sagte Polly steif. »Natürlich. Das weiß Lucille.«

»Klar«, sagte Martin, ohne Lucille anzusehen.

»Wenn du uns nur sagen würdest, was war«, sagte

Edith schrill. »Es ist alles so rätselhaft. Ich werde noch ganz krank vor Sorge. Was hat der Mann ...?«

»Ich bin so müde«, sagte Lucille. »Ihr habt sicher Verständnis.«

Sie versuchte matt, sich zu erheben.

»Bitte!« sagte Andrew, und seine Finger umklammerten ihre Schulter ein wenig fester. »Bitte!«

Mit einem jähen Aufschrei entwand sie sich seinem Griff und rannte zur Tür. Sekunden später stand Dr. Goodrich neben ihr im Flur.

Edith klammerte sich an Andrew. Sie bebte, schluchzte, und ihre Finger verkrallten sich verzweifelt in seinem Ärmel. »Fahr mich nach Haus, bitte, Andrew, fahr mich nach Haus, ich habe Angst! Sie ist – sie ist tatsächlich *verrückt!* Und mir wird es eines Tages genauso ergehen, das weiß ich, wir sind gleich alt ...«

»Nimm dich zusammen«, sagte Andrew und sah mit einem häßlichen Lächeln auf sie hinab. »Menschen, die so wenig Verstand haben wie du, verlieren ihn nur selten. Das ist die ausgleichende Gerechtigkeit, Edith.«

Martin zündete sich eine Zigarette an. Er schien ganz versunken in die Betrachtung der kleinen Flamme, als könnte er aus ihr eine lebenswichtige Botschaft herauslesen.

»Ich hasse Leute, die mit klugen Reden kommen, wenn es zu spät ist«, sagte er. »Trotzdem, ich glaube, wir haben Lucille unterschätzt. Wir hätten zu Haus bleiben sollen. Sie weiß, daß Polly und ich sie nie sonderlich gemocht haben. Daraus kann man niemandem einen Vorwurf machen, es hat sich einfach so ergeben. Wenn sie vor uns allen am Montag davongelaufen ist, was berechtigt uns dann zu der Hoffnung, sie würde am Freitag schon zusammenbrechen und ein Geständnis ablegen?«

Er warf einen Blick zu Polly hinüber, die schmollend den Boden anstarrte. »Der Anblick von Pollys sonnigem kleinem Gesicht ist jedenfalls bestimmt nicht erbaulich.«

»Guck dich doch selbst an«, sagte Polly.

»Das habe ich getan. Ich gebe zu, daß es auch nicht viel besser ist. Trotzdem, ich versuche es. Gute Fleißnote.«

»Ach, es ist zum Auswachsen!« schrie Edith. »Da zanken sie sich wieder, als – als wüßten sie nicht, wo sie sind – und unsere arme Lucille – die ist ihnen völlig egal.«

»Das Gegenteil ist der Fall«, sagte Polly und lachte grimmig. »Oder hast du nichts bemerkt? Sie ist so wichtig, daß ich heute nicht heiraten konnte, daß mein Verlobter es in unserem Haus nicht einmal aushalten konnte ... Sie hat schon dafür gesorgt, daß mir alles versaut wird.«

»Werde nicht rührselig«, sagte Martin. »Giles war so taktvoll, sich zurückzuziehen, bis die Sache bereinigt ist.«

»Sicher«, sagte Polly schulterzuckend. »Sehr taktvoll.«

»Du tust so, als hätte er dich sitzenlassen.«

»Wie soll ich denn tun? Er hätte mir wenigstens zur Seite stehen können, bis ...«

Martin schnitt ihr das Wort ab. »Seit wann gehörst du zu den Typen, die Beistand erbitten oder überhaupt nur wünschen?«

»Schluß jetzt!« sagte Edith. »Hört mit diesem Gezänk auf. Das gehört sich nicht.«

Dr. Goodrich kam wieder ins Zimmer.

»Sie müssen entschuldigen«, sagte er. »Ich hielt es für klüger, Mrs. Morrow wieder auf ihr Zimmer zu bringen. Sie scheint heute nachmittag viel weniger vernünftig zu sein als heute morgen.« Er sah Andrew teilnahmsvoll an. »Es tut mir leid, daß das Ganze nicht mehr gebracht hat.

Aber man muß es immer wieder riskieren und versuchen, das ist für uns die einzige Möglichkeit, Erfahrungen zu sammeln. Beim heutigen Stand der Psychiatrie kennen wir zwar zahlreiche Theorien und Regeln, aber noch weit mehr Ausnahmen. Mit anderen Worten – ich muß Sie bitten, Geduld zu haben, Resultate lassen sich meist nur langsam erzielen.«

»Ich verstehe«, sagte Andrew langsam.

»Darüber hinaus würde ich sagen, daß es für Ihre Frau einstweilen besser ist, keinen Besuch zu empfangen.«

»Ich soll also nicht mehr kommen?«

»Ich gebe Ihnen Bescheid, sobald ich einen Besuch für ratsam halte. Bis dahin wäre ich Ihnen dankbar, wenn Sie ihr hin und wieder kleine Geschenke schickten, Blumen, Früchte, kleine Spielereien. Sie muß das Gefühl haben, daß ihre Familie sich um sie kümmert und an sie denkt.«

»Das tun wir«, sagte Polly. »Wir denken kaum noch an etwas anderes.«

Eigenartige Person, dachte Dr. Goodrich flüchtig. Er reichte Andrew die Hand. »Übrigens, Dr. Morrow, wenn Sie jetzt in die Stadt zurückfahren, könnten Sie vielleicht jemanden mitnehmen.«

»Aber gern.«

»Er ist noch ganz verstört. Seine – er hat hier eine Verwandte, die plötzlich rabiat geworden ist. Sie hat ihm das Gesicht zerkratzt. Es wäre mir eine Beruhigung, wenn ihn jemand nach Haus brächte.«

»Das tun wir gern.«

Draußen im Gang stand eine Schwester und sprach auf einen dünnen, schäbigen Mann ein. Der Mann hatte die Hände in den Taschen vergraben, und sein Kopf hing vornüber, als könnte der Hals ihn nicht mehr tragen.

»Mr. Hammond«, sagte Dr. Goodrich, »Dr. Morrow fährt in die Stadt und nimmt Sie gerne mit.«

Hammond hob den Kopf. Die einzigen Farben in seinem aschfahlen Gesicht waren die rotumränderten Augen und die drei langgezogenen Kratzwunden auf seiner Wange.

»Danke«, sagte er heiser. »Sehr nett von Ihnen.«

Er sah niemanden an, und als er den Flur hinunterging, bewegte er sich, als schmerze sein ganzer Körper.

8

»Hier unten ist ein Mann und eine Frau und ein kleiner Junge«, teilte der Beamte vom Empfang Sands telefonisch mit. »Sie erzählen die verrückteste Geschichte, die ich je gehört habe. Ich weiß nicht recht, wo ich sie hinschicken soll.«

»Sie scheinen auf dem besten Wege zu sein, sie zu mir heraufzuschicken«, sagte Sands.

»Ist wahrscheinlich auch was für Sie, Inspektor, aber ich bin mir nicht sicher.«

»Schicken Sie sie rauf.«

Die Familie Maguire wurde in Sands' Büro eskortiert. Der Junge war ungefähr zehn und sah intelligent aus, wenn auch eingeschüchtert durch die Umgebung. Er mußte vom dicken, kompetenten Daumen seiner Mutter ins Zimmer geschoben werden.

Die Maguires gehörten ihrem Aussehen nach dem achtbaren unteren Mittelstand an und waren unsicher, und diese Kombination würde – das wußte Sands – unweigerlich in Aggressivität münden, wenn es ihm nicht gelang, ihre Selbstsicherheit wiederherzustellen.

»Ich weiß immer noch nicht, ob es richtig ist, was ich tue«, sagte Mrs. Maguire mit lauter Stimme. »Ich habe John schon gesagt, vielleicht rufen wir einfach nur an, hab' ich gesagt, oder vielleicht gehen wir am besten gleich selber hin.«

»Man kann sich so viel besser unterhalten, wenn man sich gegenübersitzt«, sagte Sands. »Ich wünschte, alle Menschen wären so intelligent und handelten wie Sie.«

Das war plump, aber Mrs. Maguire war es auch. Sie entspannte sich so weit, daß sie sich hinsetzte, wobei sie allerdings so tat, als halte sie alle Sessel für Tretminen.

»Die Sache ist die: Tommy ist heute morgen spielen gegangen; heute ist Samstag, keine Schule, und er geht gern zum See runter. Ich weiß nicht, er scheint ganz verrückt auf Wasser zu sein, er schwimmt wie ein Fisch; ich und mein Mann, wir machen uns überhaupt nichts aus Wasser.«

»Laß mich erzählen«, sagte Tommy. »Laß *mich* erzählen.«

»Ist das eine Art, sich vor der Polizei aufzuführen? Du hältst den Mund.« Mrs. Maguire öffnete ihre Tasche und brachte ein in Zeitungspapier eingewickeltes Päckchen zum Vorschein. Sie legte es mit spitzen Fingern auf den Schreibtisch, als ekle sie sich vor der Berührung. »Das Zeitungspapier habe ich selbst herumgewickelt. Als ich sah, was das Päckchen enthielt, konnte ich es kaum noch anfassen.«

»Du erzählst es ganz falsch«, sagte der Junge.

»Fall deiner Mutter nicht ins Wort«, sagte Mr. Maguire.

»Ich habe es am Strand gefunden«, sagte der Junge über die Köpfe seiner Eltern hinweg. »Da habe ich schon eine ganze Menge Sachen gefunden, einmal fünfzig Cent. Und als ich diese Schachtel fand, dachte ich, vielleicht ist was drin, und da hab' ich sie mit nach Haus genommen.«

»Erst dachte ich, ich seh' nicht recht«, sagte Mrs. Maguire erregt. »Ich hab' nicht einmal auf Anhieb erkannt, was es war. Es war irgendwie geschwollen, im Wasser aufgedunsen und so.«

Sands entfernte das Zeitungspapier, und zum Vorschein kam eine kleine, aufgeweichte Pappschachtel, die in seinen Händen beinahe auseinanderfiel. Mrs. Maguire wandte den Kopf ab, aber der Junge schaute fasziniert zu.

Kurz darauf stand Sands in Dr. Suttons Büro.

»Schauen Sie sich das mal an.«

Sutton schaute. »Haben Sie den Friedhof geharkt?«

»Was ist das?«

»Ein Finger. Genauer gesagt, ein Zeigefinger, wahrscheinlich männlich, und von einem Fachmann abgesäbelt. Die Knochen sind übel zersplittert, mußte womöglich amputiert werden.« Er schnitt eine Grimasse. »Sieht nicht gerade appetitlich aus. Weg damit. Genug gescherzt.«

»Es geht erst los«, sagte Sands.

»Wo haben Sie das Ding gefunden?«

»Ein Junge hat ihn gefunden, am Strand. Ich glaube, jemand hat ihn letzten Montag in den See geworfen, aber die Wellen haben ihn wieder an Land gespült. Er kann nicht lange im Wasser gelegen haben, die Schachtel hätte sich sonst aufgelöst.«

»Haben Sie eine passende Leiche?«

»Noch nicht«, sagte Sands. »Wer weiß, gehört vielleicht gar nicht zu einer Leiche.«

»Auch möglich«, sagte Sutton. »Vielleicht sucht sich der Bursche, dem er gehört, danach die Augen aus.«

»Bei Ihrem Humor kann einem speiübel werden, Sutton.«

»Dafür kann ich nichts. Lassen Sie das Ding hier, ich werde es mir nachher im Laboratorium mal ansehen.«

»Passen Sie auf, daß Sie sich dabei nicht totlachen«, sagte Sands und verließ den Raum. Er empfand einen unangemessenen Groll gegen Sutton, der, das wußte er, ein netter und argloser junger Mann war. Vielleicht ein wenig zu arglos. Für Sutton war der Finger nichts als ein Finger, Knochen und Haut, Knorpel und Nervenknoten. Für Sands war er Teil eines Menschen, einst gewärmt und genährt von pulsierendem Blut, beweglich, einem lebendigen Hirn untertan und kannte das Gefühl von Wind und Gras, der Berührung einer Frau.

Er ging in sein Büro zurück, setzte sich den Hut auf und zog den Mantel an, langsam und zögernd, denn er schauderte vor dem, was er als nächstes zu tun hatte.

Sechzehn Kilometer westlich von Toronto stehen die eisernen Tore von Penwood, die seine Insassen vor der Welt und die Welt vor seinen Insassen schützen. An das schmiedeeiserne Gitter der Tore konnte die Gesellschaft ein kalt spähendes Auge legen, aber drinnen lebte die kleine Kolonie unbekümmert und ungestört vor sich hin. Sie baute fast alles, was sie verzehrte, selbst an, betrieb eine eigene Molkerei, besorgte ihre Wäsche selbst und verkaufte hin und wieder an eine neugierige Kundschaft Nadelarbeiten, Aquarelle und Korbflechtwaren. (»Von einer Verrückten gemacht, stell dir vor! Das hätte ich selbst nicht besser machen können.«)

Vater der Kolonie war ihr Direktor, Dr. Nathan, ein Psychoanalytiker, der Geschäftsmann geworden war; bemuttert wurde sie durch den Stab von Schwestern, die aufgrund ihrer Fähigkeit zu effizienter und fröhlicher

Empfindungslosigkeit eingestellt worden waren. Schwestern, die sich auch nur des geringsten Hangs zu Tagträumereien oder Sentimentalität verdächtig machten oder gar künstlerische Neigungen hatten, wurden nicht aufgenommen. Ein Zuviel an Phantasie konnte gefährlicher sein als Dummheit, und eine Schwäche für Gefühlsduseleien konnte den Frieden einer ganzen Station unterminieren.

Miss Scott besaß keine dieser unerwünschten Eigenschaften. Zusätzlich zu ihren wichtigen Mängeln besaß sie Verantwortungsgefühl und eine distanzierte Wärme für ihre Schützlinge. Miss Scott hörte zu und beobachtete, da ihr Gedächtnis jedoch zu wünschen übrigließ, hielt sie ihre Beobachtungen schwarz auf weiß fest und verdoppelte damit ihren Wert. Sie bemitleidete ihre Patienten (wobei sie nüchtern feststellte, daß es sehr viele Menschen gab, die weit bedauernswerter waren), aber wenn sie abends nach Dienstschluß ausging, hatte sie keine Mühe, ihre Schäfchen zu vergessen, um sich dem einen oder anderen ihrer Verehrer widmen zu können.

Unfähig, in einer großen Leidenschaft zu entflammen, gehörte sie zu dem Frauentyp, der sich eines Tages vorteilhaft verheiratet, seinem Mann treu bleibt und in angemessenen Abständen lockigen Nachwuchs auf die Welt bringt.

Obgleich er den Typ nicht sonderlich bewunderte, mochte Sands Miss Scott sofort.

»Ich bin Miss Scott«, sagte sie mit ihrer warmen, hellen Stimme. »Dr. Goodrich macht eben seinen Rundgang. Ich glaube, Sie wollen zu Mrs. Morrow, nicht wahr?«

»Ganz recht«, sagte Sands. »Mein Name ist Sands, Inspektor Sands.«

Miss Scott bedachte ihn mit einem Schön-und-was-inspizieren-Sie-Blick.

»Ich bin Kriminalbeamter. Mordkommission. Ich fürchte, ich muß Mrs. Morrow sprechen.«

»Tut mir leid, aber ich glaube nicht, daß Dr. Goodrich das zuläßt«, sagte Miss Scott. »Sie war gestern nachmittag sehr schlecht beieinander. Und sie ist N. N. A., ich meine, noch nicht abgeklärt, und Dr. Goodrich ...«

»Wenn ich um diese Unterredung irgendwie herumkommen könnte – ich täte nichts lieber. Es ist nicht meine Art, Kranke anzugreifen und Kinder zu kneifen, aber manchmal läßt es sich nicht vermeiden.«

Höchst sonderbar, dieser Mann, dachte Miss Scott und war im wörtlichen Sinne sprachlos.

»Wie in diesem Fall«, sagte Sands. »Was ich Mrs. Morrow zu sagen habe, kann ihr, auf lange Sicht, helfen. Wahrscheinlicher jedoch ist, daß es sie noch wirrer macht. Das wollte ich klarstellen, bevor ich mit ihr spreche.«

»Unter den Umständen bin ich überzeugt, daß Dr. Goodrich Sie nicht zu ihr lassen wird.«

»Vielleicht doch.« Er drehte sich um und schien die braunen Ledersessel im Wartezimmer zu betrachten. Vielleicht wird er tatsächlich versuchen, mich abzuwimmeln, dachte Sands, und in dem Fall muß ich ihm sagen, was ich weiß. Aber was weiß ich?

Das Bild war nicht klar, das einzig sichere Element war Lucille selbst, waren ihre bösen Träume, waren die Teufel, die in ihrem eigenen Herzen hausten und sie heimsuchten und verfolgten. Der Rest lag im Schatten, und was sich eben noch, wenn auch nur schemenhaft und verschwommen, abzuzeichnen schien, tauchte alsbald wieder in die Nacht – ein Gesicht (Greeleys?), ein Finger, eine Erhebung im Schnee (Mildred?).

»Nun, Dr. Goodrich muß jeden Moment kommen«, sagte Miss Scott. Sie glitt auf die Tür zu und war offensichtlich froh, in die Welt der Unvernunft zurückkehren zu können, wo im Grunde alles viel einfacher war.

Sie machte vor der Paketausgabe halt, um die kleinen Geschenke für ihre Damen in Empfang zu nehmen. Alles, selbst die Blumensendungen, war geöffnet, begutachtet und wieder verschnürt worden.

Pralinen für Cora. Blumen und ein Korb mit Früchten und ein Bettjäckchen für Mrs. Morrow, die Morgenzeitung, genauer gesagt, ein Stück Karton, auf den einzelne sorgsam ausgewählte Ausschnitte der letzten Nachrichten aufgeklebt waren. Mrs. Hammonds tägliche Schachtel voll Eßwaren, von ihrer Familie. Die jiddischen Delikatessen sahen sehr verlockend aus, und Miss Scott hätte die eine oder andere zu gern einmal gekostet, aber Mrs. Hammond grapschte ihr das Paket immer gierig aus der Hand und verschwand damit im Badezimmer.

Es war ein ungeschriebenes Gesetz, daß Cora als erste die Zeitung bekam und sich dann über sie beklagte.

»Was ist das für ein Laden, in dem man nicht einmal eine anständige, normale Zeitung zu lesen bekommt«, sagte Cora.

»Aber Cora«, sagte Miss Scott, »schauen Sie, was Sie da Schönes zum Naschen haben.«

»Ich hasse Pralinen. Wird Janet das nie begreifen?«

»Wir sind heute morgen wohl mit dem falschen Bein aufgestanden, oder?«

»Aber wirklich!« sagte Cora, vor Verzweiflung halb lachend. »Für wen sind die anderen Pakete?«

»Für Mrs. Morrow. Hier, Mrs. Morrow.«

»Danke«, sagte Lucille mit eisig höflicher Stimme. »Besten Dank.«

Sie machte keine Anstalten, die Pakete entgegenzunehmen, deshalb machte Miss Scott sich selbst daran, sie zu öffnen und begleitete ihr Tun mit munteren Kommentaren.

»Hm! Ein Bettjäckchen. Schauen Sie, Mrs. Morrow. Fast dieselbe Farbe wie Ihre Augen. Oh, werden wir hübsch darin ausschauen.«

»Ohne Frage«, sagte Cora. »Sie im einen Ärmel und Lucille im anderen.«

»Cora, bitte«, tadelte Miss Scott.

»Wenn ich hier zu bestimmen hätte, würde ich als erstes dafür sorgen, daß eine intelligente Form von Kommunikation eingeführt wird.«

Unangefochten machte Miss Scott sich daran, die Blumen und Trauben auszupacken. »Soll ich Ihnen die Karten vorlesen? Gut, das Bettjäckchen ist von Edith. ›*Lucille, Liebste, ich weiß, daß dies Deine Lieblings ...*‹«

»Lassen Sie doch«, sagte Lucille.

»›*... -farbe ist, und wie gut sie Dir steht. Alles Liebe Edith.*‹ Die Trauben sind von Polly, mit lieben Grüßen. Und Ihr Mann schickt die Blumen. ›*Vergiß nicht, daß wir alle für dich da sind. Andrew.*‹ Oh, sind die himmlisch, diese Chrysanthemen.«

»Ja«, sagte Lucille. Himmlisch, diese Chrysanthemen, kleine hämische Gesichter mit zottigem Haar, Blumen, allerliebst, auf der Brust eine Rosenknospe von Krebs, eine aufgedunsene blaue Traube, ertrunkene Frau, Blätter grün wie Galle, kalt, verflucht, hört auf zu wachsen.

»Ja«, sagte Lucille. »Haben Sie besten Dank.«

Aber Miss Scott war nicht mehr da, und Cora auch

nicht. Wie waren sie verschwunden, ohne daß sie etwas gemerkt hatte? Sie sah und hörte doch zu, oder? Wann waren sie gegangen? Wie lange war sie schon allein?

Ihr Blick fiel auf die Blumen. Die Blumen, ja. Sie mochte nicht, wie die Blumen sie ansahen. Sie mochte nicht bemerkt haben, daß Cora und Miss Scott aus dem Zimmer gegangen waren, aber hierin sah sie vollkommen klar. Die Blüten hatten verkniffene, falsche kleine Gesichter. Man konnte die Augen nicht sehen, aber natürlich hatten sie welche. Oder nicht? Schau dir eine an. Zupf sie auseinander, dann wirst du die Augen sehen.

Die abgerissenen Blütenblätter trudelten sanft wie Schneeflocken zu Boden.

»Aber Mrs. Morrow, Sie wollen Ihre hübschen Blumen doch nicht zerreißen!« sagte Miss Scott. »Mein Himmel, das wollen Sie doch bestimmt nicht!«

War sie gegangen und wiedergekommen? Oder war sie überhaupt nie fortgewesen? *Nein, Sie muß fort gewesen sein, ich bin vollkommen klar im Kopf; und es ist nur vernünftig, nachzuschauen, wenn man glaubt, Augen zu sehen.*

Miss Scott nahm die Blumen, stellte die Rosenknospen und die zottigen Chrysanthemenkinder fort. Miss Scott redete. Sagte sie: »Wir dürfen unsere niedlichen Kinderchen nicht zerreißen«? Unglaublich, dieser Blödsinn, den sie manchmal von sich gab. Als wollte jemand ein Kind zerreißen.

»Kommen Sie, Mrs. Morrow. Miss Parsons wird Sie zu Dr. Goodrich bringen. So ist es brav, meine Liebe, kommen Sie nur.«

Folgsam, ein letztes zerdrücktes Blütenblatt zwischen den Fingern, trat Lucille in die Diele hinaus.

Aus der anderen Ecke des Zimmers durchbohrte Cora Miss Scott mit einem kalten Blick.

»Kann man ein vernünftiges Wort mit Ihnen reden?«

»Oh, kommen Sie schon, Cora«, sagte Miss Scott. »Die Tour kennen wir.«

»Ich dachte nur.«

»Reden Sie nur, wenn Sie wollen.«

»Das werde ich tun«, sagte Cora. »In der schwachen Hoffnung, daß wenigstens das eine oder andere durchkommen könnte. Mrs. Morrow stirbt fast vor Angst.«

»Ja, sie fürchtet sich, das stimmt«, sagte Miss Scott nachdenklich.

»Sie fürchtet sich vor ihrer Familie. Das hat sie mir gestern abend erzählt. Einer von ihnen will sie umbringen.«

»Hören Sie auf, Cora, ich hatte Sie für vernünftiger gehalten.«

»Ich glaube ihr«, sagte Cora.

»Zerbrechen Sie sich darüber nicht Ihr hübsches Köpfchen. Sie ist in guten Händen, sie ist hier in Sicherheit, selbst wenn es so ist. Kommen Sie und machen Sie nicht so ein Gesicht. Der Direktor kommt gleich vorbei, und Sie wollen doch nicht, daß er Sie in einer derartigen Weltuntergangsstimmung überrascht.«

»Haben Sie je Angst gehabt? Richtig Angst?«

»Ich kann mich nicht entsinnen. Außerdem, wer sollte Mrs. Morrow umbringen wollen?«

»Ich habe schon Angst gehabt«, sagte Cora. »Angst um Janet. Als damals im letzten Krieg diese Grippeepidemie ausbrach ...«

»Bringen Sie Ihr Haar in Ordnung. Sie sehen zum Davonlaufen aus. Dr. Nathan wird sehr enttäuscht sein.«

Lucille wußte, daß Sands' Gesicht eines der tausend kleinen Gesichter war, die sie mit ihren stummen Schreien in ihren Träumen und Halbträumen verfolgten. Aber sie wußte nicht mehr, wo sie ihn hintun sollte, und selbst als er ihr seinen Namen sagte, hatte sie nur das dumpfe Gefühl, daß er ein Teil der Angst und des Todes war. Trotzdem machte ihr das keine Angst. Sie wußte, daß er auf ihrer Seite stand – mehr als Dr. Goodrich oder die Schwestern –, er sah sie ruhig an, ohne jede Verlegenheit, und sein Gesicht schien zu sagen: Ich kenne Angst, und ich respektiere ihre Macht, aber ich fürchte mich nicht.

Sie sah ihm in die Augen, und ganz plötzlich begann er zurückzuweichen, immer kleiner zu werden, bis er kaum größer war als eine Puppe. Sie erinnerte sich, einen ähnlichen Vorgang als Kind erlebt zu haben, wenn sie etwas betrachtete, das sie besonders liebte oder fürchtete. Dieses allmähliche Schwinden hatte sie immer mit kaltem Entsetzen erfüllt. *(»Ich bin wach, ich bin hellwach, es kann nicht sein, ich habe mich nicht bewegt, nichts hat sich verändert.« »Es war nur ein Traum, Kindchen.« »Ich bin hellwach.« »Nur ein Traum.«)*

Sands. Häßliches altes Püppchen. Aber wie wunderbar er gearbeitet war. Beinahe menschlich, wie er sich bewegte.

»Ich fühle mich nicht wohl«, sagte sie mit kräftiger, klarer Simme.

»Hören Sie mich, Mrs. Morrow?«

»O ja – o ja.«

»Wir haben das Päckchen gefunden, das Sie in den See geworfen haben.«

»O ja.«

»Haben Sie es fortgeworfen oder Greeley?«

Er kam wieder, lebensgroß.

»Greeley?« sagte Lucille.

»Er mag sich unter einem anderen Namen vorgestellt haben. Wenn Sie sich das Foto vielleicht einmal anschauen wollen, Mrs. Morrow? Ist das der Mann?«

Er hielt ihr ein Foto hin, und sie betrachtete es, langsam blinzelnd, in dem Versuch, ihre Gesichtsmuskeln unter Kontrolle zu halten. Ihr Gehirn schien mit unerhörter Präzision zu arbeiten. (Ich könnte behaupten, den Mann nicht zu kennen. Aber vielleicht können Sie beweisen, daß ich ihn kenne. Ich werde es zugeben, aber nur das – nur das ...)

»Das ist Greeley«, sagte Sands. »Er war der Mann, der gegenüber von dem Friseursalon auf Sie gewartet hat. Er ist tot.«

»Tot?«

Plötzlich fühlte sie in sich eine Welle der Hoffnung emporschlagen. Wenn dieser Mann tot war, hatte sie noch eine Chance. Sie würde hier wieder herauskommen, sie würde *kämpfen.*

»Er ist ermordet worden«, sagte Sands. Die Hoffnung strömte aus ihrem Körper, wie Blut aus einer Wunde. Ihre Hände waren eiskalt, ihr Gesicht zeigte einen blöden betäubten Ausdruck.

»Ich will Sie nicht quälen, Mrs. Morrow, sondern beschützen. Irgend jemand hat sich die Mühe gemacht, Greeley Ihretwegen zu ermorden. Greeley stand im Weg – bei irgend etwas. Greeley stand zwischen Ihnen – und irgend jemand.« Seine Stimme drückte unerbittlich gegen ihr Ohr. »Wer will Sie tot haben?«

Nur um ihr Angst zu machen, dachte Sands, ausreichend, aber nicht zu viel ...

»Wenn ich das wüßte«, sagte Lucille, »wenn ich das wüßte ...«

»Sie wissen, weshalb?«

»Nein.«

»Sie haben Greeley fünfzig Dollar gegeben?«

(»Hier, nehmen Sie, das ist alles, was ich habe.« Der kleine Mann, der grinste, als habe der schneidende Wind ihm die Mundwinkel hochgerissen. »Ich hab' mit mehr gerechnet, dachte, es sei Ihnen was wert.« »Ich besorg' noch was.« Der Wind, der durch ihren dünnen Mantel fuhr. »Na, warten Sie mal, ich steh' bei dem Sauwetter nicht zum Spaß hier herum. Ich weiß, was in dieser Schachtel war. Ich hab' sie aufgemacht.« »Wer hat sie Ihnen gegeben? Wer hat Sie damit zu mir geschickt?« »So ohne weiteres kann ich mich nicht daran erinnern.« Und wieder dieses Grinsen, obwohl er kalt und krank und ganz so aussah, als würde er in der nächsten Sekunde zusammenbrechen. – »Ich werde für Sie noch etwas flüssigmachen.«)

»Nein«, sagte sie.

»Eines Ihrer Hausmädchen hat Greeley bereits als den Mann identifiziert, der das Päckchen an Ihrer Haustür abgeliefert hat. Wenn ich Ihnen helfen soll, Mrs. Morrow, muß ich wissen, was dahintersteckt. Die Geschichte ist zu makaber, als daß man sie als Scherz auffassen könnte. Und zu gefährlich, als daß man darüber lügen dürfte.«

Sie fröstelte. Sie glaubte immer noch den Wind zu spüren. Er schien sie von hinten zu packen und vorwärts zu treiben, auf das Wasser zu, in das Wasser. Sie fühlte eine eisige Welle an ihr Bein klatschen, ihre Stirn war schweißgebadet. Ihr Kopf kippte zurück, ihr Mund öffnete sich, und das Wasser stürzte in sie hinein.

Eine Bewegung ging durch den Raum, sanft legte sich eine Hand auf ihre Schulter, Dr. Goodrichs Stimme sagte: »Ich glaube, das reicht dann für heute«, und Miss Parsons wischte ihr mit einem Tuch die Stirn ab.

An der Tür drehte Lucille sich noch einmal um. Sands hatte sie nicht aus den Augen gelassen.

»Auf Wiedersehen«, sagte sie laut und deutlich.

Sie bedachte ihn mit einem intelligenten, beinahe entschuldigenden Blick, als fühle sie sich ihm auf seltsame Weise verbündet. Sie und ich – wir haben beide Geheimnisse – wir haben keine Zeit, sie einander zu erzählen.

»Auf Wiedersehen«, sagte Sands.

Sie schleppte sich in den Flur hinaus. Neben ihr plauderte Miss Parsons, doch war ihrem Bemühen, Miss Scott nachzuahmen, kein Erfolg beschieden.

Die Rampe hoch, an einem alten, in einen Rollstuhl verpackten Mann vorbei, der sie über seine Decken hinweg argwöhnisch beäugte. Eine Tür. Ein Mädchen, das den Flur fegte, indem es den Besen in perfektem Takt auf ein und derselben Stelle hin und her bewegte.

»Kommen Sie, Doris«, sagte Miss Parsons. »Jetzt nehmen wir uns *diese* Ecke einmal vor.«

Aber Miss Parsons fehlte Miss Scotts Autorität. Das Mädchen Doris blickte nicht einmal hoch, noch dachte es daran, in ihrer Arbeit auch nur eine Sekunde lang innezuhalten.

Miss Parsons zögerte und ging dann weiter. Ich werde noch verrückt, wenn ich hier bleibe, dachte sie. Ich werde noch verrückt.

Sie sperrte die letzte Tür hinter sich zu und ließ Lucille in ihr Zimmer. Schnaufend kam sie wieder heraus und überreichte Miss Scott den großen Schlüssel.

»Alles in Ordnung?« sagte Miss Scott.

»Ja.«

»Was haben Sie denn? Sie sehen so mitgenommen aus.«

»Das Zittern«, sagte Miss Parson. »Gänsehaut, oder wie immer Sie das hier nennen.«

»Nur Mut. Das überkommt uns alle von Zeit zu Zeit.«

»Wenn ich daran denke, wie viele Schwestern am Ende tatsächlich hier landen ...«

»Nun, was das anbelangt«, sagte Miss Scott ganz praktisch, »so darf man schließlich auch nicht vergessen, wie viele Leute aus anderen Berufen hier landen, Ärzte, Lehrer, Rechtsanwälte ...«

»Aber vor allem Schwestern.«

»Ach, Unsinn«, sagte Miss Scott. »Denken Sie lieber daran, wie gut Sie's getroffen haben. Sie arbeiten auf der nettesten Station der ganzen Anstalt. Kein Wunder, bei den Preisen, die sie zahlen, und mit mir als Chefin.«

»Trotzdem.«

»Ach, lassen Sie sich nicht unterkriegen, Parsons.« Sie lächelte freundlich und wurde augenblicklich wieder routinemäßig. »Ich werde unten bei der Beschäftigungstherapie Bescheid sagen. Mrs. Hammond bleibt hier oben. Dr. Nathan meint, wir müßten sie vielleicht ins Dauerbad stecken. Nächste Woche wollen sie es bei ihr einmal mit Metrasol versuchen.«

Miss Parsons biß sich auf die Lippe. »Himmel, hoffentlich – hoffentlich muß ich das nicht mit ansehen. Letztes Jahr war ich dabei, als eine Frau sich während der Behandlung beide Beine brach – das Geräusch ...«

»Das ist jetzt ganz anders«, sagte Miss Scott. »Die Patienten bekommen vor der Behandlung eine Curare-Injektion, damit die Muskeln sich entspannen. Das ist eigentlich wunderb –« Ihr Kopf fuhr jäh herum. Hellhörig, wie sie war, hatte sie in Mrs. Morrows Zimmer ein Geräusch gehört, als ächze oder würge jemand.

Sie schob Miss Parsons beiseite und huschte lautlos den Flur entlang. Vielleicht war es Mrs. Morrow wieder übel, wie gestern –

Aber Lucille war es nicht übel. Sie stand unmittelbar hinter der Tür und sagte immer wieder mit tonloser Stimme: »Cora? Cora? Cora?«

Cora Green lag am Boden. Sie war vornüber aufs Gesicht gefallen mit ausgestreckten Armen, und rund um sie herum lagen, wie zerbrochene Perlen, lauter blaue Trauben.

»Aber Cora«, sagte Miss Scott.

Sie kniete neben ihr nieder.

»Aber Cora, Sie sind ja tot.«

9

Lautlos und schnell schritt Miss Scott zurück zu Lucille, schob sie in den Gang hinaus und sperrte die Tür zu.

»Kommen Sie, Mrs. Morrow. Wir wollen uns ein anderes Zimmer suchen, nicht wahr?«

(Lucille glaubte zu sehen, wie sich eine Tür öffnete und Cora kichernd herausgehüpft kam. »Wirklich! Ist sie nicht absurd?«)

»Cora fühlt sich nicht wohl.« Miss Scotts Stimme klang etwas beschwingt, aber der Druck ihrer Finger war humorlos. »Sie hat schon ein paarmal solche Anfälle gehabt, gewöhnlich dauern sie nicht lang.«

(Absurd, absurd, jubelte die kleine Cora. *Wirklich, wirklich zu absurd!)*

»Oh, Miss Parsons, würden Sie so nett sein, Dr. Laverne zu rufen? Miss Green ist krank.«

Falls Sie es genau wissen wollen, sagte Miss Scotts zukkende Augenbraue, Miss Green ist ganz und gar mausetot, aber wir sagen's unseren Kindern nicht.

»Oh«, sagte Miss Parsons erbleichend. »Ja, sofort.«

Sie stürzte ans Telefon.

»So, dann wollen wir mal sehen, Mrs. Morrow«, sagte Miss Scott. »Ich glaube, wir kommen gerade noch rechtzeitig zur Beschäftigungstherapie, oder? Sind wir bereit, um runterzugehen?«

(Die kleine Cora quietschte vor Vergnügen, fuhr sich mit der Hand an die Kehle, erstickte vor Lachen. Erstickte ... »Cora! Cora, sie haben dich vergiftet – Cora.« Cora erstickte einfach weiter.)

»Sie haben sie vergiftet. Mit den Trauben. Sie haben sie vergiftet«, sagte Lucille. Die Worte waren klar in ihrem Kopf, aber auf dem Weg zur Zunge hatten sie ihre Konturen verloren und kamen als unterdrücktes Gewirr von Silben heraus.

Miss Scott neigte aufmerksam den Kopf und machte ein Gesicht, als hätte sie alles genau verstanden.

»Sie haben nicht verstanden«, sagte Lucille.

»Wie bitte?«

»Sie haben nicht verstanden. Sie ist vergiftet worden. Die Trauben waren für mich.«

»Aber, aber, niemand wird Ihnen Ihre schönen Trauben wegnehmen. Zerbrechen Sie sich über diese Trauben nicht Ihr hübsches Köpfchen.«

Lucille atmete tief ein. Wenn sie sich Mühe gab, ganz langsam zu sprechen, und es ihr gelang, ihre Zunge unter Kontrolle zu halten, würde man sie verstehen. »Cora – Cora – ist ...«

Miss Scott lächelte ausdruckslos. »Was denn, natürlich, Cora wird wieder in Ordnung kommen.«

Lucille wandte ihre angsterfüllten Augen flehend Miss Parsons zu. Miss Parsons versuchte, sie anzulächeln wie Miss Scott. Ihre Lippen zogen sich über ihren Zähnen zurück, aber in ihren Augen stand Panik. Sie sind verrückt, Sie sind total übergeschnappt, Sie machen mir Angst.

Dr. Laverne kam zur Tür herein. Er ging fast geräuschlos auf seinen Gummisohlen, aber er hatte eine laute volle Stimme.

Lucille sah, wie er die Tür hinter sich zuschloß. Er trug seinen Instrumentenkoffer unter dem Arm, und er behielt den Schlüssel nicht wie die Schwestern in der Hand, sondern steckte ihn in die Rocktasche. Der Schlüssel war so groß, daß der Bart noch herausschaute.

Lucille konnte sich von seinem Anblick nicht losreißen. Der Schlüssel, mit dem sich jede Tür öffnen ließ. Den Hunden entkommen, eine neue Fährte legen. Sie haben dich hier in die Höhle getrieben, aber wenn du an den Schlüssel herankommst ...

Sie sah vorsichtig weg. Sie mußte unerhört schlau sein, damit sie keinen Verdacht schöpften. Sie wußte, daß Cora vergiftet worden war, aber das würde ihr niemand abnehmen. Sie hielten sie für verrückt, weil es ihr nicht gelang, die richtigen Worte zu sagen.

Sie ahnten nicht, wie raffiniert sie war. Noch einen Blick auf den Schlüssel geworfen, um sicher zu sein, daß er noch in der Tasche steckte, und dann würde sie Übelkeit simulieren oder einfach in Ohnmacht fallen, das war noch besser. Und dann würde der Doktor sich über sie beugen, und sie würde den Schlüssel nehmen. Dann durch die Türen, die Böschung hinunter, durch das Eisentor und weg.

Kluges Kind, kluges Kind, dachte sie, fiel rückwärts Miss Scott in die Arme und hörte, wie der Doktor auf sie zutappte.

»Geben Sie acht, Ihr Schlüssel, Doktor«, sagte Miss Scott freundlich.

Sie war nicht direkt in Ohnmacht gefallen, fühlte sich jedoch zu schlapp, um sich wieder aufzurichten. Sie sank in sich zusammen und gegen Miss Scotts Knie. Sie sprachen über sie, aber sie hatte nicht mehr die Kraft, zuzuhören. Sie drängten sie, irgend etwas zu tun, aufzustehen, durch eine Tür zu gehen, nehmen Sie sich zusammen, legen Sie sich hin, eigenes Zimmer. Wir haben das Gefühl, daß ..., wir wissen, daß ..., wir möchten, daß Sie ..., wir sind überzeugt, wir sind hilfreiche Engel, die anmutig die Blutlachen umgehen, so zärtlich baden wir das tote, fühllose Fleisch.

Zeit zum Essen, Zeit zum Schlafen, Zeit für Dr. Nathan, Zeit für Dr. Goodrich, Zeit fürs Abendbrot, Zeit spazierenzugehen, nichts davon.

Musik, Therapie, Farbfilme, Andacht, ein Tanz, Bridge.

So viel Zeit und nichts davon für sich selbst, so viele Menschen, aber wie schattenhaft waren sie alle. Nur dann und wann schien ihr eine Szene oder Person wirklich – die Filsinger-Zwillinge, die eng aneinander einen Wiener Walzer tanzten, Mrs. Hammond, die sorgfältig die Bridgekarten verteilte und sie dann genauso sorgfältig auf dem Boden verstreute, Dr. Goodrich, der redete.

»Die Autopsie hat es eindeutig erwiesen, Mrs. Morrow. Miss Green ist einem Herzschlag erlegen.«

•Nein, nein, nein.

»Haben Sie mich verstanden, Mrs. Morrow? Miss Green ist seit Jahren herzkrank. Ihr plötzlicher Tod war für uns keine Überraschung. Die Autopsie ist von einem Gerichtsmediziner vorgenommen worden, und er hat nichts gefunden, das auch nur den Verdacht einer Vergiftung aufkommen lassen würde.«

»Die Trauben.«

»Die Trauben sind alle untersucht worden, Mrs. Morrow.«

Lügner.

»Miss Green, Coras Schwester, war mit dem Gutachten vollkommen zufrieden. Wir nehmen an, daß Cora von den Trauben gegessen hat, und dabei ist ein Fetzchen Haut in ihrem Hals hängengeblieben. Sie bekam keine Luft mehr und geriet in Panik. In dem Augenblick müssen Sie das Zimmer betreten haben, und Ihr plötzliches Auftauchen, der Fremdkörper in ihrem Hals ...«

»Dreckiger Hurensohn von einem Lügner«, sagte Lucille laut und deutlich. »Dreckiges, verlogenes Zuhälterschwein.«

Er wartete geduldig, bis sie ausgeredet hatte, wie immer ein wenig erstaunt ob des Vokabulars, das Frauen in kritischen Momenten zur Verfügung stand.

»Man hat keine Spur von irgendeinem Gift gefunden«, wiederholte er. »Ich habe Coras Schwester kommen lassen, damit Sie mit ihr sprechen können. Sie erwartet Sie im Wartezimmer.«

Miss Janet Green hatte sich nur widerwillig nach Penwood aufgemacht. Sie war so oft da gewesen, immer, um Cora zu besuchen, immer mit der schwachen Hoffnung, bei Cora sei inzwischen eine Besserung eingetreten, sie würde gern mit nach Hause kommen. Aber Cora war vor drei Tagen gestorben, und ihr Tod war ähnlich rätselhaft gewesen wie ihr Leben. An der Oberfläche war alles sonnenklar, aber es gab rätselhafte Unterströmungen.

Janet Green hatte der Leichenschau beigewohnt, ein wenig verwirrt, ein wenig schwer von Begriff.

Etwas unglaubwürdig, daß Cora über einem bißchen Traubenhaut in Panik geraten sein sollte. Sie war herzkrank, das ja, und es gab keinerlei Anhaltspunkte für irgend etwas anderes, trotzdem ...

Nach der Leichenschau war Dr. Goodrich zu ihr gekommen, hatte mit ihr gesprochen und von einer Frau namens Mrs. Morrow erzählt, die der Überzeugung war, Cora sei vergiftet worden.

»Was für ein Unfug!« sagte Janet und tupfte sich die Augen mit einem feuchten Taschentuch ab. »Meine arme Cora war überall beliebt.«

»Es handelt sich bei Mrs. Morrow natürlich um pure Einbildung, aber das macht die Sache für sie nicht einfacher. Ich wäre Ihnen sehr dankbar, wenn Sie einmal nach Penwood kämen und mit ihr sprächen.«

»Ich? Ich kann ihr nicht helfen.«

»Sie können sie vielleicht davon überzeugen, daß Sie mit den Ergebnissen der Totenschau restlos zufrieden sind. Cora hat ihr viel von Ihnen erzählt. Ich könnte mir denken, daß sie in Ihnen eine Verbündete sehen wird. Das heißt, sie sind Coras Schwester und daher am meisten an den Umständen ihres Todes interessiert.«

»Das bin ich allerdings«, sagte Janet trocken. »Ich bin keineswegs befriedigt. Sind Sie's?«

»Vielleicht nicht. Der einzige Mensch, der über die Umstände Auskunft geben kann, ist Mrs. Morrow.«

»Ich verstehe. Dann soll ich also aus zwei Gründen mit ihr sprechen, um zu reden und um zu hören?«

»Ich kann Sie natürlich nur bitten.«

»Schon gut«, sagte Janet entschlossen. »Ich werde mein Bestes tun.«

Sie war eine hilfsbereite Frau. Und da Cora tot war und nichts mehr brauchte, würde sie Mrs. Morrow helfen.

Sie machte sich zielstrebig ans Werk, erzählte Lucille ruhig und freundlich, daß sie Coras Schwester sei, daß Cora einem Herzschlag erlegen sei und daß sie der Totenschau persönlich beigewohnt habe. Sie war nicht zum erstenmal in der Anstalt und nicht die Spur nervös, aber Lucilles Ausdruck hatte etwas, das ihr nicht ganz geheuer war. Lucille verzog den Mund, als hätte sie Janets Worte gekostet und bitter gefunden.

Und diese Augen, dachte Janet. Wirklich ziemlich hoffnungslos.

Sie fuhr dennoch fort und verfiel aus Mitleid sogar auf eine Lüge, obwohl derlei Erfindungen ihrer Natur fremd waren und ihr sehr schwerfielen.

»Cora hat immer Angst gehabt, einmal zu ersticken, schon als Kind.«

»Sie war zehn Jahre älter als Sie«, sagte Lucille. Ihre Zunge fühlte sich dick an, aber die Worte waren verständlich.

Janet errötete. »Trotzdem erinnere ich mich noch genau, wie sie immer davon sprach.«

»Sie dürfen mich nicht für dumm verkaufen. Cora war nicht dumm. Sie hat gleich gewußt, daß die Trauben vergiftet waren.«

»Sie irren sich bestimmt. Cora hatte keine Feinde.«

»Cora nicht. Aber ich. Sie waren mir zugedacht. Sie hat davon gegessen, als ich draußen war. Als ich wieder ins Zimmer kam, saß sie auf dem Bett und steckte sie sich in den Mund.«

»Bitte, nicht so schnell, Mrs. Morrow. Ich komme nicht mit.«

»Ich bin zu ihr gelaufen und habe ihr gesagt, daß die Trauben vergiftet sind, und ich habe versucht, sie ihr wegzunehmen, aber es war zu spät. Sie war tot, statt meiner.«

Plötzlich war das Rätsel für Janet gelöst. Cora hatte auf dem Bett gesessen und Trauben gegessen, als Mrs. Morrow hereinkam. Cora hatte aufgeblickt, schelmisch und schuldbewußt gelächelt, da es schließlich nicht ihre Trauben waren ... Das Lächeln erstarb, als Mrs. Morrow auf sie zugestürzt kam, um ihr die Trauben zu entreißen ... »Sie sind vergiftet!«

Cora war vor Schreck gestorben.

Jetzt war alles klar. Das erklärte sogar, wieso all die Trauben über den ganzen Boden verstreut gewesen waren. Es war eines der Rätsel gewesen, mit denen sie nicht zu Rande gekommen war – was sollte Cora veranlaßt haben, so viele Trauben von der Rebe zu pflücken, wenn sie ganz einfach auf dem Bett saß und sie vollkommen normal aß? Aber jetzt war alles geklärt. Das Rätsel war gelöst.

Sie erklärte dies alles Dr. Goodrich, der erleichtert schien, und ging dann nach Hause.

Hier und da dachte sie während der darauffolgenden Woche an Lucille Morrow. Es tat ihr leid, daß sie nicht mehr für sie hatte tun können, andererseits war sie ihr auch ein wenig gram, denn wäre Lucille nicht gewesen, dann würde Cora vielleicht noch leben.

Am Freitag morgen, dem Tag nach Coras Beerdigung, kehrte Janet in ihr Büro zurück. Sie war Chefeinkäuferin für den Französischen Salon von Hampton's, einem Warenhaus, und hatte noch allerhand zu erledigen, bevor sie zur Frühjahrsmodenvorschau nach New York fuhr. Aber sie wurde nicht mit all der Arbeit, die sie zu erledigen gehofft hatte, fertig, denn gegen elf Uhr meldete sich bei ihr ein Polizeibeamter an.

Die Sekretärin brachte ihr seine Karte, und Janet las sie mit gerunzelter Stirn. Kriminalinspektor Sands. Nie gehört. Wahrscheinlich falsch geparkt oder ein Rotlicht überfahren. Trotzdem, ein Inspektor. Vielleicht ist mein Auto gestohlen worden.

»Schicken Sie ihn herein.« Sie ließ sich in ihren massiven Sessel zurückfallen, den sie bequem ausfüllte. Sie wirkte ganz ruhig. Es war nicht das erstemal, daß sie Besuch von der Polizei empfing. Coras Unarten waren der Grund, daß sie so manchen Beamten kennengelernt hatte.

Aber jetzt, da Cora in der Hölle war, konnte doch nicht mehr ihretwegen der Teufel los sein. Ein Mundwinkel zog sich zu einem wehmütigen kleinen Lächeln hoch.

»Miss Green? Ich bin Inspektor Sands.«

»Oh, ja. Wollen Sie sich nicht setzen?«

»Der Grund für meinen Besuch ist der Tod Ihrer Schwester.«

»So.« Janet zog eine ihrer dicken schwarzen Augenbrauen hoch. »Ich dachte, der Fall sei mit der Totenschau abgeschlossen.«

»Was den physischen Aspekt anbelangt, ja. Es besteht kein Zweifel daran, daß der Tod Ihrer Schwester auf einen Unfall zurückzuführen ist. Was mich im Augenblick interessiert, ist die Verbindung zwischen Ihrer Schwester und Mrs. Morrow.«

Er setzte sich und behielt den Hut in der Hand. Janet sah ihn mütterlich an. Er sah sehr zerbrechlich aus für jemanden von der Polizei. Vielleicht mußten sie heutzutage, wo so viele kräftige junge Leute eingezogen waren, einfach nehmen, was kam. Wahrscheinlich ißt er nicht richtig oder schläft nicht genug, jedenfalls sollte sich wirklich mal jemand um seine Kleider kümmern.

Sands erkannte den Ausdruck auf ihrem Gesicht. Er

war ihm schon öfters begegnet, und er machte ihm immer Schwierigkeiten. Morgen schreib' ich mich bei Charles Atlas im Bodybuildingkurs ein.

»Ich habe mit Dr. Goodrich darüber gesprochen«, sagte Janet. »Die arme Frau konnte nichts dafür, daß sie Cora umgebracht hat. Dr. Goodrich sagt, sie habe Cora im Gegenteil sehr gern gemocht und nur versucht, ihr das Leben zu retten, als sie schrie, die Trauben seien vergiftet.«

»Deshalb bin ich hier. Am Samstag ist Miss Green gestorben. Am Freitag waren Sie noch bei ihr. Hat sie Ihnen bei der Gelegenheit irgend etwas über Mrs. Morrow erzählt?«

»Oh, sie hat ein paar Bemerkungen gemacht, das schon. Aber Cora konnte eine derartige Quasselstrippe sein, daß ich gar nicht mehr hingehört habe. Ich weiß allerdings, daß sie ihre neue Zimmergefährtin mochte und daß sie ihr leid tat.«

»Sagen Sie, wie lange hat Ihre Schwester in Penwood gelebt?«

»Mit einigen Unterbrechungen beinahe zehn Jahre. Sie war wirklich gern da. Wissen Sie, sie war eigentlich ganz normal und interessierte sich brennend für die psychologischen Probleme der Patienten.«

»Und sie war gar nicht beunruhigt durch die Gesellschaft dort?«

»Ganz und gar nicht.«

»Ist es dann nicht verwunderlich, daß sie Mrs. Morrow tatsächlich glaubte, als Mrs. Morrow ihr sagte, die Trauben seien vergiftet? Sie war die Hirngespinste und Hysterien der anderen Patienten gewohnt. Warum hat sie Mrs. Morrow ernst genommen?«

»Das habe ich mir nie überlegt«, sagte Janet stirnrunzelnd. »Aber Sie haben natürlich recht. Cora würde gesagt haben: ›Ach, Unsinn!‹ oder irgend etwas in der Art. Es sei denn – ja, es sei denn, die Trauben wären tatsächlich vergiftet gewesen?«

»Das waren sie nicht.«

»Ich verstehe überhaupt nichts mehr. Ich dachte, alles sei geklärt, und jetzt – ja, und jetzt verstehe ich plötzlich überhaupt nichts mehr.«

»Der Vorgang selbst ist vollkommen klar. Ihre Schwester ist an einem Schock gestorben. Und warum? Ich meine, weil sie Mrs. Morrow *glaubte.* Sie war überzeugt, daß Mrs. Morrow wußte, was sie sagte, und daß ihr tatsächlich jemand nach dem Leben trachtete.«

»Sie reden«, sagte Janet, »Sie reden, als glaubten Sie das auch.«

»O ja. Das tue ich auch.«

Janet blieb skeptisch. »Wissen Sie, in Penwood gibt es immer wieder Patienten, die sehr überzeugend wirken.«

»Ja. Aber Ihre Schwester ist in Mrs. Morrows Bekanntenkreis nicht die erste, die ums Leben gekommen ist. Sie ist die dritte.«

»Die – dritte?«

»Miss Greens Tod ist der dritte Fall. Ich glaube, es war ein Unfall. In den anderen beiden Fällen handelt es sich um vorsätzlichen Mord. Beide sind nicht geklärt worden.«

Er wartete, bis Janet den Schock über die Morde und die Entrüstung darüber, daß sie noch nicht geklärt waren, verarbeitet hatte. Vor seinem geistigen Auge zogen die drei Menschen herauf, die gestorben waren: Mildred Morrow, jung und drall und hübsch; Eddy Greeley, ein verseuchtes, nutzloses Wrack; Cora Green, eine kleine, harmlose alte Dame.

Welten lagen zwischen diesen Menschen, nur eines hatten sie gemein – Lucille Morrow.

»Tja, ich weiß nicht, wie ich Ihnen helfen könnte«, sagte Janet. »Und ich weiß auch nicht, was mir Cora sonst noch über Mrs. Morrow erzählt haben könnte.«

Sands erhob sich. »Macht nichts. Ich bin ohnehin nicht mit allzu großen Hoffnungen zu Ihnen gekommen.«

»Es tut mir wirklich sehr leid«, sagte Janet, erhob sich ebenfalls und reichte ihm die Hand. »Auf Wiedersehen. Wenn ich noch irgend etwas für Sie tun kann ...«

»Nein, danke. Auf Wiedersehen.«

Sie verabschiedeten sich mit einem Händedruck, und er ging hinaus in die gedämpfte Flüsteratmosphäre des Französischen Salons. Je weiter er in die zentralen Zonen des Warenhauses vorstieß, desto wärmer wurde die Luft, desto lauter die Menschen, desto bunter und aufdringlicher weihnachtlich die Warentische, Parfüms, Handschuhe, Sonderangebote, leicht beschmutzte und herabgesetzte Unterwäsche, Verkäufer mit holländischen Filzkappen, *»Der letzte Schrei«, »Alles auf diesem Tisch nur 29 Cents«, »Schenken Sie ihr – Nylons!«*

Massenweise Hausfrauen, Schulmädchen, Studentinnen, entnervte Ehemänner und verstörte Kinder, Kinderwagen und Ellbogen und müde Füße und stickige Luft.

Er blieb neben einem Krawattenstand stehen, um zu verschnaufen. Das sieht man also, wenn man die Augen aufmacht, dachte er. Die müden Füße und schlaffen Schultern, die Gesichter von Schmerz gezeichnet oder von Armut, die ewige Hast, nicht irgendwo hineinzukommen, sondern irgendwo heraus.

Aber man konnte sich auch abseits halten, die Augen halb zumachen und nur noch die glücklich geschäftige Menge sehen, erfüllt von vorweihnachtlicher Festfreude, ach so glückliche Menschen in einer ach so glücklichen Welt.

Glücklich! Idiotisches Wort. Klingt fast wie erquicklich und ergötzlich.

Der Verkäufer tauchte auf. »Kann ich Ihnen behilflich sein?«

»Nein, danke«, sagte Sands. »Ich bin bedient.«

Er bahnte sich einen Weg zum Ausgang und war sich bewußt, daß er kindisch und neurotisch war und im Augenblick durch sein eigenes Verhalten dazu verurteilt, auch in anderen nur das Versagen zu sehen.

Er schob sich durch die Drehtür in die Yonge Street hinaus und sog die kalte Luft in seine Lungen. Er fühlte sich sofort besser und dachte, morgen schreib' ich mich bei Charles Atlas ein *und* bei William Saroyan im Lebensbejahungskurs.

Das Gedränge auf der Straße war zielstrebiger als das im Warenhaus. Die Sekretärinnen, Bankangestellten, Bauarbeiter, Schriftsetzer, Anwälte und Fahrstuhlführer waren alle auf Nahrungssuche. Die Fahrstuhlführer aßen an irgendeinem Selfservice einen Hamburger aus der Hand und spülten das Ganze mit einer Tasse Kaffee hinunter. Die Sekretärinnen aßen Knie an Knie Chicken à la King in einer Honey Dew Filiale, und die Anwälte machten sich mit etwas weniger Impetus und mehr Umsicht im Gebrauch ihrer Ellbogen zum Savarin in der Bay Street auf.

An der Ecke beschwor ein Zeitungsjunge um die Siebzig alles, was vorbeikam, sich über alles in der *Globe and*

Mail zu informieren. Gegen zwei Uhr würde er ebenso tönend den *Star* und die *Tely* anpreisen, und um Mitternacht würde er abermals auftauchen, diesmal mit der *Globe and Mail* für den nächsten Tag.

Heraklit, dachte Sands. Kein fließender Strom, sondern ein Karussell, vollmechanisch, und dann und wann ein Messingring für eine Gratisfahrt.

Er kaufte eine Zeitung, klemmte sie unter den Arm und ging zum Parkplatz, wo er seinen Wagen abgestellt hatte.

Während er auf den Parkwächter wartete, schlug er die Kleinanzeigen auf und begann, die Angebote zu studieren. Später würde er das Ganze lesen, aber die Kleinanzeigen waren für ihn das Interessanteste. Er konnte jedem auswendig sagen, was man für eine dauerhafte Entfernung von Gesichtshaaren anlegen mußte, wie viele Cockerspaniels entlaufen waren und wie viele Mechaniker gesucht wurden, er hätte die Telefonnummer einer medizinisch-technischen Assistentin herunterrasseln können und gewußt, was zu tun war, wenn man zum Beispiel ein Pferd besaß und dieses gerade gestorben war.

Eine Stadt aus der Vogelperspektive.

Der Parkwächter kam zurück. Sands faltete seine Zeitung wieder zusammen, gab ihm ein Trinkgeld und stieg in sein Auto. Er vergaß das Mittagessen und fuhr statt dessen in sein Büro zurück.

Das erste, was er sah, als er die Tür öffnete, war Sergeant D'Arcy.

»Guten Tag, Sir«, sagte D'Arcy.

Er gab sich Mühe, sein geziertes kleines Mäulchen beim Sprechen sowenig wie möglich zu bewegen.

»Oh«, sagte Sands. »Was gibt's?«

»Entschuldigen Sie, Sir, aber ich habe das Gefühl, in

Inspektor Bascombes Abteilung nicht recht glücklich werden zu können.«

»Ist ja eine Affenschande!«

D'Arcy errötete. »Es ist mein Ernst, ehrlich. Mr. Bascombe ist bestimmt ein intelligenter Mann, aber er ist ungehobelt. Er versteht mich nicht. Immer hackt er auf mir herum.«

»Und?«

»Ich habe dem Commissioner gesagt, daß ich mich auf Grund meiner natürlichen und erworbenen Fähigkeiten für Ihr Ressort prädestiniert fühle.« Der Commissioner war ein angeheirateter Onkel von D'Arcy. »Ich habe ihm gesagt, daß ich lieber für Sie arbeiten würde, weil Sie nicht auf mir rumhacken würden.«

»Dann ist es höchste Eisenbahn, daß ich Sie mir mal vornehme.«

D'Arcy nahm das als Scherz auf und begann zu kichern. Wenn er kicherte, pfiff die Luft durch die Polypen seiner Nase, und das ergab ein so unliebliches Geräusch, daß Sands' Verachtung vorübergehend in Mitleid umschlug.

»Was Sie bei der Polizei wollen, ist mir auch nicht klar«, sagte er.

»Ich habe das Gefühl, daß ich mich aufgrund meiner ...«

»Hören Sie auf, sich selbst zu zitieren. Warum steckt Ihr Onkel Sie nicht in irgendein Innenarchitekturgeschäft? Sie würden sich zwischen Samt- und Seidenballen prächtig machen.«

»Die Art von Bemerkungen bekomme ich täglich von Mr. Bascombe zu hören«, sagte D'Arcy steif. »Mein Onkel wäre bestimmt nicht begeistert, dergleichen aus Ihrem Munde zu hören.«

»Das wird er auch nicht«, sagte Sands erheitert. »Wenn ich Sie nämlich einmal dabei erwische, daß Sie in diesem Büro herumspionieren und Leute verpetzen ...«

»Ich darf also bleiben?« sagte D'Arcy. »Das ist sehr nett von Ihnen, Sir. Ich bin überglücklich.«

»Machen Sie sich an die Arbeit«, sagte Sands, stapfte in sein Privatbüro und schlug die Tür hinter sich zu. Er ließ sich über das Haustelefon mit Bascombe verbinden.

»Bascombe? D'Arcy hat mal wieder die Tapeten gewechselt.«

»Ich bin untröstlich«, sagte Bascombe und lachte auf. »Er wird mir bestimmt fehlen, vor allem auf dem Klo. Schon gegessen?«

»Nein.«

»Ich lade Sie zu was ganz Scharfem ein.«

»Was steckt dahinter?«

»Nichts. Ich habe nur gestern einen Brief von Ellen bekommen.«

»Oh.«

»Sie ist immer noch in Hull, aber sie ist ihren Elektriker leid und will wieder nach Haus kommen.«

»Aha. Ja. Ich verstehe. Sie laden mich zum Essen ein, als Dank für meinen Rat, den Sie nicht befolgen?«

»Ach was, ich brauch' keinen Rat«, sagte Bascombe. »Ich habe ihr schon das Geld für die Rückreise geschickt.«

»Na bravo«, sagte Sands. »Genial. Entschuldigen Sie, wenn ich keinen Hunger habe.«

»Sie schwört, daß ihr dieses Mal eine Lehre war.«

»Sie ackert sich ja ganz nett durch die Grundschule. Es soll enorm viel verlangt werden, aber es gefällt ihr offenbar.«

»Verdammt noch mal, was bleibt mir anderes übrig, als ihr das Geld zu schicken? Sie ist meine Frau.«

»Bloße Formsache, das«, sagte Sands und hängte ein.

Alles war wieder beim alten. D'Arcy war wieder da, Ellen war wieder da. Ellen hatte den Messingring erwischt. Eines Tages würde ihn ihr jemand durch die Nase ziehen, aber bis dahin würde sie ganz nett was von der Welt und ungeheuer viele verschiedene Schlafzimmertapeten kennengelernt haben.

Das Telefon klingelte. Es war Bascombe, der jetzt etwas unsicherer klang.

»Also gut«, sagte er. »Was soll ich also tun, was raten Sie mir, Schlauberger?«

»Die Wohnung dichtmachen und verschwinden. Zu einem Anwalt gehen und mit ihm irgendein Arrangement über eine Abfindung ausmachen. Falls Ihr Gewissen Sie zwackt. Das Entscheidende ist nicht, daß Ellen eine Schlampe ist, sondern daß sie keine wäre, wenn sie sich nur das geringste aus Ihnen machte oder je gemacht hätte. Es ist kein physisches Bedürfnis, sie ist nicht unersättlich. Sie ist nur eine von diesen minderwertigen Schwachsinnigen, die Liebe so wollen, wie sie ihnen im Kino serviert wird, Romantik, Schummerbeleuchtung und süße Melodien. Die ganze Garnitur und ja nichts von den Rückwirkungen. Das ist zu machen, aber nicht für Ellen. Denn dafür hat sie nicht genug Köpfchen.«

Schweigen. Schließlich sagte Bascombe: »Die Einladung zu was Scharfem gilt noch.«

»Na schön. Ich hole Sie ab, wenn ich hinuntergehe.«

Während des Essens wurde Ellen mit keinem Wort erwähnt. Sie sprachen über den Fall Morrow. Bascombes Ressort hatte nichts mehr damit zu tun, seitdem man

Lucille Morrow gefunden hatte. Aber er fand den Fall ganz allgemein interessant und hörte gebannt zu, als Sands ihm die Umstände von Cora Greens Tod darlegte.

»Die dritte«, sagte er, als Sands geendet hatte. »Verdammt merkwürdig.«

»Miss Greens Tod war natürlich ein Unfall. Wer immer die anderen zwei auf dem Gewissen hat, dürfte ihn weder geplant noch Miss Green überhaupt gekannt haben. Aber ihr Tod dürfte ihm sehr gelegen kommen, das ist das Teuflische an der Sache. Er bringt Mrs. Morrow um das letzte bißchen Verstand, das sie noch hat. Und das, glaube ich, ist das Endziel – Mrs. Morrow zu erledigen. Die treibende Kraft dahinter ist Haß. Mrs. Morrow soll leiden und am Ende vielleicht sogar ums Leben kommen. Aber schon der augenblickliche Stand der Dinge ist höchst befriedigend. Zu sehen, wie Mrs. Morrow sich verzweifelt an das auseinanderbrechende Wrack ihres Verstandes klammert, muß irgend jemandem ein königliches Vergnügen bereiten.«

»Pfui Teufel«, sagte Bascombe. »Trotzdem, sehr seltsam, beim bloßen Anblick eines amputierten Fingers gleich überzuschnappen.«

»Das war's nicht. Es war nicht der Finger selbst, sondern ihre eigene seinerzeitige Gemütsverfassung und die mit dem Finger verbundenen Implikationen. Ein toter Finger bedeutete für sie eine tote Frau – Mildred, die erste Frau; und eine Morddrohung gegen sie, die zweite Frau. Wer kann uns das sagen, wenn sie es nicht tut? Vielleicht war es darüber hinaus für sie ein Sexualsymbol, ein Hinweis auf ihre Ehe.« Er blickte zu Bascombe auf und fügte leise hinzu: »Vielleicht hat er für sie noch mehr bedeutet, noch viel mehr.«

»Natürlich ist es jemand aus ihrer Familie. Wer sonst soll sie so erbittert hassen oder ihre Schwächen so genau kennen, um sich dem subtilen Sport hinzugeben, sie zum Wahnsinn zu treiben? Greeley hat das Seine beigetragen. Für eine Frau, die wie sie ein kultiviertes, friedliches, sorgloses Leben geführt hat, muß schon allein der Anblick eines Mannes wie Greeley ein Schock gewesen sein. Und die Übersendung des Fingers offenbart einen geistigen Sadismus, wie er wohl kaum seinesgleichen hat.«

»Wer, um Himmels willen, würde allein auf die *Idee* kommen, jemandem einen Finger zu schicken? Wo kam er überhaupt her?«

»Die Morrows können keinen Hinweis geben. In einem Punkt sind sie sich einig – daß die Polizei kein Recht habe, sie zu belästigen, und daß sie unter den Umständen schon genug am Hals haben. Ich habe sie in ihrem Haus vernommen. Als ich aufbrechen wollte, nahm Dr. Morrow mich beiseite und fragte mich über den Finger aus. Er wollte es ganz genau wissen. Er sah aus, als hätte er Angst, als wisse er eine ganze Menge mehr, als er mir erzählt hat.«

»Die Morrow-Frauen«, sagte Bascombe trocken, »haben Pech.«

»Aber die Methode ist vornehmer geworden. Von der Axt zur symbolischen Andeutung. Ich bin sämtliche Polizeiakten und Zeitungsberichte über Mildred Morrow durchgegangen. Der erste, der bei einem Mord der Ehefrau verdächtig ist, ist natürlich ihr Mann. Dr. Morrow hatte nicht nur ein hieb- und stichfestes Alibi, nach der Nachricht vom Tod seiner Frau kam er außerdem mit einer Gehirnentzündung ins Krankenhaus. Das ist Tatsache. Die Krankenhausblätter sind einwandfrei, und die

Frau, die in derselben Stunde, in der Mildred ermordet worden ist, durch Dr. Morrow von einem Sohn entbunden wurde, lebt und erinnert sich an jene Nacht noch ganz genau. All das, plus der Tatsache, daß er keinerlei Motiv hatte, spricht Dr. Morrow von aller möglichen Schuld frei.«

»Dann scheint Morrow auch Pech zu haben.« Bascombe schob sich das letzte Stück Kuchen in den Mund und den Teller beiseite. »Wie wir alle wahrscheinlich.«

»Sie haben Ihre Portion Pech gehabt.«

»Lassen Sie's gut sein. Kommen Sie mit?«

Sands erklärte ihm, daß er nicht mit zurück ins Büro käme, da er eine Verabredung im Hotel Ford habe.

Eine Viertelstunde später stand er vor einem kleinen Schreibtisch im Ford Leutnant Frome gegenüber.

Frome war sehr steif und sehr militärisch. Korrekt und bündig teilte er Sands mit, daß er soeben einen Lehrgang für Transportoffiziere der Kanadischen Fahr- und Wartungsschule in Woodworth absolviert habe und nun auf seine Versetzung nach Übersee warte. Es sei sein letzter Urlaub, und er habe die Gelegenheit wahrnehmen wollen, zu heiraten. Wie er ihn tatsächlich verbringe, sei, in diesem langweiligen Hotel herumzusitzen und darauf zu warten, daß Polly Morrow einen Entschluß fasse.

Während Frome sprach, verlor er allmählich seine Soldatenfassade und wurde ein normaler Mann, der Kummer hatte.

»Ich verstehe sie nicht«, erklärte er Sands. »Sie hat sich einfach in den Kopf gesetzt, ich hätte sie sitzengelassen. Dabei bin ich bloß hierher gezogen. Dem Rest ihrer Familie war ich lästig. Verständlich! Was bin ich schon für sie? Ein Fremder.« Er vergaß, daß Sands ein Inspektor im

Dienst war. Sands ließ ihn weiterreden. Er hörte gern zu, wenn Leute ihm von ihren Problemen erzählten, das war ein wenig persönlicher als die Inserate.

»Martin war in Ordnung«, sagte Frome. »Er sagt, es macht Polly Spaß, Leute herumzukommandieren, bis es ernst wird, dann braucht sie jemanden, der das Kommando übernimmt. Ich verstehe die Frauen nicht. Ich komme aus dem Westen, aus Alberta. Da sind die Frauen ganz anders.«

»Wirklich?« murmelte Sands.

»Eigentlich war das Ganze ein einziges Durcheinander von dem Moment an, in dem ich ihre Familie kennengelernt habe. Wir hatten uns kaum guten Tag gesagt, da standen wir schon vor der ersten Katastrophe – ein Zugunglück.«

»Oh? Wer war dabei?«

»Polly, ihr Vater und Martin. Die Angst vor der ersten Begegnung mit ihrer Familie hatte ohnehin schon ein Nervenbündel aus mir gemacht – zumal ich Polly selbst erst drei Wochen kannte. Und dann an diese Sauerei heranzufahren und schließlich noch die Leichen einzusammeln ...« Er blickte verbittert zu Sands auf, als habe Sands das Ganze arrangiert. »Sei's drum. Was wollten Sie von mir wissen?«

Sands lächelte. »Nichts. Gar nichts. Wollte nur mal reinschauen und sehen, wie es Ihnen geht.«

Immer noch lächelnd durchquerte er die Halle und blieb an der Tür kurz stehen, um Frome noch einmal zuzuwinken.

»Sie sind alle verrückt«, erklärte Leutnant Frome dem Barkeeper wenig später. »Sie sind alle verrückt. Der einzige Normale bin ich.«

»Klar«, sagte der Barkeeper. »Ganz klar.«

10

Noch an demselben Tag, an dem Cora gestorben war, wurde Lucille in ein Einzelzimmer umquartiert und der Obhut einer Sonderschwester übergeben.

Miss Eustace Latte wurde für sehr spezialisierte und schwierige Aufgaben eingesetzt. Sie bezeichnete sich als selbständige Psychiatrieschwester. Sie arbeitete privat und in Anstalten, und ihre besondere Spezialität waren gewalttätige oder depressive Patienten, die sie in Tag- und Nachtwache davor bewahrte, anderen oder sich selbst etwas anzutun.

Sie stand in hohem Ansehen, bezog entsprechende Gehälter und wurde von den anderen Schwestern, denen schon der normale Acht-Stunden-Tag auf einer unruhigen Station zu schaffen machte, mit Ehrfurcht betrachtet. Miss Eustace hatte die Vierzig eben überschritten und war, da sie sich selbst für eine vollkommen uninteressante Person hielt, stets überrascht, wenn man sie aufgrund ihrer Geschicklichkeit, Ausdauer und Geduld lobte. Neben diesen Vorzügen besaß Miss Eustace einen festen Glauben an Gott, praktisch verwertbare Judokenntnisse und die Fähigkeit, so schnell wie ein Hund einzuschlafen und wieder aufzuwachen. Nur einmal hatte sie im Dienst eine Verletzung erlitten, und zwar mittels einer von ihren eigenen Stricknadeln. Sie hatte der Strickerei daraufhin abgeschworen; statt dessen benutzte sie nun ihre Mußestunden, um Patience zu spielen, Briefe zu schreiben oder einfach nur zu plaudern.

Lucille verweigerte fast eine Woche lang jede Nahrung, und am vierten Tag wurde sie von Miss Eustace mittels einer Magensonde zwangsernährt.

Als es vorbei war, sagte Miss Eustace ruhig: »So etwas ist entwürdigend, nicht wahr? Vor allem für eine so hübsche Frau wie Sie!«

Unwillkürlich wandte Lucille sich nach dem mit einem Drahtgeflecht überzogenen Spiegel um. Hübsch? Ich? Wo sind meine Haare?

»Heute abend werden wir zusammen ein wenig Suppe essen«, fuhr Miss Eustace fort. »Sie irren sich nämlich, wenn Sie glauben, Sie können sich zu Tode hungern. Das geht zu lange.«

Miss Scott, die auf eine andere Schule schwor, hätte die Hände überm Kopf zusammengeschlagen, wenn sie gehört hätte, wie Miss Eustace einer Patientin gegenüber vom »Tod« und »hungern« sprach. Rein theoretisch mochte Miss Scott recht haben, aber Miss Eustace erzielte Erfolge. Zum Abendbrot aß Lucille einen Teller Suppe und eine Vanillecreme, und ihr blasses, eingefallenes Gesicht nahm wieder eine leichte Spur Farbe an.

Trotzdem nahm sie zusehends ab. Ihre Kleider hingen traurig an ihr herab, ihre Wangen waren hohl, und unter ihrem Kinn hatten sich schlaffe Falten gebildet. Sie machte sich nicht mehr die Mühe, ihr Haar zu kämmen, und die Hände wusch sie sich nur, wenn man sie dazu anhielt. Obwohl sie aufmerksam zuzuhören schien, wenn Miss Eustace mit ihr sprach, gab sie kaum je eine Antwort, und wenn sie überhaupt noch sprach, dann höchstens abends, nachdem man ihr ein Beruhigungsmittel gegeben hatte. Dann allerdings benahm sie sich wie ein Mensch, der nach etlichen Gläsern Wein das Gefühl hat, vollkommen scharf zu denken und brillant zu formulieren, ohne sich seines verschwommenen Geredes bewußt zu sein. Miss Eustace konzentrierte sich wieder auf ihre Patience und führte gewissenhaft Buch. Von einhundertneunundvierzig Spielen hatte sie nur elf gewonnen. (Allerdings, schrieb sie ihrer Mutter, handelte es sich um eine besonders schwierige Spielart der Patience.)

»Das alles ist Mildreds Schuld«, stammelte Lucille ins Dunkle. »Mildred ...«

(»Mein Fall ist gerade dabei, einzuschlafen«, schrieb Eustace unbeirrt, »entschuldige also meine Schrift, da nur das Nachtlicht brennt und ich kaum etwas sehen kann.«)

»Miss Eustace!«

»Da bin ich«, sagte Miss Eustace sanft. »Möchten Sie einen Schluck Wasser?«

»Ich muß immerzu an Mildred denken.«

»Drehen Sie sich um und denken Sie an etwas anderes.«

»Was haben sie mit meinem Haar gemacht?«

(»Sie will wissen, was sie mit ihrem Haar gemacht haben«, schrieb Miss Eustace. »Manchmal haben sie schon ganz merkwürdige Einfälle.«)

Lucille drehte sich um im Bett. An etwas anderes denken. Nicht an Mildred. Aber da, sieh nur, Mildreds Haar. Wie borstig es aussah, jedes Haar so dick wie ein Schlauch, sie bewegen sich, winden sich wie Schlangen, oh, Miss Eustace, o Gott, bitte.

(»Am meisten bedaure ich die Familie, ehrlich. Schließlich sind die normal. Heute war Besuchstag, da ist die ganze Familie von meinem Fall anmarschiert gekommen.

Aber sie durften sie nicht sehen, Dr. Goodrich war dagegen.«)

Die Schlangen wanden sich und bluteten stoßweise, ihr Blut rann über Mildreds Gesicht – geht weg, geht weg – ich will euch nicht sehen ...

»Säuisch, säuisch«, sagte sie leise.

(»Die Ausdrücke, mit denen manche von ihnen um sich werfen! Ich muß bekennen, für eine im christlichen Glauben erzogene Frau kenne ich schon ein paar ganz abscheuliche Ausdrücke. Sie zu wiederholen, würde mir die Schamröte in die Wangen treiben. Ich rege mich schon auf, wenn sie unsere Lassie, die Süße, einen ›Bastard‹ nennen. Ich kann mich einfach nicht daran gewöhnen. Gib Lassie mit einem Gruß von mir ein Knöchelchen und sag ihr, daß ich bald nach Haus komme.«)

»Ich kann nicht schlafen«, sagte Lucille.

»Sie versuchen es eben zu krampfhaft. Machen Sie einfach die Augen zu und denken Sie an etwas Beruhigendes und Hübsches, an Regen zum Beispiel oder wehendes Gras oder Bäume.«

Gras. Ich denke an Gras und Bäume. Der Park, spätabends, schwarz, aber rege, belebt von Gestalten und Schatten – gib acht, schau dich um, da ist etwas – sei auf der Hut! Ah. Es ist nur Martin. Hab keine Angst. Martin? Ist es Martin oder Edith? Es ist zu dunkel, ich weiß es nicht. Aber es ist ein Freund, das ist sicher. So ein nettes Gesicht, so vertrauenerweckend und offen und ehrlich.

Plötzlich zog es sich zusammen, wie eine Faust. Wo Augen gewesen waren und ein Mund, waren nur noch Hautfalten, Löcher statt einer Nase und kleine Ohrenknospen.

»Ich halte es nicht aus! Ich halt's nicht aus!«

»Was halten Sie nicht aus? Sagen Sie es mir, es wär' doch gelacht, wenn wir Ihren Problemen nicht beikämen.«

»Ich sehe – Sachen ...«

»Wie wär's mit einem schönen Glas warmer Milch? Wenn ich warme Milch getrunken habe, schlafe ich auf der Stelle ein.«

»Nein – nein ...«

Die warme Milch wurde bestellt, doch als sie kam, wollte Lucille sie nicht anrühren.

»Die riecht schlecht.«

»Ach was. Sie riecht ganz köstlich. Ich probiere erst mal einen Schluck, was halten Sie davon?«

»Sie ist schlecht.«

Miss Eustace nahm mehrere Schlucke, um sie zu ermuntern, und es dauerte nicht lang, da war das Glas leer. Erfrischt widmete Miss Eustace sich wieder ihrem Brief.

Der Milchgeruch durchzog noch das Zimmer, kaum mehr als ein Hauch und zart, wie der Geruch von Blut oder frischem Schnee.

(»Die arme Frau ist tatsächlich der festen Überzeugung, jemand wolle sie vergiften.« Miss Eustaces Feder fuhr in langsamen, gleichmäßigen Zügen über die Seite. »Sie rührt nur noch Speisen an, die ich vor ihren Augen gekostet habe. Dann ist sie zufrieden. Das ist vielleicht nicht sehr hygienisch, aber was will man machen!«)

Das Kratzen der Feder war kaum hörbar, aber Lucilles Ohren nahmen das Geräusch verstärkt wahr. Die Wirkung des Beruhigungsmittels ließ nach, und ihre Nerven waren um so empfindlicher, ihre Sinne übermäßig geschärft. Obgleich sie die Milch nicht angerührt hatte, glaubte sie den Geschmack auf der Zunge zu spüren, eine pelzige, grauweiße Krankheit. Die Riesenklauen der Feder gruben sich tief in das Papier, und Miss Eustaces stiller Atem brauste wie ein Sturm.

Sie wälzte sich wieder herum. Die Wolldecke war bleischwer, schmerzte sie, benahm ihr den Atem. Sie schlug sie zurück, die kühle Luft schnitt über ihre entblößten Beine, sie fing an zu frösteln.

Miss Eustace schritt lautlos durch den Raum und zog das Fenster zu.

»Soll ich Ihnen den Rücken massieren?«

»Nein.«

»Das entspannt. Beruhigungsmittel kann ich Ihnen heute abend nicht mehr geben.«

In einem plötzlichen Wutanfall sagte Lucille ihr, was sie mit ihren Beruhigungsmitteln machen könne.

Miss Eustace blieb ruhig. »Aber, aber.«

»Sie haben mir meine ganze Milch ausgetrunken. Sie war für mich!«

»Wir bestellen uns noch ein Glas.«

»Ich wollte *die* Milch!«

Miss Eustace ging entschlossen ins Bad und kam mit einer Dose Talkpuder zurück.

»Legen Sie sich auf den Bauch. Wir versuchen's mal mit einer Rückenmassage.«

»Nein!« Trotzig wie ein Kind sagte sie immer wieder nein, obwohl sie sich Miss Eustaces Willen längst gebeugt hatte.

Miss Eustace krempelte sich die Ärmel auf, und es kamen die kräftigen, muskulösen Unterarme zum

Vorschein, an denen man die erfahrene Schwester erkennt.

Auf und ab. Über's Kreuz und im Kreis. Miss Eustace begleitete ihr Tun mit Kommentaren in einförmigem Tonfall zum Leben ihrer Mutter, ihres Hundes Lassie und ihrer hübschen Schwester, die eben geheiratet hatte.

Lucille glaubte zuerst, den schmerzhaften Druck ihrer Hände nicht aushalten zu können, aber nach und nach entspannte sie sich und ergab sich schließlich in die Barmherzigkeit ihrer Träume.

Miss Eustace öffnete das Fenster und setzte sich auf die Kante ihrer eigenen Koje, um die Pantoffeln abzustreifen. Ehe sie sich hinlegte und das Licht ausmachte, trat sie noch einmal an Lucilles Bett und deckte sie zu.

Lucille wälzte und wehrte sich im Schlaf gegen die leichten Decken, die ihre Beine und Taille zu fesseln schienen. Ihr schlafendes Bewußtsein lebte und fühlte in ihren Fingern, ihren Brustwarzen, ihren Hüften, ihren Schenkeln und in ihren empfindlichen Fußsohlen wach und rege; aber es schien verfangen zu einem Netz aus Worten. *Miss Eustace mein Vater und meine Morter flasttern im Elfenkäfigturm alles eitel vereitelt oh Nächtiger Leidster hol mich aus diesem Verliebs durch die trönende Tür in den pimmlischen Frieden meines retterlichen Nächtigen.* Sie kämpfte in dem Netz aus Worten, die Decken fielen auf den Fußboden, und das Netz teilte sich.

Ihr träumender Geist glitt in Bildern über die unvergessenen Felder des Unbewußten, die ewig zum ersten Mal gesehen werden. Über den mit Fußstapfen getüpfelten Schnee glitt sie wie ein Geschöpf der Luft, der Gruft, und hinterließ keine Spur, warf keinen Schatten. Das eiserne

Tor stand halb offen hinter ihr, der Himmel krümmte sich über ihrem Kopf, gespannt und gewichtig wie eine wartende Falle. Auf der Straße, die schnurgerade zu dem Haus führte, das ihr Ziel sein mußte, fuhr eine lange Autokolonne vorbei, und die Räder klagten auf dem Pflaster. Die Fahrer waren gesichtslos vor Trauer, Zweifel und Bosheit: Polly, Martin, Andrew, Edith, gesichtslose Gestalten auf dem Weg ins Nichts, auf dem geraden und schmalen Fließband der Verdammnis.

Ein Mann in grauen Kleidern, dessen Gesichtslosigkeit in vier Richtungen blickte, hielt seinen Wagen vor dem Tor an, und die bis zum Horizont reichende Autokette blieb stehen. Er bot ihr eine graue, espenzittrige Hand an, und weich wie ein Mund schloß sich hinter ihr die Wagentür. Das graue Auto glitt auf die graue Straße, die Autokolonne setzte sich wieder in Bewegung und fuhr schneller, immer schneller. Der Fahrer musterte die Straße und die Frau im Fond und den blutigen Schnee im Straßengraben mit allwissender Augenlosigkeit.

Um sie herum löste das Auto sich auf wie ein Nebelschwaden, und der Leichenzug wälzte sich ewig weiter über andere Hügel, sanft ansteigende, weiße, blutbesprenkelte Hügel. Sie war allein zwischen den Tannen, in einem Tunnel aus dunkeltropfenden Tannen, der zu dem Haus führte. Schon sah sie den Eingang mit den weißen Säulen, ein grinsendes Maul mit langen Zähnen, ein schmerzverzerrtes oder drohendes Grinsen. Die Tür und die Fenster hinter den lächelnden Säulen erstrahlten in vollem Lichterglanz, aber sie wußte, daß niemand zu Hause war.

Als sie näher kam, erloschen die Lichter langsam wie das Erkennen in den Augen eines Sterbenden, und die

Veranda grinste allein, wie eine Kinnlade, von den Würmern abgenagt. Sie erreichte den Eingang, betastete eine der Säulen und fühlte den faulenden Gips. Über dem Innern des Hauses lag ein leichter Modergeruch, und Verwesung durchzog die Räume wie versauernde Wehmut. Sie wußte, daß sie sich in einer Gruft befand. Es war entsetzlich, eine Gruft zu betreten, aber sie mußte es finden – das Buch des Lebens, das das Buch des Todes war.

Plötzlich war das Haus so freundlich und mannigfaltig wie eine große Familie, die pilzgleich aus dem Boden geschossen war. Sie stieg die altersschwache Treppe hoch; die Wände verhöhnten sie mit obszönen Aufforderungen, die Stufen knarrten, wie kleine Kinder kichern. Die Vorhänge vor dem oberen Treppenhausfenster bauschten sich ihr entgegen, teilten sich und wurden zu Fingern, die sie in den Hintern kniffen und ihre Schenkel betatschten. Sie zog ein Messer aus ihrem Busen und schnitt sie ab. Die Finger fielen zu Boden und tanzten wie Babies um sie herum.

Ich muß das Buch finden, sagte ihre Angst, und sie ging in ihr Zimmer und öffnete das Schreibtischfach. Der Gralsschein des Buches ließ den Raum hell erglänzen, und sie sah es so, wie es in ihrer Erinnerung aussah, und wußte, daß sie sich erinnerte, wußte, daß sie träumte. *Gott sei Dank,* sagte oder träumte sie mit dem Tagebuch in der Hand. *Gott sei Dank, es ist noch da.* Sie schlug das Buch auf, der Deckel kam ab wie der einer Schachtel, und in seinem Innern wand und krümmte sich der Finger wie ein verstümmelter Wurm.

Hinaus aus der grinsenden Gruft, dem grabstinkenden Haus lief sie, ihre Haare gewunden auf ihrem Kopf wie Schlangen, wie lange tote nervige Hände. Der graue Wagen kam vorgefahren, und der graue Mann führte sie in den kleinen Raum hinter den zugezogenen Vorhängen, wo aufgebahrt und unter grabstinkenden Blumen die Toten schliefen. Der lange, grauverhangene Wagen rollte wie eine Bahre durch das Labyrinth von Straßen, das wie ein Betonnetz über die Stadt geworfen war, an dem gläsernen See entlang, den hügelumrandeten Wäldern, ließ die dreieinigen Türme und die vielbrüstigen Berge hinter sich und glitt hinein in den Raum, der sich ins Unermeßliche weitete, in ein helles, ängstliches Licht jenseits, durch das harte, unwirkliche Gleißen zur äußersten Kante. Der fahlen und glänzenden Schwertschneide des Todes.

In Penwood gingen nie die Lichter aus. Nachts wurden die Lampen abgeschirmt, um den Patienten das Gefühl zu geben, daß Dunkelheit und Schlaf hier ebenso natürlich kamen wie in der anderen Welt, aber selbst in tiefster Nacht sah man noch von weitem den Lichtschein von Penwood.

Auch war die Nacht hier immer belebt von allen möglichen kleinen Geräuschen. Jemand wollte ins Bad, jemand schrie; oder jemand starb, und die Bahre rollte leise die Rampen hinauf und hinunter.

Morgens krähten die Hähne, die Kühe machten ihre traurigen Geräusche, die Nachtschwestern wuschen ihre Patienten, Ablösung kam, und ein neuer Tag begann. Frühstück, Rundgänge der Ärzte, Beschäftigungstherapie, Mittagessen, Ruhe, Spaziergang im Garten oder in der Turnhalle, Einzelsprechstunde bei den Ärzten, Abendbrot, Musik und Kartenspiele, Bett.

Die Routine war unvorhergesehenen Änderungen unterworfen. Umschläge oder Dauerbäder mußten verabreicht werden, oder Miss Sims gehorchte etwa ihrer Stimme aus dem Dunkel und beschmutzte sich mit Essen bei Tisch, oder Miss Filsinger schaffte es, einen verbotenen Löffel aus dem Speisesaal zu schmuggeln.

Miss Eustace wachte früh auf und war sofort munter. Lucille bewegte sich, hatte die Augen aber noch nicht aufgeschlagen, folglich ging Miss Eustace als erste ins Bad. Sie wusch sich Gesicht und Hände, putzte gründlich die Zähne und legte einen frischen Kittel an.

Als sie wieder ins Zimmer trat, war Lucille wach.

»Guten Morgen. Haben Sie gut geschlafen?«

»Ist schon Morgen?« fragte Lucille.

»Du liebe Zeit, ja! Aber sollte man gar nicht meinen, nicht wahr? Das ist ein Grund, weshalb ich mich mit dem Winter nicht anfreunden kann – immer aufstehen, bevor die Sonne aufgegangen ist.«

Während sie sprach, besah sie sich Lucille mit professionellem Blick. Sie machte einen ausgeruhten und recht gefaßten Eindruck. Obwohl Miss Eustace wußte, daß dieser Friede nicht währen würde, achtete sie keine, wenn auch noch so befristete Besserung zu gering, als daß sie nicht wenigstens versucht hätte, ihre jeweilige Patientin damit zu ermuntern.

»Wissen Sie was? Wir frühstücken heute unten!« sagte sie fröhlich. »Es wird Ihnen guttun, ein paar neue Gesichter zu sehen. Das meine hängt Ihnen sicher zum Hals heraus.«

Lucille sah ein wenig überrascht aus. Daß Miss Eustace ein Gesicht hatte, war bisher noch nicht in ihr Bewußtsein vorgedrungen. Miss Eustace war Schwesternkittel und Autorität, ein gestärktes, weißes, entmenschlichtes Symbol für »wir«.

»Kommen Sie, wir ziehen das rote Kleid an. Rot hat etwas so Keckes an einem Wintermorgen, finde ich.«

Lucille wußte darauf keine Antwort. Es gab keine. Miss Eustace hatte sich in den Kopf gesetzt, daß sie, Lucille, an einem Wintermorgen in einem roten Kleid zum Frühstück hinuntergehen würde.

»Es ist wie im Kindergarten«, sagte sie.

»Was?«

»Hier.«

Miss Eustace lachte. »Da ist was dran. Da, nehmen Sie Ihre Zahnbürste.«

Während Lucille sich ankleidete, machte Miss Eustace die Betten, mit dem Blick auf die Stoppuhr. Zwei Minuten für Lucilles Bett, eine Minute und siebenunddreißig Sekunden für ihr eigenes. Stolz notierte sie die Zeiten auf ihrer Solitaire-Tabelle.

Sie machte die beiden Fenster weit auf, um das Zimmer gründlich durchlüften zu lassen, hing Lucilles Morgenrock in den Schrank und stopfte ihren zerknitterten Schwesternkittel vom Vortag in den Wäschesack. Dann schritt sie mit gutem Gewissen und gesundem Appetit zum Frühstück.

Der Speisesaal war ruhig und ordentlich. Die Patienten frühstückten an kleinen runden Tischen in Dreier- und Vierergruppen.

Unwillkürlich steuerte Lucille den Tisch an, an dem sie zuvor mit Cora und den Filsinger-Zwillingen gesessen hatte.

Miss Eustace wünschte den Zwillingen einen schönen guten Morgen, forderte Lucille auf, sich zu setzen, und nahm selbst Platz.

»Wir wollen Sie persönlich nicht hier«, sagte Mary

Filsinger. »Wir wollen einen Tisch für uns haben. Das habe ich dem Direktor schon zigmal gesagt, stimmt's, Betty?«

»Ich weiß nicht«, sagte Betty mit vollem Mund.

»Stopf dir den Mund nicht so voll. Das ist widerwärtig. Und jeder Bissen wird hundertmal gekaut.«

»Ich kann alles unzerkaut hinunterschlucken«, erklärte Betty Miss Eustace voller Stolz.

»Sprich nicht mit ihr«, sagte Mary. »Sie ist ein Spitzel.«

Lächelnd und ruhig begann Miss Eustace, von ihrem Haus auf dem Land zu erzählen, von dem rustikalen Frühstück dort und von dem Tulpenbaum in ihrem Garten, der im Frühjahr blühte und erst nach der Blüte Blätter bekam.

»Was für eine Farbe, die Blüten?« fragte Mary argwöhnisch.

»Blaßrosa, beinahe Weiß.«

»Das mit den Blättern ist ja verrückt. Ich glaube Ihnen davon kein Wort.«

»Es ist wahr«, sagte Lucille plötzlich. »Ich hatte auch einen Tulpenbaum.«

»Ich wünschte, ich hätte einen«, sagte Betty.

Ihre Schwester griff nach ihrer Hand. »Ich kauf' dir einen.«

»Das sagst du immer, und dann tust du es doch nicht.«

»Undankbare Lügnerin.«

»Sag das noch einmal, dann schlucke ich das unzerkaut hinunter.«

»O Betty, nicht! Bitte, Liebling, tu das nicht.«

Ein Hausmädchen erschien mit Orangensaft, Hafergrütze und einer Platte Rührei auf Toast.

Wie ein Liebespaar zankten sich die Zwillinge, während Miss Eustace über Hunde sprach. Collies waren nette Tiere, Cockerspaniels desgleichen, aber wenn man sie fragte, sie persönlich würde sich immer für einen Airedale entscheiden, immer. Airedales waren rührend anhänglich.

»Nichts geht über eine Katze«, sagte Mary, unfähig, Miss Eustaces verführerischem Köder zu widerstehen. »Wir mögen am liebsten Katzen.«

»Nun, Katzen sind auch nett«, gab Miss Eustace zu. »Was mögen sie am liebsten, Mrs. Morrow?«

»Oh, ich weiß nicht«, sagte Lucille. »Hunde, wahrscheinlich.«

»Hunde sind hinterhältig«, sagte Mary und biß entschlossen in ein Stück Toast.

»Manche schon, das stimmt«, fuhr Miss Eustace fort. »Das ist hauptsächlich eine Frage der Dressur und zum Teil auch der Vererbung. Ich zum Beispiel mißtraue jedem Chow-Chow.«

»Ich hätte lieber einen Tulpenbaum«, sagte Betty.

Mary lehnte sich vor und flüsterte ihr etwas ins Ohr, aber Betty schüttelte den Kopf und machte ein grimmiges Gesicht.

Miss Eustace schielte verstohlen nach Lucille, um zu sehen, ob das Geplauder sie interessiere oder errege. Sie nahm befriedigt davon Kenntnis, daß Lucille ihre Hafergrütze beinahe aufgegessen hatte und daß sie, obwohl sie an der Unterhaltung nicht aktiv teilnahm, abgesehen von der Bemerkung über ihren Tulpenbaum, diese doch immerhin verfolgte.

Der Tag dürfte friedlich verlaufen, dachte Miss Eustace und hielt es sich zugute.

Die Zwillinge stritten sich wieder mit gedämpften

Stimmen, aber einem bemerkenswerten Aufwand an leidenschaftlichen Gesten und flammenden Blicken. Nach einem letzten vehementen Protest gegen was auch immer zog Mary sich in ein frostiges Schweigen zurück, und in dem Augenblick sah Miss Eustace, wie sie ihren Teelöffel nahm und mit zwei, drei geschickten Bewegungen im Haarknoten an ihrem Hinterkopf verschwinden ließ.

Mary warf einen diebischen Blick in die Runde, erhob sich und steuerte zielstrebig auf die Tür zu. Miss Eustace setzte ihr nach.

»Wir sollten keine Löffel aus dem Speisesaal nehmen«, sagte sie freundlich. »Legen Sie ihn bitte zurück.«

»Löffel?« rief Mary baß erstaunt. »Was für Löffel?«

»Legen Sie ihn zurück.«

»Ich weiß nicht, von was Sie reden.«

Die Saalschwester kam zwischen den Tischen hindurch auf sie zugeschossen. Und ehe Mary sich's versah, hatte sie ihr den Löffel aus dem Haar gezogen.

»Aber Mary«, sagte sie. »Das hätte ich nicht von Ihnen gedacht. Das ist das zweitemal diese Woche.«

»Ich gehe«, zeterte Mary. »Ich zieh' aus, lass' sie allein. Ich lass' mich von ihr nicht wie ein Stück Dreck behandeln. Ich gehe, und sie wird sich schön wundern, wenn sie plötzlich allein dasteht und sich niemand mehr um sie kümmert!«

»Ich schlucke etwas hinunter«, sagte Betty seelenruhig, und ehe jemand eingreifen konnte, hatte sie sich den Ring vom Finger gezogen und in den Mund gestopft. Sie wurde hinausgeschleift, würgend und prustend und ächzend, und die Schwester klopfte ihr energisch auf den Rücken. Aber es war zu spät, der Ring hatte sich bereits der Sammlung von anderen Gegenständen in Bettys Bauch beigesellt.

Die Zwillinge wurden schmachvoll von Miss Scott abgeführt.

»Die muß ein regelrechtes Museum im Bauch haben«, sagte die Saalschwester zu Miss Eustace. »Ich krieg's nachher wieder zu hören.«

»Es war nicht Ihre Schuld«, sagte Miss Eustace und begab sich wieder an ihren Tisch, um das Frühstück zu beenden.

Der Zwischenfall hatte auf Lucille offenbar nicht den geringsten Eindruck gemacht. Sie war vollauf mit ihrem Toast beschäftigt, den sie in kleine Stückchen zerteilte und rund um ihren Teller zu einem symmetrischen Ornament auslegte.

Sie gibt sich Mühe, dachte Miss Eustace, sie will wirklich essen. Laut sagte sie: »Zucker für den Kaffee?«

»Gern, danke.«

Die dickbauchige, rosarote Zuckerdose wurde ihr gereicht. Lucille würde sie nicht berühren, das Fleisch war zu rosa, zu perfekt. Das Fleisch ist gar nicht echt, dachte sie, aber sie wußte, daß es echt sein mußte, denn sie sah es atmen.

Miss Eustaces Löffel schepperte gegen die Zuckerkristalle. »Einen oder zwei?«

»Einen.«

»Bitte. Rühren Sie um, bevor Sie trinken. Nein, Kindchen, rühren Sie um.«

Sie langte nach ihrem Löffel, fürchtete sich vor der Berührung. Alles lebte und tat weh. Sie tat dem Löffel weh, und obwohl er dumm und leblos aussah, rächte er sich, indem er ihr weh tat, sich in ihre Hand grub.

»Nicht so fest, Mrs. Morrow.«

In der Tasse raste der Löffel vor Wut und Schmerz, rührte die heißen, schlammigen Wellen auf und all die anderen kleinen lebenden Dinge. Sie schluckte sie hinunter, triumphierend, da sie gesiegt hatte, und erschrocken, da all die kleinen Dinge – einmal verschluckt und außer Sicht – Rache nehmen würden.

Alles lebte. Der Boden, der deine Schuhe drückte, die deine Füße drückten. Die Serviette, die dein Kleid berührte, das sich um deine Schenkel spannte. Überall Schmerz.

Kein Eigenleben. Nie war man allein. Immer mußte man Dinge anfassen und sich von ihnen anfassen lassen. Man mußte schlucken und geschluckt werden, Dinge in sich drin haben – lebende Dinge ...

In ihren Schultern zuckte es.

Sie will aufbrechen, dachte Miss Eustace. Ein gutes Zeichen. Gewöhnlich will sie bleiben, wo man sie hingesetzt hat.

Miss Eustace erhob sich. Hart stießen ihre Füße auf den Fußboden, grob faltete sie ihre Serviette.

»Kommen Sie, wir holen die Post.«

Sie streckte eine Hand aus, als wolle sie Lucille aufhelfen. Lucille starrte die Hand an. Irgendwo in ihrem Innern löste sich ein Schrei, drängte hoch und machte ihre Kehle wund und geschwollen.

Miss Eustace sah die schreienden Augen, begann schnell zu reden und schob Lucille gleichzeitig mit sanften Fingern in den Gang hinaus.

Die Post – Stoß – was meinen Sie, was Ihnen der Briefträger heute morgen gebracht hat? – Stoß – wieder eine Überraschung? – Päckchen auszupacken ist das schönste ...

Arm in Arm wie Busenfreundinnen schlenderten sie den Gang hinunter.

Sie blieben vor der Postausgabe stehen. Andrews tägliche Blumensendung war eingetroffen, aber der Postbote war noch nicht dagewesen, und das Mädchen hinter dem Schalter war damit beschäftigt, die von den Patienten geschriebenen Briefe durchzugehen. Sie nahm einen Umschlag, auf dem mit Rotstift »Wutter« geschrieben stand.

»Schauen Sie sich das an«, sagte sie und reichte Miss Eustace den Brief durch das Schalterfenster. »Davon schreibt er täglich ein Dutzend.«

»Wutter? Was soll das?«

»Er stellt seine ›M‹ auf den Kopf. Er meint seine Mutter. Ich kann seine Briefe nicht abschicken, ich muß sie Dr. Nathan bringen. Seine Mutter ist immer ganz außer sich, weil sie nichts als Klagen von ihm hört.«

»Scht«, sagte Miss Eustace mit einem Seitenblick auf Lucille.

Aber Lucille hatte nichts gehört. Sie stand da und hielt die lange Schachtel mit den Blumen fest an sich gedrückt. Grausam preßte die Schachtel sich ihr gegen die Brust, und sie umschlang ihren Schmerz.

»Obschon es mir zuwider ist, Briefe zurückzubehalten«, sagte das Mädchen. »Das verstößt gegen meine Prinzipien.«

»Liebe Wutter«, las Miss Eustace. »Ich halte den inflationären Ausverkauf der derzeitigen Weltlage nicht mehr aus, Wutter, sie sind grausam zu wir, sie hassen wich, und es ist nicht damit zu rechnen, daß der *Status quo* von in absehbarer Zeit«

Statt eines Namenszugs fand sich am Ende des Briefes eine Reihe von X-en.

»Traurig, so etwas«, sagte Miss Eustace seufzend. »Aber ich sage ja immer, die Leidtragenden sind vor allem die Angehörigen.« Sie erhob ihre Stimme. »Mrs. Morrow, Sie zerdrücken die Schachtel. Sollen wir wieder hinaufgehen, oder wollen Sie auf die Post warten?«

»Ich weiß nicht«, sagte Lucille.

»Gut, dann würde ich sagen, warten wir. Sollen wir mal schauen, was Sie da für Blumen haben?«

Einen Augenblick lang drückte Lucille die Schachtel noch fester an sich, dann öffneten sich plötzlich ihre Hände, und die Schachtel fiel zu Boden. Der Deckel löste sich, und aus der Schachtel ergossen sich Veilchen über den Boden.

»O wie hübsch«, sagte Miss Eustace, während sie die Blumen wieder auflas. »Sind sie nicht allerliebst? Sie haben irgendwie einen ganz erdigen Duft.« Sie schnupperte beglückt, und Lucille sah zu, litt insgeheim für die Veilchen, die zarten, langbeinigen Kinderchen, zu zerbrechlich, um atmen zu können, und so tot, und blau im Gesicht und nach Erdreich duftend, nach erdbegrabenen Särgen.

Der lebende Boden bebte unter ihren Füßen, die Luft strich ihr über Arme und Wangen, ihre Liebkosung war Warnung und Bedrohung zugleich, und die Veilchen kehrten ins Leben zurück. Sie hatten nur den Atem angehalten, wie Cora, und ihre kleinen zerdrückten Gesichter bebten vor Schmerz! *O das tut weh, das tut weh, was habe ich denn getan? Oh, was habe ich getan!*

So eng und traurig wurden die kleinen Gesichter, daß sie sich in Augen verwandelten, feuchte, blaue Augen, die ihr eines welkes Bein hinter sich herschleiften, zurück in die Schachtel.

»Hier«, sagte Miss Eustace und hielt ihr die Schachtel hin.

»Schauen Sie, dieselbe Farbe wie ihre Augen.«

Lucille spürte die spitze Ecke der Schachtel an ihrem Arm. Der Schmerz war so intensiv und unerträglich, daß sie die Schachtel an sich reißen und sich die eine Ecke wie ein Messer in die Brust stoßen mußte.

Ich bin gestorben. Ich bin tot!

Sie lächelte, drückte das Todessymbol an sich und glitt lautlos und schnell den Gang hinunter.

»Mrs. Morrow, warten Sie!« Miss Eustace holte sie keuchend ein. »Ja, ich muß schon sagen, ich wußte gar nicht, daß Sie's so eilig haben. Haben Sie irgendein bestimmtes Ziel?«

»Hinaus«

»Wohin hinaus?«

»Ich brauche frische Luft.«

»Oh, Sie wollen an die frische Luft!« sagte Miss Eustace halb erfreut, halb mißtrauisch.

»Ich brauche frische Luft.«

»Gut, aber wollen wir doch warten, bis die Sonne ein wenig wärmer ist, dann gehen wir auf die Dachterrasse, von da hat man einen herrlichen Blick. Wenn Sie hier eine Sekunde warten, hole ich die Post.«

In einer Art Krebsgang, der ihr erlaubte, Lucille zu beobachten, ging Miss Eustace zurück zur Postausgabe. Lucille machte keinen Versuch, ihr davonzulaufen. Sie stand da, aufrecht und wachsam, als ob sie auf etwas aufpaßte, was ihr lieb war.

Miss Eustace kam zurück. »Hier ist ein Brief für Sie, Kindchen. Jetzt sind Sie froh, daß wir gewartet haben, nicht wahr?«

Da Lucille von dem Brief nichts wissen wollte, steckte Miss Eustace ihn in die Tasche. Das ist doch nicht *normal*, daß man seine Post keines Blickes würdigt, dachte sie und versuchte es noch einmal, als sie in ihrem Zimmer angelangt waren.

»Hier haben Sie Ihren Brief. Ich muß eben die Tabellen ausfüllen, Sie können ihn unterdessen lesen. Setzen Sie sich da hin. Ich steck' die Blumen ins Wasser.«

Sie komplimentierte Lucille in einen Sessel und legte ihr den Brief in den Schoß. Dann verschwand sie leise vor sich hinsummend im Bad, um eine metallene Vase mit Wasser zu füllen. Sie fand Briefe immer aufregend, und nicht nur die eigenen. Selbst die banalsten Mitteilungen, über das Wetter zum Beispiel, bekamen einen Zauberglanz, wenn der Poststempel seiner Majestät König Georgs des Sechsten dafür bürgte, daß sie ein Geheimnis blieben.

Von wem er wohl sein mag, dachte sie, als sie in das Zimmer zurückging. »Soll ich Ihnen den Brief vorlesen?«

»Mir egal.«

Entzückt schlitzte Miss Eustace mit einem geübten Daumennagel den Umschlag auf.

»Er ist mit ›Edith‹ unterschrieben. Ich schau mir immer zuerst die Unterschrift an, um zu wissen, wer da mit einem spricht. Also, los geht's. ›Liebe Lucille! Ich hoffe, Du hast meine beiden Pakete mit den Pralinen und dem Keilkissen inzwischen erhalten.‹ O ja, das haben wir, nicht wahr? Das Keilkissen kam uns wie gerufen. ›An Pralinen ist kaum noch heranzukommen, man muß dafür Schlange stehen.‹ War es nicht recht dumm von Ihnen, sie wegzuwerfen, wo sie sich so sehr darum bemüht hat?«

Lucille wandte den Kopf ab und schaute demonstrativ

aus dem Fenster. *An vergiftete Pralinen ist kaum noch heranzukommen, man muß dafür Schlange stehen.*

»›Du fehlst uns sehr, wenn Du uns das auch nicht glaubst. Ich bin ganz verzweifelt.‹«

Ich bin ganz verzweifelt!

»›Hier geht alles drunter und drüber. Dieser Inspektor Sands war wieder da, wollte wissen, was mit dem Zugunglück war. Erinnerst Du Dich noch an den Nachmittag? Ich weiß nicht, auf was er hinauswollte, aber wer immer Dir etwas angetan hat, Lucille, ich war es nicht! Ich weiß nicht, ich verstehe überhaupt nichts mehr. Mein Kopfweh scheine ich überhaupt nicht mehr loszuwerden, und Martin macht mich wahnsinnig.‹«

»Das klingt nicht gerade erheiternd, nicht wahr?« sagte Miss Eustace mißbilligend. »Soll ich weiterlesen?«

»Weiter.«

»Na schön. ›Sie waren mir ans Herz gewachsen wie meine eigenen Kinder, die beiden, und wenn ich sie jetzt ansehe, ich weiß nicht, aber sie sind mir vollkommen fremd geworden. Bei den Mahlzeiten ist es am schlimmsten. Wir beobachten uns gegenseitig. Das hört sich halb so wild an, aber es ist entsetzlich – wir beobachten uns gegenseitig.‹«

Alberne Person, dachte Miss Eustace und blätterte um.

»›Ich weiß, Andrew würde es für rücksichtslos halten, Dir einen solchen Brief zu schreiben. Aber Du bist die einzige, mit der ich noch sprechen kann, Lucille. Ich glaube, ich wäre lieber dort, bei Dir, als hier – ich habe Dich immer gemocht und habe Dir immer vertraut.‹«

Ich habe dich immer gehaßt und war immer eifersüchtig auf dich. Wir haben uns gegenseitig beobachtet.

»›Alles ist so chaotisch. Erinnerst Du Dich an den

Abend, als Giles kam und ich noch sagte, Gott steh mir bei, wir seien eine glückliche Familie? Ich habe das Gefühl, daß das jetzt die Strafe für meine Selbstgefälligkeit und meine Schlechtigkeit ist. Ich weiß nicht, wie das noch alles enden soll.‹«

Das ist die Strafe für meine Schlechtigkeit. Das soll alles enden.

»Das ist alles«, sagte Miss Eustace.

Das ist alles. Das soll alles enden und das ist alles!

Mit kurzen, abgehackten Bewegungen faltete Miss Eustace den Brief und schob ihn in den Umschlag zurück. Sie war ärgerlich. Es schickte sich nicht, andere Leute brieflich mit den eigenen Problemen zu belasten. Briefe hatten nett, heimelig und eher ein wenig langweilig zu sein.

»Kommen Sie, wir packen uns schön warm ein und gehen ein wenig an die frische Luft, ja?«

Lucille rührte sich nicht, sie saß da, schwer und bewegungslos, während Miss Eustace ihre Arme in die Mantelärmel schob, ihr ein Tuch um den Kopf band und die Handschuhe anzog.

Der Dachgarten glitzerte in der Sonne. An dem Geflecht der hohen Umzäunung war der Schnee haftengeblieben, und entlang dem Stacheldraht hatten sich runde Schneeklümpchen an den Stacheln verfangen.

Lucille trat langsam auf die Umzäunung zu und legte ihre Hand darauf. Schnee stäubte in ihr erhobenes Gesicht, berührte sanft und kalt ihre Augenlider. Sie spähte durch die Umzäunung ins Land hinaus und sah kleine Menschen, die umhergingen, nur die Spuren, die sie im Schnee hinterließen, machten glaubhaft, daß sie wirklich waren. So winzig und zwecklos schienen sie aus der Entfernung, wie die Skiläufer im Park.

Zwecklos, zwecklos, dachte sie und preßte ihre Stirn fest gegen den Zaun, brandmarkte sie mit einem Diamanten.

»Großer Gott, da könnte ich nie hinunterschauen«, sagte Miss Eustace, »da würde mir schwindelig.«

Sie blickte trotzdem hinunter und fröstelte vor kaltem, schauerndem Entzücken. Dann trat sie zurück und blinzelte in die Sonne. Sie atmete tief ein, da sie bei ihrem Beruf nicht oft an die frische Luft kam und die Gelegenheit nutzte, wenn sie sich bot.

Tief einatmen – stop – ausatmen – stop – einatmen – stop ...

Miss Eustace freute sich, lebendig zu sein.

Lucille stand immer noch gegen die Umzäunung gepreßt. Sie fühlte weder Kälte noch Schmerz, noch die wärmende Sonne. Sie hatte Miss Eustace vergessen. Sie blickte angestrengt in die Tiefe. Aus dem Schnee brach eine riesenhafte, orangene Flamme hervor, die scharfen, schwarzen Schatten zeigten auf sie, der Rauch ringelte sich ihr entgegen, die Fenster starrten sie an, der Wind strich an ihren Ohren vorbei und flüsterte, das soll alles enden.

Ein und aus atmete Miss Eustace. Sie begann ein wenig zu keuchen, doch als sie sprach, klang ihre Stimme triumphierend.

»Hundertmal! Puh! Ich hab' gar nicht gewußt, daß das bloße *Atmen* so anstrengend sein kann! Trotzdem, wie ich zu sagen pflege, hundertmal kräftig ein- und ausatmen, das heilt doch jedes Übel. Sollen wir uns jetzt ein wenig die Füße vertreten?«

Lucille gab keine Antwort, aber Miss Eustace fühlte sich zu wundervoll lebendig, als daß sie sich darum gekümmert hätte. Sie stapfte, setzte ihre Füße fest auf und hinterließ schöne klare Spuren im Schnee.

Zwanzig Schritte nach Norden, zwanzig Schritte nach Süden, im aufkommenden Wind.

Das soll alles enden.

»Wenn Sie sich nicht ein bißchen bewegen, Mrs. Morrow, werden Sie gleich frieren.«

Sie werden mich im Schnee verbrennen, sie warten schon, das soll alles enden.

»Nein, wirklich, Sie dürfen Ihre Handschuhe nicht ausziehen, Kindchen. Sie bekommen ja eiskalte Hände!«

Sie spürte die herbeieilende Miss Eustace im Rücken, aber sie ließ sich Zeit, sie sah nicht einmal hin, als sie den zweiten Handschuh abstreifte. Sie spürte in sich eine gewaltige Kraft, denn zum erstenmal seit Wochen wußte sie genau, was sie zu tun hatte. Niemand würde sie aufhalten können, nicht einmal Miss Eustace.

Ihre Hände krallten sich wie Adlerklauen am Drahtgeflecht fest, und sie begann sich hochzuarbeiten. Langsam. Es bestand kein Grund zur Eile. Sie stützte sich mit den Absätzen in den Zwischenräumen des Geflechts, zog sich hoch, vornübergebeugt, während ihr Mantel im Wind flatterte.

Miss Eustace schrie: »Halt!«, bekam einen Fuß zu fassen und zog. Von oben stieß der Absatz des anderen Schuhs bösartig auf ihren Nasenrücken, ein Knochen knackte, Blut spritzte. Miss Eustace schnellte mit einem lauten Aufschrei zurück und wischte sich das Blut aus den Augen.

»Kommen Sie zurück! Kommen Sie zurück!«

Nein – nein – das ist die Strafe für meine Schlechtigkeit...

Der Stacheldraht riß ihr Hände und Gesicht auf, aber sie spürte nichts, gab keinen Laut von sich. Als sie ganz oben war, hievte sie sich ungeschickt, aber mit großer Kraft hinüber. Ihr Mantel blieb im Stacheldraht hängen, und einen kurzen Augenblick lang hing sie in der Luft, ein groteskes Wesen, das blutete und flatterte.

Dann riß der Stoff ihres Mantels, und sie fiel. Ihr großer, schwarzer Schatten glitt lautlos an der Hausmauer hinunter.

III

Die Meute

11

»Mr. Sands?«
»Ja. Nehmen Sie Platz, Miss Morrow.«
»Mr. Sands, ist das Ganze nun zu Ende? Es *muß* doch zu Ende sein. Sie ist tot – die Totenschau hat stattgefunden – sie wird heute nachmittag beerdigt ...«
»Wollen Sie nicht Platz nehmen?« sagte Sands und wartete, bis Polly sich gesetzt hatte.
Sie trug ein schwarzes Kleid und einen dunklen Pelzmantel, und der Rand ihres schwarzen Hutes beschattete ihre Augen. Sie sah dünner aus, als er sie in Erinnerung hatte, und verletzlicher. Sie hielt den Kopf gesenkt, wenn sie sprach, als wolle sie sich unter dem Hut verstecken.
»Ich weiß nicht, weshalb ich zu Ihnen gekommen bin. Vielleicht nur, weil ich es zu Haus nicht mehr ausgehalten habe, weil ich den Geruch dieser verdammten Blumen nicht mehr ausgehalten habe. Calla-Lilien. Ich habe das Gefühl, die wachsen mir schon zu den Ohren heraus.«
»Das tun sie nicht.«
Sie rang sich ein schmales Lächeln ab. »Gut zu wissen. Wie dem auch sei, ich weiß nicht, weshalb ich hier bin, es gibt keinen Grund, ich habe Ihnen nichts zu sagen. Wahrscheinlich – ach was, ich wollte nur mit irgend jemand sprechen.«

»Verständlich.«

»Ist es das? Die meisten Leute würden den Kopf schütteln, wenn sie einen ein paar Stunden vor der Beerdigung der eigenen Stiefmutter durch die Stadt jagen sähen. Vor allem wenn man bedenkt, wie sie gestorben ist. Dr. Goodrich sagt, es sei ein Ding der Unmöglichkeit, über diese Umzäunung zu klettern. Trotzdem hat sie es geschafft.« Sie biß sich auf die Unterlippe. »Aber das ist Lucille, wie sie leibt und lebt! Voller Überraschungen bis zum bitteren Ende. Keiner von uns hat sie auch nur halbwegs gekannt, weil sie nie von sich sprach. Wie soll man einen Menschen je kennenlernen, wenn er sich über seine eigene Person nicht äußert? Und selbst wenn ...«

»Ja, selbst wenn«, sagte Sands.

»Was für eine Schweinerei.« Sie starrte verstimmt auf die Ecke der Schreibtischplatte. »Was für eine widerliche Schweinerei.«

»Sie klagen so, als würden Sie demnächst sagen, womit habe ich das verdient!«

»Das sage ich allerdings! Ich frage Sie – womit?«

»Das weiß ich nicht. Aber wenn Sie von dieser Welt noch ein logisches Prinzip im Sinne einer Gerechtigkeit auf Erden erwarten, dann sind Sie jünger, als ich dachte.«

»Fünfundzwanzig. Aber ich bin nie jung gewesen.«

»Frauen haben eine notorische Schwäche für dieses Klischee«, sagte Sands. »Da mag sogar etwas dran sein. Man erwartet von Mädchen – schon was ihr Benehmen anbelangt – im allgemeinen mehr Verantwortungsbewußtsein als von Jungen, und jede Art von Verantwortung macht älter.«

Die meine vielleicht am allermeisten, dachte er. Jedes Auge kostet ein Auge. Jeder Verstand einen Verstand.

Sie hob den Kopf und sah ihn an. »Sie haben sich ganz nett verändert, seit ich Sie zum letztenmal gesehen habe, vor Jahren.«

»Sie auch. Und womit haben wir all das verdient?«

Er lächelte, aber ihr Blick blieb nüchtern. »Das habe ich ernst gemeint.«

»Das ist mir klar. Charmant.«

Sie begann, ihre Handschuhe anzuziehen. »Ich habe den Eindruck, ich verschwende Ihre Zeit. Ich gehe besser wieder. Sie nehmen mich nicht ernst.«

»Ich nehme Sie nicht ernst?« Er hob die Augenbrauen. »Vier Tote, und ich nehme Sie nicht ernst? Es sind jetzt vier. Die Endsumme. Wie Sie sagen, das *muß* nun das Ende sein. Das Finale – das Erklettern einer Umzäunung, die nicht überklettert werden kann, krach, peng, wumm.«

»Sie brauchen nicht ...«

»Nein, ich brauche nicht, aber ich werde. Sie ist einen häßlichen Tod gestorben, und den hat einer von Ihnen auf dem Gewissen. Sie, oder Ihr Vater, oder Ihr Bruder, oder Ihre Tante. Es ist so einfach, und so kompliziert. Man hat sie nicht einfach sauber umgebracht, man hat sie zu Tode gehetzt. Nebenbei mußten noch zwei andere dran glauben.«

»Reizend, die Familie, als die Sie uns hinstellen«, sagte sie matt. »Wirklich reizend. Ich gehe jetzt. Und schönen Dank für Ihr freundliches Bemühen, mich aufzuheitern, Ihnen und den Calla-Lilien.«

»Es ist nicht meine Sache, Sie aufzuheitern. Leutnant Frome ist im Hotel Ford.«

»Und?«

»Er scheint ein netter junger Mann zu sein, obwohl er ein wenig zerstreut wirkte. Ärger mit einem Mädchen.

Aber den wird er schon vergessen, wenn er einmal über dem Ozean ist.«

Sie stand auf und vermummte sich in ihren Mantel. »Ich habe ihm seinen Ring zurückgeschickt. Es hat keinen Sinn, ihn in diese Schweinerei hineinzuziehen. Wie Sie galanterweise zu bemerken beliebten, handelt es sich bei der Sache um eine Familienangelegenheit, und eine solche wird sie auch bleiben.«

»Warum lassen Sie nicht ihn das entscheiden?«

»Ich habe meine Entschlüsse immer selbst gefällt und gedenke es auch weiterhin zu tun.«

»Oh, sicher. Sie haben, was man gemeinhin Charakter nennt und was heißt, daß Sie sich im Brustton der Überzeugung irren können.« Er erhob sich und streckte ihr die Hand entgegen. »Gut, dann auf Wiedersehen. Es war ein reizender Besuch.«

Sie ignorierte seine Hand, da ihr die Ironie der Geste nicht entging. »Auf Wiedersehen.«

»Bis nachher, bei der Beerdigung.«

Sie war schon unterwegs zur Tür, blieb stehen und drehte sich um. »Müssen Sie dabeisein?«

»Zum Teufel, Beerdigungen machen mir Spaß. Ich bereite meinen Kunden gerne einen schönen Abgang. Ich habe einen Kranz bestellt: ›Gute Landung, Lucille‹.«

In ihrem Gesicht zuckte es, und sie streckte einen Arm aus, als gälte es, eine verlorene Balance wiederzufinden. »Sie – sind – der unmenschlichste Mensch, den ich je gesehen habe.«

»Unmenschlich?« Er schritt langsam auf sie zu. »Ist Ihnen klar, daß ich bis auf den heutigen Tag von keinem von Ihnen auch nur den geringsten Hinweis bekommen habe, der mir helfen könnte, die Morde aufzuklären? Ich hätte Cora Green retten können, und Ihre Stiefmutter, und Eddy Greeley.«

»Zwei Verrückte«, sagte sie verbittert, »und ein Rauschgiftwrack. Es war praktisch Euthanasie. Sie waren alle alt und ohne Hoffnung. Was zählt, sind die Jungen, Martin und ich, die weiter leben und leiden müssen und nie in der Lage sein werden, zu vergessen und ein normales, glückliches Leben zu führen. Martin und ich mußten ohne eine richtige Mutter aufwachsen. Ich mußte den einzigen Menschen aufgeben, den ich je richtig geliebt habe, weil ich die Vorstellung nicht ertrug, daß er auch noch entehrt würde. Offiziere können sich keine Skandale leisten.«

»Das ist seine Sache.«

»Nein, es ist meine. Wenn er meinetwegen sein Offizierspatent verliert, wird er mir das bis an mein Lebensende bei jedem Ehekrach unter die Nase reiben.«

»Wenn er der Typ ist, der seiner Frau ständig was unter die Nase reiben muß, braucht er dafür keinen Vorwand.«

»Ich habe nicht gesagt, daß er der Typ ist! Das ist er nicht!«

»Was Sie sagen, ist, was *Sie* an seiner Stelle tun würden. Nun, ich bin nicht Frau Irene aus dem Illustriertenbriefkasten, was Sie tun, interessiert mich herzlich wenig, solange es nicht unter die Rubrik Mord fällt.«

Er dachte, sie werde im nächsten Augenblick wütend hinausstapfen und die Tür zuknallen. Statt dessen kam sie zurück, setzte sich und zog ihre Handschuhe wieder aus.

»Gut«, sagte sie ruhig. »Was kann ich tun, um Ihnen zu helfen, die Wahrheit zu finden?«

»Reden.«

»Was?«

»Es war ein Sonntag, nicht wahr, an dem Sie und Ihr Vater und Ihr Bruder Leutnant Frome abgeholt haben. Und am Montag ist Ihre Stiefmutter fortgelaufen. Erzählen Sie mir alles, was an diesen zwei Tagen vorgefallen ist, was gesagt wurde und wer es gesagt hat, selbst die trivialsten Bemerkungen.«

»Ich weiß nicht, was Sie sich davon versprechen.«

»Ich weiß es. Bis dahin waren Sie eine ziemlich normale Familie. Sie hatten den Tod Ihrer Mutter mehr oder weniger verwunden und lebten dahin unter den normalen trivialen Streitereien, Witzen und Liebesbezeugungen ...«

»Das stimmt nicht. Wenigstens nicht für mich. Ich habe den Tod meiner Mutter nie verwunden und meinem Vater nie verziehen, daß er wieder geheiratet hat. Ich habe Lucille nie geliebt.«

»Auf jeden Fall haben Sie sie geduldet, wie die anderen es auch taten, und fanden sie manchmal vielleicht sogar ganz patent und praktisch?«

»Ja.«

»Worauf ich hinauswill, ist, daß am Sonntag irgend etwas vorgefallen sein muß, das den Ablauf beschleunigt hat. Ich halte es für unwahrscheinlich, daß jemand jahrelang auf ein Zugunglück gelauert hat, um Lucille einen amputierten Finger schicken zu können. Nein, ich glaube, daß am Sonntag irgendwem plötzlich ein Licht aufgegangen ist und daß er durch das Zugunglück auf die Idee gekommen ist, wie er sein Werk an Lucille vollenden könne.«

»Damit wäre Edith ausgeschlossen. Sie war zu Haus.«

»Ja.«

»Und dieser Sonntag war genau wie alle anderen Sonntage. Ich stand um dieselbe Zeit auf wie immer und war als erste am Frühstückstisch. Ist das die Art von Bericht, die Sie hören wollen?«

»Ja.«

»Annie brachte mir einen Orangensaft und Toast und Kaffee. Das andere Mädchen, Della, war in der Kirche. Dann erschien Edith. Sie war ein wenig hektisch wegen Giles Besuch, und ich weiß noch, wie sie immer sagte ›ausgerechnet heute!‹, was mich ärgerte. Ich kann kein Theater vertragen.«

Sie hielt inne und blickte nachdenklich auf ihre Hände. »O ja. Dann konnte Vater irgend etwas nicht finden, wie immer, und ich hörte, wie Lucille ihm über die Treppe auf ihre höchst eigene Art zuredete – sie tat immer so, als wären wir kleine Kinder und sie die erfahrene Kinderschwester. Sie sagte irgend etwas von wegen im Zedernschränkchen nachschauen, dann kam sie zum Frühstück herein und unterhielt sich mit Edith. Edith hat mir wahrscheinlich die üblichen Vorhaltungen gemacht, wegen meines Benehmens und meiner Haltung bei Tisch – das machte sie regelmäßig. Danach ging Edith hinauf, um Martin zu holen, und er kam herunter und fing an, mich mit Giles aufzuziehen. Martin hatte sich kaum gesetzt, da stand Lucille auf und ging. Das weiß ich noch, weil es so deutlich war.«

»Deutlich?«

»Ja. Jetzt, da Vater und Edith nicht da waren, brauchte sie unser Geschwätz nicht weiter zu erdulden, sie konnte aufstehen und gehen. Wenn Vater da war, schmolz sie vor Wonne und Bewunderung förmlich dahin. Nein, das bilde ich mir nicht ein. Sie hätten ihr Gesicht sehen sollen, als ich ihr sagte, ich wolle heiraten. Sie strahlte. Eine weg, bleiben noch zwei! Verstehen Sie? Martin würde vielleicht auch noch heiraten, und Edith könnte sterben, dann hätte sie Vater endlich für sich allein. Das war alles, was sie wollte. Und das war Martin und mir von Anfang an vollkommen klar – schon bevor ...«

Sie hielt inne.

»Schon bevor Ihre Mutter starb?« fragte Sands.

»Ja. Selbst da schon. Sie konnte es vor Erwachsenen verbergen, aber nicht vor uns. Nicht weil wir so aufmerksam und spitzfindig gewesen wären, sondern weil Erwachsene sich vor Kindern so dumm anstellen, wenn sie etwas zu verbergen haben. Sie übertreiben es, und man riecht den Braten aus zehn Kilometer Entfernung. Sehen Sie, und deshalb mochten wir sie nicht – weil sie meinen Vater liebte. Und – sie hat nie aufgehört, ihn zu lieben.«

»Und er?«

»Oh, er liebte sie auch«, räumte sie widerwillig ein. »Nicht auf dieselbe Art und Weise, wie er meine Mutter geliebt hat – dafür waren Lucille und sie zu verschieden. Vater mußte sich immer um Mildred kümmern, aber als er Lucille heiratete, war sie diejenige, die sich um ihn kümmerte. Sie und Edith. Armer Vater.«

»Warum arm?«

»Ach, ich weiß nicht. Weil – es gibt wahrscheinlich kaum jemanden, der meinen Vater wirklich versteht. Er ist ein sehr guter Arzt, der beste Gynäkologe in der ganzen Stadt. Das Übliche war, daß er in aller Herrgottsfrühe in seine Praxis fuhr und bis tief in die Nacht unterwegs war, zwischen seiner Praxis, Krankenhäusern und Visiten – ein richtiger Spezialist und eine Autorität und so –, und wenn er dann abends nach Haus kam, wurde er sanft und unaufdringlich gezwungen, das Richtige zu essen, Aspirin zu nehmen oder sich hinzulegen und auszuruhen. Eine schizophrene Existenz, irgendwie. Und trotzdem blieb er immer gutmütig und freundlich und – na ja – ein guter Kerl. Vor zwei Jahren haben Edith und Lucille ihn gezwungen, den vollen Praxisbetrieb aufzugeben. Vielleicht hatten sie recht, ich weiß nicht. Er war nie sehr gesund, und von einem Arzt wird schon rein körperlich enorm viel verlangt. Trotzdem – das ist eine Sache, die ein Mann selbst entscheiden muß.«

»Wie, ob er heiratet oder nicht.«

Sie errötete und sagte kalt: »Das ist etwas anderes.«

»Herrschsüchtige Frauen sind herrschsüchtigen Frauen immer ein Graus.«

»Eine offen herrschsüchtige Frau und eine, die schlau alles heimlich einfädelt, sind nicht dasselbe.«

»Sehr feministisch.«

»Und ich bin nicht hier, um mit Ihnen herumzustreiten.«

»Dann also zurück zu diesem Sonntag.«

»Ich habe Ihnen alles erzählt. Es war der normalste Tag von der Welt, bis wir in dieses Zugunglück hineinplatzten. Von da an ging alles drunter und drüber. Wir hatten bis tief in die Nacht alle Hände voll zu tun. Die anderen habe ich kaum gesehen. Ich habe geholfen, die Verletzten auszuziehen und zu waschen, und Lager herzurichten und solche Sachen. Ich bin keine gelernte Schwester, mehr konnte ich nicht tun. Einmal bin ich verschwunden, um zu Haus anzurufen, weil ich wußte, daß Edith sich Sorgen machen würde.« Wieder dieser widerwillige Unterton in ihrer Stimme. »Lucille auch, wahrscheinlich, aber nicht unseretwegen. Das ist wirklich alles, was ich Ihnen erzählen kann.«

Sie stand auf, ein kräftig gebautes, gesund ausschauendes Mädchen mit einem direkten und irgendwie herausfordernden Blick.

»Ich habe zuviel geredet«, sagte sie kurz und zog ihre Handschuhe an.

»Sie haben mir sehr geholfen.«

»Mir – mir wäre ganz lieb, wenn Sie meinen Besuch hier für sich behielten. Den anderen wäre das unangenehm.« Sie warf stolz den Kopf in den Nacken. »Nicht, daß ich die geringste Angst hätte.«

»Es wäre vielleicht weise, ein *bißchen* Angst zu haben.«

»Wenn ich zugeben würde – offen zugeben würde, daß ich auch nur ein bißchen Angst habe, würde ich nie mehr nach Haus gehen.«

Sie ging hinaus, und das Echo ihrer Worte hallte in ihren eigenen Ohren wider: Nie mehr nach Haus gehen, nie mehr nach Haus gehen.

Aber sie konnte keiner Herausforderung widerstehen und der, die sie sich selbst stellte, am allerwenigsten. Und so fuhr sie geradenwegs nach Haus.

Sie schloß die Haustür auf mit ihrem eigenen Schlüssel. Schon auf der Türschwelle roch sie die Blumen, die schweren betäubenden Calla-Lilien, die giftig-süßen Nelken. Friedhofsblumen.

In tiefer Trauer. – Mit aufrichtigstem Beileid.

Bitte von Blumen abzusehen, hatte auf der Todesanzeige in der Zeitung gestanden. Aber für manche ihrer Freunde schien eine Beerdigung ohne Blumen einfach keine Beerdigung zu sein. Und so trafen die Blumen unaufhörlich ein, angefahren per Lieferwagen oder durch Boten überbracht, von Annie in Empfang genommen und ausgepackt, und von einer zerstreuten, verheulten Edith willkürlich im Wohnzimmer aufgestapelt.

»Idioten«, zischte Polly. »Idioten, Idioten!«

Edith trat aus dem Wohnzimmer. Sie sah alt und tragisch aus und hielt, wie um den Schmerz wegzudrücken, eine Hand gegen den Kopf gepreßt.

»Ich bin vollkommen erschöpft. Ich weiß überhaupt nicht mehr wohin mit all den Blumen.«

»Wirf sie weg.«

»Das kann man nicht machen. Was würden die Leute denken? Aber diese ganzen Blumen sind wirklich zu albern, wo sie doch nichts davon hat.« Ihre Stimme ging über in einen Schluchzer. »Ich habe scheußliche Kopfschmerzen, ich bin keines vernünftigen Gedankens mehr fähig.«

»Sag Vater, er soll dir eine Tablette geben.«

»Ich mag ihn nicht stören, er hat die ganze Nacht kein Auge zugetan.«

Die Haustür öffnete sich, und Martin kam herein. Ein kalter Windstoß fuhr durch den Raum.

»Na, ihr«, sagte Martin fröhlich. »Du warst fort, Polly?«

Edith wandte sich ab und verschwand, ohne ihn eines weiteren Blickes zu würdigen, nach oben.

Martin sah ihr stirnrunzelnd nach. »Was hat sie in letzter Zeit? Sobald ich mich blicken lasse, haut sie ab.«

»Du gehst ihr auf die Nerven, was mich nicht wundert. Gib mir eine Zigarette.«

Er warf ihr ein Päckchen Zigaretten zu. »Und wieso gehe ich ihr auf die Nerven?«

»Die Toten ehren. Was in der Art.«

»Das geht jetzt schon zwei Wochen so. Vor zwei Wochen war Lucille noch nicht tot.«

»Wenn es dich stört, sag es ihr doch.«

»Nein, danke. Ich habe beschlossen, mich so weit wie möglich im Hintergrund zu halten.«

»Ich auch«, sagte Polly trocken. »Ist das nicht ein toller Zufall?«

Martin sah sie mit Distanz an. »Du hast die Krallen heute früh mächtig ausgefahren, was? Wo bist du gewesen?«

»Mal hier, mal da.«

»Soso.« Er gab sich belustigt, aber sie sah an der Art, wie sich seine Augen zusammenzogen, daß er ärgerlich war. »Ich scheine bei den Damen heute kein Glück zu haben. Die eine geht raus, die andere schnappt ein.«

»Es ist der reine Neid. Wir beneiden dich um dein Talent, dich in Büchern zu vergraben.«

»Meine Arbeit muß erledigt werden.«

»Und wenn die Welt untergeht. Das haben wir mittlerweile begriffen.«

»Ach Gott.« Er packte sie beim Arm und lächelte plötzlich. »Schau, es hat doch keinen Zweck, daß wir uns jetzt streiten. Wir beide, wir müssen zusammenhalten – meinst du nicht?«

Sie war einen Moment verdattert. Sie spürte, wie ernst es ihm war, hörte es an seiner Stimme, sah es an seinen Augen, die sich lächelnd warm gaben und trotzdem kalt blieben, da sein Blick immer nach innen gerichtet war.

»Oh, gewiß«, sagte sie ruhig und schüttelte seine Hand ab. »Wir halten zusammen. Es bleibt uns kaum eine andere Wahl.«

»Ich bin heute nachmittag nicht da«, teilte Janet Green ihrer Sekretärin mit. »Machen Sie mir die Briefe für morgen früh fertig und sorgen Sie dafür, daß Miss Lance die Muster bekommt, und ...« Ihre Blicke senkten sich leer auf den Schreibtisch. »Nein, das ist alles.«

Die Sekretärin ordnete stirnrunzelnd die Muster. Miss Green war in den letzten Tagen äußerst geistesabwesend gewesen. Sätze wurden in der Mitte abgebrochen, wichtige Dinge vergessen. Nach Meinung der Sekretärin war Miss Green überarbeitet und hätte besser daran getan, nach dem Tod ihrer Schwester ein oder zwei Wochen Urlaub zu machen.

Als sie vor dem Schreibtisch vorbeiging, bedachte sie Miss Green mit einem vorwurfsvollen Blick. Janet verstand.

»Verdammt!« murmelte sie, als die Tür sich schloß. »Ich muß mich zusammennehmen und auf meine Arbeit konzentrieren. Was soll ich heute nachmittag dahin gehen? Es geht mich nichts an.«

Tut's wohl, dachte sie bei sich. Ich habe ein Recht, zu der Beerdigung zu gehen; ohne sie wäre Cora nicht gestorben.

Seitdem sie durch die Zeitung von Lucilles Selbstmord erfahren hatte, machte sie sich Vorwürfe. Sie hatte das Gefühl, für Lucille nicht genug getan zu haben und an dem, was geschehen war, irgendwie schuldig zu sein. Zweimal hatte sie angefangen, Sands' Nummer zu wählen, in der Hoffnung auf Beschwichtigung und Erklärungen, und jedesmal hatte sie wieder eingehängt. Dann überkam sie das dringende Bedürfnis, die Morrows zu sehen. Sie hoffte insgeheim, daß der bloße Anblick der Familie einiges klären und die ganze Angelegenheit in ein weniger rätselhaftes und schreckliches Licht rücken würde.

Da sie keine direkte Begegnung mit der Familie wünschte, beschloß sie, auf den Friedhof zu gehen, auf dem Lucille begraben werden sollte. Sicherlich würde sich allerlei schaulustiges Volk einfinden; niemand würde sie bemerken.

Aber Janets Hoffnung, unbemerkt zu bleiben, wurde sogleich zerschlagen, als sie ankam. Die Schaulustigen hatten es angesichts des schlechten Wetters vorgezogen, daheim zu bleiben; zu allem Überfluß kam sie zu spät, und der erste, den sie sah, war Sands.

Er stand ein wenig abseits von der kleinen Gruppe, die sich um das offene Grab versammelt hatte. Er hatte den Hut abgezogen, und der Schneefall hatte sein Haupthaar weiß gefärbt. Sie machte einen Bogen um das Grab, im Bewußtsein, daß der Schnee unter ihren Sohlen knirschte.

Er hörte es, sah auf und nickte ihr zu.

Janet zögerte und blieb stehen. Wie taktlos von mir, hierher zu kommen, dachte sie, wie idiotisch. Wenn ich nur wieder verschwinden könnte, unauffällig ...

Aber es war zu spät, sie konnte nicht mehr weg. Der Pfarrer betete, und jemand aus der Gruppe beim Grab drehte sich um und sah sie an. Es war eine ältere Frau, schwer behangen mit Schwarz, mit einem blassen, verhärmten Gesicht und müden, dunklen Augen, die ohne Groll oder Verbitterung zu sagen schienen: *Was wollen Sie hier? Lassen Sie uns in Ruhe.*

Asche zu Asche.

»Edith Morrow«, flüsterte Sands' Stimme ihr von hinten ins Ohr. Janet fuhr hoch. Sie hatte ihn nicht kommen hören, und sein »Edith Morrow« klang irgendwie bedrohlich.

Staub zu Staub.

»Dr. Morrows Schwester«, sagte Sands. »Warum sind Sie gekommen?«

»Ich wollte die Morrows sehen.«

»Nun, da sind sie. Seite an Seite zusammenstehend, wie gewohnt. Darin sind sie ganz groß.«

Wie um diese Feststellung zu widerlegen, wandte Edith Morrow sich abermals um und kam auf sie zu.

»Sie haben kein Recht hier zu sein«, sagte sie spitz zu Sands. »Uns bis zum Grab zu verfolgen – schamlos ...« Eine ihrer behandschuhten Hände machte eine nervöse Geste. »Und diese anderen da – was wollen die hier? Können die uns nicht in Ruhe lassen?«

»Das ist Miss Green«, sagte Sands ruhig. »Cora Greens Schwester.«

»C-Cora Green ...?«

Janet errötete. »Sie haben recht, ich hätte nicht kommen sollen. Ich gehe sofort.«

»Es ist ohnehin vorbei«, sagte Edith barsch.

»Es tut mir leid. Ich hatte Sie eigentlich besuchen wollen, aber dann dachte ich, so vollkommen fremd ...«

»Warum wollten Sie uns besuchen?«

»Oh, ich weiß nicht. Ich dachte, ich könnte vielleicht helfen. Ich habe Mrs. Morrow in der Anstalt kennengelernt ...« Sie wußte, daß sie genau das Falsche sagte, und wandte sich hilfesuchend nach Sands um. Aber Sands war weggeschlüpft. Sie konnte ihn nirgends sehen.

Sie wandte sich wieder Edith zu, und ihre Blicke begegneten sich.

»Ich war unhöflich«, sagte Edith. »Ich habe mich zu entschuldigen.«

»Aber, ich bitte Sie.«

»Die Dame, die kürzlich gestorben ist, war Ihre Schwester?«

»Ja.«

»Wir – einer von uns ...«

»O bitte, nein, deshalb bin ich nicht hier«, sagte Janet verlegen. »Ich dachte nur – ich wollte die Familie einmal sehen.«

»Um über uns zu urteilen?«

»Ja wahrscheinlich.«

»Schön, Sie haben uns gesehen.« Edith drängte sich näher an sie heran und flüsterte: »Sagen Sie, welcher von uns? Schauen Sie uns an und sagen Sie mir, *welcher* von uns?«

Ein Schweigen entstand, dann sagte Janet, voll tiefen, warmen Mitgefühls: »Sie Ärmste! Es muß schrecklich für Sie sein!«

Sie selbst fühlte sich nicht mehr untröstlich, denn hier war jemand, der Trost und Zuspruch brauchte.

»Mr. Sands kann sich irren«, sagte sie in ihrer volltönenden Stimme. »Schließlich sind die bei der Polizei auch nicht unfehlbar. Am Ende wird sich höchstwahrscheinlich herausstellen, daß er einfach nur eine blühende Phantasie hat, und Sie werden lachen, wenn Sie daran zurückdenken, wie Sie sich gegenseitig verdächtigt haben.«

»Wenn ich es so ansehen könnte ...«

»Nun, ich sehe es so. Wir alle neigen dazu, die Dinge zu ernst zu nehmen, alle außer Cora. Sie hatte ein sonniges Gemüt. Manchmal, wenn ich abends allein bin und Trübsal blase, denke ich an sie und die Späße, die sie machte, und fang' an zu lachen. Sie müssen verstehen, ich habe keine richtigen Freunde, ich hatte nur Cora.«

»Ich habe auch keine.«

»Freundschaften zu schließen habe ich nie Zeit gehabt. Jetzt, wo ich so etwas brauchen könnte, weiß ich nicht, wie ich es anstellen soll.«

»Das wüßte ich auch nicht«, sagte Edith. Sie war überrascht, unter so seltsamen Umständen mit einer Wildfremden plötzlich mitten in einem höchstpersönlichen Gespräch zu sein. Der Wind hatte ihr ein wenig Farbe ins Gesicht gepeitscht, und sie fühlte, wie der Krampf aus ihrem starren Nacken wich, wie der harte, trockene Kloß in ihrer Kehle sich löste. Sie hatte sich vorübergehend vor die Mauern ihrer kleinen Welt begeben und sträubte sich dagegen, wieder zurückzukehren. Die anderen warteten auf sie, das wußte sie, aber sie hielt ihren Blick entschlossen auf Janet gerichtet, auf eine Fremde, und daher jemand, dem man trauen konnte.

»Was machen Sie?« sagte Edith. »Ich meine, wenn sie einmal ein bißchen – Zerstreuung brauchen, was machen Sie dann?«

»Oh, dann mache ich mich fein und lade mich selbst zu einem guten Essen ein«, sagte Janet lächelnd. »Oder ich gehe ins Konzert oder schau' mir einen Film an, je nachdem.«

»Das würde mir auch Spaß machen.«

»Wir können ja einmal zusammen gehen, warum nicht?«

»Würde Ihnen das nichts ausmachen?«

»Aber nein, das wäre doch sehr nett. Wir könnten über die Schnur hauen und eine Flasche Sekt kaufen.«

»Haben Sie das schon einmal gemacht?«

»Einmal. Ich war vollkommen aus dem Häuschen und habe während der *Aida*-Vorstellung vom ersten bis zum letzten Akt nur gekichert.«

Sekt, dachte Edith, ein lustiges, kribbelndes Getränk, für Hochzeiten, für junge Leute, nicht für zwei einsame, alternde Frauen ...

»Ja, das wäre schön«, sagte sie ohne Hoffnung. »Ich glaube – man wartet auf mich. Ich muß gehen.«

»Nein, warten Sie. Das mit dem gemeinsamen Abendessen meine ich ernst. Wir machen gleich einen Tag ab.«

»Irgendeinen, Sie sind alle gleich.«

»Wie wär's mit nächsten Dienstag?«

»Dienstag. Das wäre schön.«

»Wir könnten uns im Arcadian Court treffen, und anschließend sehen wir uns zusammen *The Doughgirls* an, wenn Sie wollen.«

Sie hatte das unbehagliche Gefühl, daß Edith ihr gar nicht mehr zuhörte – daß sie beide in wenigen Minuten gefühlsmäßig erlebt und durchschaut hatten, wofür andere Monate und Jahre brauchten – von Feindseligkeit über Freundschaft bis zur gegenseitigen Langeweile.

»Also, dann bis Dienstag«, sagte sie besonders herzlich, um ihre eigenen Zweifel zu verscheuchen. »Und nehmen Sie es nicht so tragisch. Wir und unsere Probleme sind nicht so wichtig, wie wir denken.« Sie nahm Edith kurz beim Arm. »Auf Wiedersehen und Kopf hoch!«

»Auf Wiedersehen«, sagte Edith, drehte sich um und kehrte in ihre eigene Welt zurück.

Janets Augen folgten ihr voller Mitgefühl und Verständnis. Das kleine Grüppchen neben dem Grab wartete auf sie. Beim letzten Schritt stolperte Edith, und der jüngere Mann streckte den Arm aus, um sie zu halten. Edith fuhr zurück und zog sich den schwarzen Schleier übers Gesicht.

Es war nur eine Geste, trotzdem schämte Janet sich,

Zeuge gewesen zu sein. Sie ging rasch zu ihrem Wagen zurück.

Auf der Heimfahrt begann sie, weitere Pläne für Dienstag zu machen. Vielleicht war Arcadian Court zu bieder. Sie könnten zu Angelo's gehen, wenn Edith Spaghetti mochte – oder in irgendein Lokal in der Altstadt, da sah man so komische Leute, manchmal ...

Als sie zu Haus ankam, hatte sie den Dienstag bis ins kleinste Detail vorgeplant, aber Edith sah sie nie wieder.

12

Wer war das?« fragte Martin.

»Eine Freundin«, sagte Edith und biß sich hinter dem Schleier auf die Lippen. »Jemand, den du nicht kennst.«

»Kurz, der mich nichts angeht?«

»Du sagst es.«

»Na schön. Ich wollte nur freundlich sein.«

Er öffnete die Wagentür, und sie setzte sich in den Fond. Ihr Atem ging schnell, als sei sie aufgeregt.

»Du tätest gut daran, dir ein bißchen mehr Ruhe zu gönnen«, sagte Andrew, als er sich neben sie setzte und die Tür zuzog. »Wir haben ja Zeit, oder nicht?«

»Schon.«

Er räusperte sich. »Martin, wenn du so nett wärst, irgendwo anzuhalten. Ich habe keine Zigaretten mehr.« Er sprach ruhig und natürlich – ganz das Familienoberhaupt, das unter neuen Voraussetzungen und Gegebenheiten Ton und Tempo angab.

Edith sah ihn dankbar an und schob ihre Hand über die seine. »Das ist nett von dir, Andrew.«

Er tat so, als verstehe er nicht. »Was ist nett von mir?«

»Oh, du weißt schon, daß du so gewöhnlich bist.«

Er schloß erschöpft die Augen. »Ich bin immer gewöhnlich.«

»Nein, ich meine ...«

»Komm, sei nicht albern, Edith.«

Sie vereinten sich im Schweigen, während Polly und Martin auf den vorderen Sitzen über ein Buch diskutierten, das Martin rezensieren wollte.

Beim ersten Tabakgeschäft hielt Martin an, um Zigaretten zu kaufen. Er pfiff, als er wieder aus dem Laden kam, brach jedoch ab, sobald er den Wagen sah, und korrigierte selbstbewußt seinen Gesichtsausdruck, als habe ein zufälliger Blick in den Spiegel ihm soeben bewußt werden lassen, daß der, den er trug, nicht passend sei.

Es war nur eine kurze Reaktion, die niemand außer Edith bemerkte. Ihre Augen blitzten hinter dem Schleier. Er warf ihr einen mokanten Blick zu und setzte sich hinters Steuer.

Wir belauern uns gegenseitig, dachte sie.

Der Satz hallte in ihrer Erinnerung wider. *Wir beobachten uns gegenseitig*. Das hatte vor kurzem jemand gesagt. Wer hatte es gesagt?

Sie erinnerte sich mit Schrecken, daß es ihr eigener Satz war, den sie Lucille geschrieben hatte. Es war, seitdem sie ihn abgeschickt hatte, das erste Mal, daß sie wieder an diesen Brief dachte, und ihre eigene Dummheit trieb ihr die Schamröte ins Gesicht. Sie hätte ihn nie schreiben sollen. Wo war der Brief? Vernichtet, sicher doch. Aber wenn sie ihn nicht vernichtet hatten? Wenn er sich zum Beispiel unter den Sachen befand, die die Anstalt zurückgeschickt hatte und die heute morgen angekommen waren?

In ihrem Kopf hämmerte es: Ich muß den Brief haben, Andrew darf ihn nicht sehen – niemand ...

Zu Haus angelangt, entschuldigte sie sich mit Kopfschmerzen und verschwand nach oben. Sie hatte schnurstracks in Lucilles Zimmer gehen wollen, um sich zu vergewissern, daß der Brief sich nicht unter den von der Anstalt zurückgeschickten Sachen befand. Aber Annie saugte gerade den Teppich im Flur.

Als Annie sie sah, stellte sie den Staubsauger ab, und der Staubsack fiel mit einem langgezogenen Winseln in sich zusammen.

»Gesaugt wird ja wohl im allgemeinen morgens, oder?« fragte Edith.

Annie machte ein überraschtes und zugleich ein wenig gekränktes Gesicht. »Mag sein, aber ich dachte, wenn ich schon nicht auf die Beerdigung darf, kann ich ebensogut etwas erledigen.« Sie stellte befriedigt fest, daß ihr subtiler Gegenangriff Edith verlegen machte, und beeilte sich, ihren Vorteil auszuschlachten. »Wenn es nicht zuviel Mühe macht, Miss Morrow, können Sie sich in der Küche vielleicht einmal den Fleischwolf anschauen. Er tut's nicht, und Della sagt, ich hätte eine Schraube verloren, was nicht stimmt.«

»Ja, später – nicht jetzt.«

»Ich dachte nur, weil ich ihn nachher für diese Kalbsbratenfüllung brauche.«

Ich werd' dich lehren, sagten ihre Augen, mich nicht auf die Beerdigung einer Frau mitzunehmen, die mehr Format hatte als ihr alle zusammen.

»Ich dachte bloß, es wäre nett«, sagte sie ausdruckslos. »Es ist unmöglich, heutzutage einen Fleischwolf zu kaufen.«

»Schon gut, ich werde ihn mir anschauen«, sagte Edith.

Ohne hinzuschauen ging sie an Lucilles Zimmer vorbei und wieder hinunter – Annie hinterher. Plötzlich packte sie die Angst: wenn Annie das Bündel, das heute morgen angekommen war, nun aufgemacht und den Brief gesehen hatte? Annie mußte versöhnlich gestimmt werden.

»Was Mrs. Morrows Kleider anbelangt –«, sagte sie und bemühte sich, ihre Erregung zu verbergen.

»Die habe ich in Dr. Morrows Zimmer gebracht«, sagte Annie. »Er will sich das ja wahrscheinlich anschauen. Ich habe nichts angerührt.«

»Das habe ich nicht gesagt.«

»Schauen Sie, hier ist der Fleischwolf. Sehen Sie? Und da fehlt die Schraube.«

Edith beugte sich über das Gerät. Dabei überkam sie eine bleierne Müdigkeit, und sie hatte das Gefühl, sich nie wieder aufrichten zu können.

»Es ist – so kompliziert«, flüsterte sie.

»Wenn Mrs. Morrow noch da wäre, hätte sie den Schaden im Handumdrehen behoben. Mrs. Morrow konnte alles.«

»Tut mir leid, ich ...«

»Sie schauen elend aus, Miss Morrow. Wie wär's mit einer Tasse Tee? Sie gehen jetzt schön hinauf, legen sich hin, und ich bringe Ihnen einen Tee. Auf die Füllung können wir schließlich auch verzichten.«

Warum hast du das nicht gleich gesagt? schrie Edith lautlos. Warum hast du das nicht gleich gesagt?

»Der Kalbsbraten schmeckt geradesogut ohne Füllung«, sagte Annie. »Gehen Sie nur, ich bringe Ihnen gleich den Tee.«

»Ja, danke«, sagte Edith und schleppte sich wieder die Treppen hoch. Es war müßig, mit Annie zu streiten, und müßig, sich aufzuregen. Der Brief war nicht wichtig. Höchstwahrscheinlich war er ohnehin nicht dabei, und wenn doch, war er letztlich nichts als ein Zeugnis ihrer eigenen Ängste und ihrer eigenen Verrücktheit.

Ich kann ja später nachschauen, dachte sie, legte sich aufs Bett und schirmte ihre Augen mit einer Hand gegen das Licht ab.

Annie brachte den Tee und verschwand wieder. Edith blieb liegen und rührte sich nicht. Sie fühlte, daß eine ihrer Migränen im Anzug war, sie fühlte, wie das Blut gegen ihre eine Halsseite klopfte und in der Arterie hinter dem Ohr. Bald würde sich der eigentliche Schmerz einstellen und danach die Übelkeit. Sie begann, sich den Nacken zu massieren, behutsam, wie Andrew es ihr vorexerziert hatte, als er ihr damals riet, den ersten Symptomen sofort mit Massage zu begegnen.

Aber es nützte nichts. Beim Abendessen war der Schmerz schon sehr stark, und so verschwand sie gleich darauf wieder in ihr Zimmer, legte sich hin und lauschte auf die Geräusche, die aus den anderen Räumen zu ihr hinaufdrangen: Annie und Della, die in der Küche das Geschirr spülten und auf ihre Zimmer im dritten Stockwerk gingen. Kurz darauf kamen sie flüsternd wieder herunter, die hintere Haustür öffnete sich und fiel wieder ins Schloß.

Sie gehen ins Kino, dachte Edith, und dabei fiel ihr Janet Green wieder ein, der Dienstag, die Beerdigung, und dann der Brief.

Sie erhob sich im Dunkeln aus ihrem Bett und schlich in den Flur hinaus. Aus dem Wohnzimmer drangen Stimmen zu ihr herauf; sie wartete, bis sie alle Stimmen zu unterscheiden vermochte, Polly, Martin und Andrew, damit sie sicher sein konnte, daß sie hier oben allein war.

Sie zögerte, plötzlich angewidert von ihrer eigenen Geheimnistuerei. Na, was denn, war es nicht ihre eigene Familie, die da unten versammelt war? Und schließlich war es ihr, Ediths, gutes Recht, in Andrews Zimmer zu gehen und Lucilles Sachen zu ordnen – ihr gutes Recht, ihre Pflicht sogar, sie mußte Andrew schonen – sie brauchte nicht Angst zu haben.

Trotzdem huschte sie in ihren Pantoffeln lautlos und heimlich über den Flur. Erst als sie in Andrews Zimmer Licht gemacht hatte, fiel ein Teil ihrer Angst von ihr ab. Denn das Zimmer war wie Andrew selbst, es war vertraut und sympathisch und wurde langsam alt, aber es hatte sich gut gehalten. Selbst der Geruch war beruhigend – Leder, Bücher und Tabak.

Ihr Blick fiel auf den Rauchtisch neben dem Ledersessel – Andrew hatte vergessen, den Deckel auf die Tabakdose zu stülpen. Unwillkürlich ging sie hin und setzte ihn auf, wie es sich gehörte. Seine Pfeife lag auf dem Aschenbecher, und über der Lehne des Sessels hing ein aufgeschlagenes Buch.

Er muß die ganze Nacht aufgewesen sein, dachte sie. Er wird im Zimmer auf und ab gewandert sein, geraucht und versucht haben, zu lesen, um dann erneut auf und ab zu wandern. Plötzlich überkam sie ein überwältigendes Mitleid für ihn, und ihre Knie knickten gegen den Sessel.

Das Buch rutschte schlaff herunter auf den Boden. Es landete fast geräuschlos; trotzdem erstarrte sie, und es war, als riesele ihr ein Tropfen Eiswasser den Rücken hinunter. Ihre Ohren zuckten ein wenig, wie die eines Tieres, warteten auf ein Geräusch, auf irgendein Signal . . .

Aber es gab kein Geräusch. Hastig bückte sie sich nach dem Buch und nahm es auf. Es war ein Tagebuch.

Eigenartig, ich wußte gar nicht, daß Andrew Tagebuch führt, dachte sie. Nein, es kann nicht sein eigenes sein.

Die Handschrift ist nicht seine, sie ist runder und größer, und die Tinte ist verblaßt. Ich darf es nicht anschauen ... Es geht mich nichts an ... Ich muß meinen Brief suchen ...

Sie schloß das Tagebuch und legte es auf die Lehne zurück. Sie hatte sich schon wieder umgedreht, da erst drang der Name auf dem Deckel in ihr Bewußtsein ein.

Dann wurde ihr bewußt, daß jemand den Flur entlangging. Das Blut schoß ihr ins Gesicht, klopfte hinter ihren Ohren, und sie begann unwillkürlich, sich den Nacken zu reiben.

»Was machst du hier, Edith?« fragte Andrew und zog die Tür hinter sich zu.

Ihre Hand erstarrte. »Ich – ich suche Lucilles Sachen.«

»Die sind im Schrank. Wir dachten, du schliefst.«

»Nein – nein, ich konnte nicht schlafen.«

Sie sah, wie sein Blick in Richtung Sessellehne wanderte und innehielt.

»Ich habe es nicht gelesen«, sagte sie. »Es ist hingefallen, ich habe es nur aufgehoben. Aber ich habe es nicht gelesen.«

»Sei nicht kindisch. Was wäre schon dabei, wenn du es gelesen hättest?« Er schloß eine Sekunde die Augen. »Mildred hat nie etwas zu verbergen gehabt.«

»Du hast es – gestern nacht gelesen?«

»Ja.«

»Du hast es all die Jahre verwahrt?«

»All die Jahre, ja.«

Ihre Hand begann wieder, an ihrem Nacken auf und ab zu streichen. »Aber ich dachte – war es nicht verschwunden nach ihrem Tod? Hat dieser Inspektor ...?«

»Ja, es war verschwunden. Ich hatte es. Ich hätte es als

einen Vertrauensbruch empfunden, das Tagebuch meiner Frau der Polizei zu übergeben. Warst du nicht diejenige, die der Polizei damals gesagt hat, das einzige, das nicht mehr aufzutreiben sei, seien die Juwelen, die sie trug, und ihr Tagebuch?«

»Ja, das habe ich gesagt, ich war diejenige.«

»Das war töricht, Edith«, sagte er sanft. »Dachtest du, ihr Tagebuch enthielte vielleicht einen Hinweis?«

»Vielleicht – anfangs ...«

Er nahm das Buch und hielt es ihr hin. »Nimm es!«

»Nein, nein, das will ich gar nicht lesen. Das würde mich nur aufregen ... mein Kopf macht mich noch verrückt.«

»Es wird dich nicht aufregen. Es ist ein ganz gewöhnliches Tagebuch, über die kleinen Dinge, die so von Tag zu Tag passierten, über die Kinder und uns.«

Er hielt ihr das Buch immer noch hin, und sie nahm es ihm endlich ab, beinahe gegen ihren eigenen Willen.

»Zeig es nicht den Kindern«, sagte er. »Sie sind noch nicht alt genug, um aus Erinnerungen Trost zu schöpfen.«

»Du siehst müde aus«, sagte Edith und fühlte sich wieder in ihrem Element. »Geh mal gleich ins Bett.«

»Ich werde mich noch ein bißchen in den Sessel setzen und rauchen.«

»Du mußt dich besser um deine Gesundheit kümmern, Andrew, du brauchst deinen Schlaf. Ich habe bemerkt, daß du deinen Salat heute abend überhaupt nicht angerührt hast.«

»Hör auf zu nörgeln, Edith.«

»Ich nörgle gar nicht.«

»Geh ins Bett.«

»Das würde ich gern, wenn ich schlafen könnte«, sagte sie heiser. »Du gibst mir ja nie ein Schlafmittel.«

»So etwas soll man sich nicht angewöhnen.«

»Eine Ausnahme machen und sich etwas angewöhnen ist zweierlei!« Sie wußte, daß sie schrill wurde, und versuchte, sich zusammenzunehmen, aber zu vieles war heute auf sie eingestürzt – die Beerdigung, Janet, das Tagebuch, die Migräne –, ihre Nerven gingen mit ihr durch. »Andere Ärzte verordnen auch Schlafmittel! Ich bin deine eigene Schwester und muß mich Nacht für Nacht quälen ...«

»Du bist ein Typ, bei dem Ausnahmen zu schnell zur Regel werden«, sagte er ruhig. »Aber dich derartig hysterisch zu sehen, ist auch keine Freude. Ich gebe dir dein Schlafmittel, wider besseres Wissen.«

Obwohl sie ihren Willen durchgesetzt hatte, fühlte sie sich genötigt, weiter auf ihn einzureden. Ihre Stimme verfolgte ihn zu dem Schränkchen, in dem er seine Hausapotheke untergebracht hatte, und ins Bad, aus dem er ein Glas Wasser mitbrachte.

»Hier. Nimm das. In ungefähr einer Stunde wird es anfangen zu wirken. Und jetzt geh ins Bett.«

Er schob sie zur Tür hinaus und war froh, sie endlich los zu sein, endlich die Dunkelheit und Ruhe seines eigenen Zimmers genießen zu können.

Um zehn Uhr kamen die Mädchen heim und stiegen zwitschernd in ihre Zimmer im dritten Stock. Kurz darauf begab Martin sich zur Ruhe, und schließlich kam auch Polly. Sie hatte die Haustür abgeschlossen, die Lichter ausgemacht, kam die Treppe hoch, blieb vor Ediths Tür stehen und klopfte leise an.

»Wer ist da?«

»Ich. Polly.«

»Oh. Ich bin im Bett.«

»Aber du hast doch noch Licht.«

»Na gut, komm rein. Schrei mich nicht durch die Tür hindurch an.«

Edith saß aufrecht im Bett. Ihre Wangen waren gerötet, und ihre Augen sahen blind und starr aus. Sie trug ein Bettjäckchen.

»Ich habe nur so dagesessen und mir alles noch einmal durch den Kopf gehen lassen, wollte aber gerade das Licht ausmachen«, sagte sie.

Eine ihrer Hände fuhr nervös hoch, dabei rutschte der Ärmel ihres Bettjäckchens ein Stück zurück und gab die Manschette ihres schwarzen Kleides frei. Sie schob den Ärmel schnell wieder zurecht, aber Polly hatte es bereits gesehen.

»Ich weiß eigentlich gar nicht, weshalb ich gekommen bin«, sagte sie betont beiläufig. »Am besten gehe ich auch gleich ins Bett. Was macht dein Kopfweh?«

»Mein Kopfweh? Oh, es geht wieder, danke.«

»Nun, gute Nacht.«

»Gute Nacht.«

Ihre Blicke begegneten sich einen Augenblick und gingen vorüber wie Fremde in einer dunklen Straße.

Die Tür schloß sich, und Edith stand auf und riß sich das Bettjäckchen von den Schultern. Sie nahm ihren Mantel, band sich ein Kopftuch um und zog das Tagebuch unter der Bettdecke hervor.

Dann schlich sie auf Zehenspitzen durchs Haus und trat auf die Straße hinaus.

13

»Guten Morgen, Mr. Bascombe«, sagte D'Arcy. »Mr. Sands ist gerade gekommen. Es ist ja sehr bedauerlich, daß Sie uns verlassen.«

Bascombe blieb stehen und musterte ihn von Kopf bis Fuß. »Ja, ich weiß.«

»Trotzdem haben wir uns schrecklich für Sie gefreut, daß Sie mit Ihrer Bewerbung gelandet sind. Mit Ihrer Uniform werden Sie bestimmt Furore machen.«

»Sie brauchen mich nur zu bitten, sie für Sie auszuziehen, dann werden Sie schon sehen, wie weit Sie damit kommen.«

D'Arcy machte ein gequältes Gesicht. »So redet man nicht. Nicht einmal an Ihrem letzten Tag können Sie nett zu mir sein.«

Mit einem grimmigen Lächeln stampfte Bascombe in Sands' Büro.

Sands blickte auf: »Guten Morgen, darf man sich nach dem werten Befinden des Nachrichtendienstes erkundigen?«

Bascombe salutierte elegant. »Gestatten zu melden, Sir, daß A-sechsundfünfzig von der Abteilung Rasen und Gärten, das heißt ich selbst, die Existenz einer süßen Narzisse in Ihrem eigenen Büro festgestellt hat. A-sechsundfünfzig empfiehlt Dünger für die Wurzeln oder totale Vernichtung.«

Sands lachte. »Setzen Sie sich. Wann geht's los?«

»Das ist ein militärisches Geheimnis, selbst für mich.«

»Ellen zurück?«

»Ja. Sie hat die Was-soll-ohne-dich-mein-Held-aus-mir-werden-Platte aufgelegt. Ich habe die Papiere für die Abfindung unterschrieben, und damit ist die ganze Geschichte erledigt und vergessen.« Er setzte sich auf die Schreibtischkante und wippte mit einem Fuß. »Hoffentlich.«

»Haben Sie Lampenfieber?«

»Bißchen. Angst, mich dämlich anzustellen. Der Kram, den ich hier gemacht habe, war wahrscheinlich ein Kinderspiel verglichen mit dem, was mich erwartet.«

»Ich glaube, Ihre Sorgen sind unbegründet. D'Arcy sagt, Sie seien *ein wahrhaftes Genie.*«

»Ach, zum Teufel, was soll's?« Bascombe schwang sich vom Schreibtisch und war verlegen. »Tja, dann auf Wiedersehen.« Er hielt Sands die Hand hin. »War mir immer eine verdammte Beruhigung, zu wissen, daß es in diesem Loch wenigstens einen anständigen Kerl gibt.«

Auch Sands war verlegen. Er stand auf, und sie schüttelten sich über dem Schreibtisch die Hand. »Auf Wiedersehen und Weidmanns Heil!«

»Danke.«

Bascombe ging hinaus. Im Vorzimmer sah er D'Arcy im Gespräch mit einer nicht mehr ganz jungen Frau. Die Frau fiel ihm auf, weil sie eine riesengroße Ledertasche trug. *Na – was zum Teufel – Frauen, zum Teufel mit ihnen ...*

»So«, sagte D'Arcy zu der Frau. »Jetzt können Sie hineingehen.«

Sie schien verwirrt. »Danke. Ich – es ist wirklich sehr eilig.«

»Gehen Sie nur hinein.« D'Arcy öffnete ihr galant die Tür. »Miss Green möchte Sie sprechen, Sir.«

»Guten Morgen, Miss Green«, sagte Sands und war überrascht, sie so erregt zu sehen. »Was führt Sie zu uns?«

»Ich weiß überhaupt nicht, was ich damit anfangen soll. Schauen Sie.« Sie öffnete ihre große Tasche und zog eine Papiertüte hervor.

»Machen Sie die Tür zu, D'Arcy.«

»Ja, Sir.«

Janet Green legte die Papiertüte auf den Schreibtisch. Sie war mit Briefmarken und Poststempel versehen, und eine zittrige Hand hatte Janet Greens Namen und Adresse darauf gekritzelt.

»Ich weiß überhaupt nicht, was das soll?« sagte sie. »Es ist heute morgen gekommen. Es ist ein Tagebuch, aber weshalb soll mir jemand ein Tagebuch schicken ...?«

Sands nahm das Buch vorsichtig aus dem Packpapier. Es war in Leder gebunden, und auf dem Deckel stand in goldenen Lettern »Mildred Scott Morrow«. Er schlug es auf. Die Schrift war verblaßt, aber noch leserlich. »3. Juli 1928. Ich habe heute Geburtstag, und Edith hat mir dieses wunderhübsche Tagebuch geschenkt. Ich habe ihr gesagt, was soll *ich* schon in ein Tagebuch schreiben, ich bin nicht interessant ...«

»Warum ausgerechnet mir?« schrie Janet verzweifelt. »Als ich ›Morrow‹ las, habe ich mir natürlich gleich gesagt, daß Edith Morrow es mir geschickt haben mußte. Die anderen kenne ich überhaupt nicht. Aber auch sie habe ich ja erst gestern kennengelernt.«

»Vielleicht ist das der Grund.«

»Was?«

»Ihnen konnte sie es anvertrauen, weil Sie keine Privatinteressen in der Sache verfolgen.«

»Ja, aber es steht in diesem Tagebuch doch gar nichts drin, soweit ich sehe! Und warum hat sie es nicht behalten? Das Merkwürdige ist, daß irgend jemand gelegentlich eine Passage angestrichen hat. Meistens dreht es sich um Lucille.«

»Weiter.«

»Nun, ich habe einen kurzen Blick hineingeworfen und gleich darauf Edith Morrow angerufen. Vielmehr, ich habe es versucht, denn wer immer sich bei ihr zu Haus gemeldet hat, klang sehr eigenartig. Es hieß, ich könne Miss Morrow nicht sprechen. Und dann wurde einfach eingehängt.«

Noch ehe sie den letzten Satz beendet hatte, war Sands aufgestanden. »Ich danke Ihnen für Ihren Besuch. Das behalte ich. Ich hab's eilig.«

»Sie können mich doch nicht ...?«

»Tut mir leid. D'Arcy wird Sie hinausbegleiten. Ich muß fort.«

Er ging zum Kleiderständer und steckte das Tagebuch in seine Manteltasche. Dann nahm er den Mantel über den Arm und ging.

Annie war es, die ihm bei den Morrows die Haustür öffnete.

Sie erkannte ihn, sagte »Oh« und fuhr sich mit der Hand vor den Mund.

»Ich möchte gern Miss Edith Morrow sprechen«, sagte er.

»Das geht nicht.«

»Warum nicht?«

»Sie ist tot. Und diesmal haben Sie hier nichts zu suchen, sie ist nämlich eines natürlichen Todes gestorben – im Schlaf.«

Sie öffnete die Tür ein wenig weiter, nicht so weit, daß er bequem hätte hineinspazieren können, aber weit genug, daß er sich durch den Spalt hindurchquetschen konnte, wenn er wirklich die Stirn hatte, Leute in einer solchen Situation zu belästigen.

»Es tut mir sehr leid«, sagte er, und Annie staunte, wie aufrichtig und warm das klang. Ihr Gesicht verlor den abweisenden Ausdruck.

»Ich habe mir solche Vorwürfe gemacht«, sagte sie. »Ich war gestern nicht sehr nett zu ihr, und jetzt kann ich das nie mehr wiedergutmachen. Das war mein erster Gedanke, als ich sie heute morgen fand. Da lag sie auf dem Bett, ganz steif und friedlich, und ich dachte, jetzt ist es zu spät, jetzt kann ich's nie mehr wiedergutmachen.«

»Wo ist die restliche Familie?«

»Oben bei ihr.«

»Ich will nicht stören.« Zu spät. Edith lag steif und friedlich im Kreise ihrer Lieben. »Ich werde irgendwo warten. Bemühen Sie sich nicht, Sie brauchen ihnen nicht zu sagen, daß ich hier bin. Ich warte.«

»Wenn ich's ihnen nicht sage, bekomme ich's nachher wieder zu hören. Sie haben nicht gern Polizei im Haus. In Dr. Morrows Höhle brennt der Kamin, da können Sie wahrscheinlich hineingehen und warten, aber begeistert werden sie bestimmt nicht sein.«

»Lassen wir's drauf ankommen.«

Sie ließ ihn allein, und als er sie die Treppe hochgehen hörte, nahm er das Tagebuch aus der Tasche und begann zu lesen.

Auf den ersten paar Seiten war nichts angestrichen,

kein Hinweis auf Lucille. Mildred Morrows Eintragungen bezogen sich hauptsächlich auf ihre Familie und den Haushalt. Er las willkürlich herum:

4. August

Es regnet, und Polly liegt mir den ganzen Tag in den Ohren, sie wolle sich ihre Locken abschneiden lassen. Wahrscheinlich bin ich altmodisch, ich bin wirklich dagegen. Aber wenn ich nein sage, läuft sie schnurstracks zu Andrew und wickelt ihn um den kleinen Finger. Sie ist wirklich ›Vatis kleine Tochter‹. Ich habe ihm neulich noch gesagt, daß es ein Jammer ist, daß er die Kinder nur so selten sieht. Wenn ich andererseits bedenke, wie viel Gutes *er für die Welt tut, komme ich mir ganz egoistisch vor.*

31. August

Edith sah heute so hübsch aus! Sie trug ein neues Kleid, und da habe ich ihr gesagt, das müssen wir besonders feiern! Wir haben im Park gepicknickt! Lucille kam mit. Lucille könnte reizend ausschauen, wenn sie nur ein wenig Vitalität hätte. (Wie Edith.) Sie ist viel zu jung, um jahrelang ihrem Mann nachzutrauern. Er war erheblich älter als sie und, soweit wir ihn kennengelernt haben, längst nicht so nett. Die Kinder haben wir auch mitgenommen, aber sie scheinen Lucille nicht zu mögen. Sie ist zu schüchtern.

Der letzte Satz war mit frischer Tinte unterstrichen.

6. September

So, endlich habe ich Lucille und Andrew zusammengebracht! Andrew hatte den ganzen Abend frei, *und ob-*

*wohl Lucille schon seit Jahren unsere Nachbarin ist, kennt er sie kaum, er ist soviel nicht im Haus. Wir haben Karten gespielt (*nicht *Bridge!), und ich sagte zu Andrew, da sitzt du mit drei Frauen, nachdem du den ganzen Tag nichts als Frauen gesehen hast, wahrscheinlich hängen sie dir zum Hals heraus. Er sagte, nein, sie hätten seinen Appetit angeregt, und wir haben alle gelacht.*

Die Eintragungen der nächsten zwei Monate enthielten etliche Hinweise auf Lucille.

Wir waren heute einkaufen. Lucille kauft nicht viel, was mich wundert, denn sie braucht dringend ein paar neue Kleider.

Ich fange an, an Lucille zu hängen. Man muß sie kennen, aber dann ist sie wirklich reizend, was Andrew und Edith mir nicht glauben wollen! Martin kommt jetzt in dieses Alter, in dem er sich ganz groß vorkommt, wenn er Lucille »die Blonde« nennt. Er ist ein sehr schwieriger *Junge. Obwohl er ein glänzender Schüler ist, glaube ich, daß er sehr darunter leidet, wegen seiner Rückgratverletzung nicht überall mitmachen zu können. Kein Sport zum Beispiel. Lucille meint, er »kompensiere«, was immer das heißen soll. – Sie ist viel schlauer als ich.*

Viel schlauer, dachte Sands. Viel zu schlau für dich, Mildred. Ihn überkam ein seltsames Mitgefühl für diese Frau, die schon sechzehn Jahre tot war und jetzt auf dem Papier plötzlich wieder lebendig zu werden schien, in ihrer ganzen Arglosigkeit und süßen Einfalt.

12. November

Ich habe heute die ersten Weihnachtseinkäufe gemacht. Edith ist eben in ihren Klub gegangen, und Andrew arbeitet natürlich. Deshalb bin ich zu Lucille hinübergegangen und sitze jetzt in ihrem Wohnzimmer und schreibe, während sie strickt. Sie strickt mit geschlossenen Augen, unglaublich! Ich habe sie gefragt, was sie denkt, und sie sagte, sie hätte sich gerade überlegt, daß sie dieses Jahr Weihnachten nicht feiern würde. Nicht Weihnachten feiern! Ich habe sie gefragt, warum denn nicht? Sie war erst sehr verärgert, aber dann sagte sie: »Sieh dich doch um! Schau dir mein Haus an und meine Kleider, vielleicht begreifst du es dann!« Na, ja, dann *habe ich's natürlich begriffen. Es war mir sehr unangenehm, und ich habe sie gefragt, ob sie Geld brauche, ob ich ihr welches geben oder leihen oder schenken könne. Aber sie wollte nicht. Ich glaube, sie wollte wegen Andrew nicht, sie weiß, daß er nicht gerade begeistert von ihr ist.*

2. Dezember

Polly hat heute herausgefunden (typisch Polly! Sie ist eine richtige kleine Hexe!), daß Lucille ihr Auto nicht in der Garage stehen hat. Sie hat es verkauft.

4. Dezember

Ich habe mein Porträt heute zum gründlichen Säubern zu Morison gebracht. Lucille hat mich begleitet. Anschließend haben wir uns einen Film angeschaut, und dann haben wir bei Child's noch eine Schokolade getrunken (ich habe gesündigt!). Sie ist so still und geduldig, es ist nett, mit ihr durch die Stadt zu bummeln. Edith hat es immer so eilig!

Still und geduldig, dachte Sands. Abwartend, den Plan ausbrütend, der nicht nur Mildred und sie selbst, sondern noch drei weitere Menschen vernichten sollte. Wann hat sie angefangen, auf dieses Ziel hinzuarbeiten? Wann hat sie angefangen, Mildreds Mann und Geld zu begehren?

5. Dezember

So, ich bin mal wieder bei Lucille. Diese abendlichen Besuche bei ihr werden allmählich zur Tradition. Aber es ist so nett (und ich meine das ernst!), jemanden zu haben, mit dem man abends noch ein wenig plaudern kann, wenn die Kinder im Bett liegen, Andrew zu einem Patienten gerufen worden ist und Edith eine Verabredung hat. George Mackenzie macht Edith ganz nett den Hof, trotzdem meint Lucille, Edith würde gar nicht daran denken, ihn zu heiraten, weil sie zu sehr auf Andrew fixiert sei. Mir verschlug's die Sprache! Ich meine, ich weiß, daß Edith Andrew anbetet *und ein Mordstheater um ihn macht, aber ich dachte immer, das täte sie nur, weil sie selbst keinen Mann hat. Lucille hat nur gelächelt, als ich ihr das sagte. Trotzdem glaube ich, daß ich recht habe! Du weißt auch nicht alles, habe ich ihr gesagt, natürlich nur so im Spaß.*

Sands war nun fast am Ende angekommen, und mit jeder neuen Seite, die er las, glaubte er Mildred immer deutlicher zu sehen. Mildred lächelnd und zuversichtlich, nie eine Frage, nie ein Blick zurück, mit dem sie das unausweichliche Schicksal gesehen hätte, das sich anbahnte. Glückliche Mildred, stolz auf ihren Mann und seine Arbeit, zuversichtlich in dem sicheren Gefühl, ihr Leben als eine Folge von Wiederholungen überschauen zu können, als einen freundlichen Reigen von Tag zu Tag, zwischen Andrew und Edith und den Kindern und neuen Kleidern und heißen Schokoladen; kindliche Mildred, die dieser Wiederholungen nie überdrüssig wurde.

7. Dezember

Heute nachmittag habe ich mit Lucille einen Spaziergang durch den Park gemacht. Wir sprachen über die Ehe. Ich glaube, es fing damit an, daß ich irgendeine Bemerkung machte, Andrew übe auf Frauen offenbar eine ungeheure Faszination aus. Du liebe Zeit, immer wieder gibt es irgendeine Patientin, die in seiner Praxis ein Theater macht, und mein armer Andrew steht da und weiß nicht, was er machen soll. Er betrachtet sich als alten Knopf. Mit Vierunddreißig! Wie dem auch sei, ich erzählte das Lucille, und ich weiß nicht warum, jedenfalls kam sie aus ihrer Reserve hervor und begann, von ihrer Ehe zu erzählen. Sie hat mit siebzehn Jahren beide Eltern bei einem Hotelbrand verloren und kurz darauf einen Freund ihres Vaters geheiratet, der erheblich älter war als sie. Sie sagt, sie hätte ihn vom ersten Tag an gehaßt. (Und wie sie das sagte! Ich konnte kaum glauben, daß es meine eigene Freundin war, die so sprach!) Wenn man sich das vorstellt, zehn Jahre im Haß zu leben! Kein Wunder, daß sie jetzt noch daran zu tragen hat. Ich wünschte so sehr, ich könnte ihr irgendwie helfen. Du solltest wirklich wieder heiraten, hab' ich ihr gesagt.

10. Dezember

Heute habe ich ein Weihnachtsgeschenk für Lucille gekauft, ein prachtvolles ledernes Reisenecessaire, Polly wollte natürlich unbedingt auch gleich eins haben. Andrew rief an, er käme erst spätabends nach Haus, da es mit Mrs. Peterson soweit sei und sie sich hartnäckig weigere, in die Klinik zu kommen. Deshalb denke ich, werde ich auf einen Sprung zu Lucille hinübergehen. Ich will ihr die neuen Ohrringe zeigen, die Andrew mir geschenkt hat. Später. Da bin ich also. Lucille hat ihr Wohnzimmer wunderbar weihnachtlich geschmückt mit Kerzen und roten Schleifen und herrlichen Tannenzweigen. Ich war ganz neidisch. Ich fragte sie, woher sie die Tannenzweige habe, und sie sagte, sie sei einfach in den Park gegangen und habe sie sich abgeschnitten. Wir haben beide gelacht. Ich glaube, das mache ich auch! Sie duften so köstlich, und es macht sicher Spaß, sich die Zweige selbst abzuschneiden!

Es war die letzte Eintragung. Aber obwohl er sich auf keine Worte mehr stützen konnte, formten sich weiterhin Bilder vor Sands' geistigem Auge.

Mildred, hübsch und rosig vor den Tannenzweigen.

»Oh, sind die schön. Und köstlich, dieser Duft!«

»Ja, nicht wahr? Ich habe sie selbst geschnitten!«

»Muß das aufregend sein!«

»Wir könnten in den Park gehen und noch welche für dich holen. Es schneit, in der Nacht sieht uns niemand, und ich habe eine Axt.«

»Eine Axt? Ach, toll!«

»Ja, eine Axt ...«

War es eine Augenblickseingebung, den Plan jetzt in die Tat umzusetzen? Oder war alles sorgfältig eingefädelt, waren die Tannenzweige schon als Köder gedacht, den Mildred in aller Unschuld schlucken sollte? Das würde kein Mensch je erfahren. Lucille hatte ihre Geheimnisse mit ins Grab genommen.

Sie liefen lachend in den Schnee hinaus.

»Oh, ist das *ein Spaß! Und Andrew wird vielleicht Augen machen!«*

»Warte, ich hacke ihn für dich ab. Ich bin größer als du und komme besser dran.«

»Sei vorsichtig, bitte. So ganz allein mitten in der Nacht hier draußen kann man schon Angst bekommen, nicht wahr?«

»Ich hab' keine Angst.«

»Ich meine nur, diese Finsternis. Ich seh' dich kaum, Lucille. Lucille! Wo bist du? Lucille?«

»Was hast du denn, ich bin hier, gleich hinter dir. Mit einer Axt.«

Die Axt schnitt durch die Luft und zischte. Lautlos fiel der Schnee und begrub Mildred und die Spuren.

Was hatte Lucille mit der Axt gemacht? In die Heizung gesteckt, dachte Sands. Der Griff würde verbrennen, und wenn die Glut heiß genug war, konnte sie auch die Klinge bis zur Unkenntlichkeit verändern. Und Mildreds Schmuck – hatte sie ihn zusammen mit der Axt in die Heizung geworfen, oder hatte sie ihn versteckt, in der Hoffnung, ihn später einmal verkaufen zu können? Vielleicht hatte sie nie an einen Verkauf gedacht und den Schmuck nur genommen, um Mildreds Tod als Raubmord hinzustellen.

Was ihr gelungen war, dachte Sands grimmig. Dank Inspektor Hannegans wunderbarer Stümperei.

Aber zurück zu Lucille. Er glaubte sie vor sich zu sehen, wie sie die Axt vernichtete und den Schmuck versteckte und dann plötzlich das Tagebuch sah, das Mildred im Wohnzimmer liegengelassen hatte. Hätte sie Zeit gehabt, dann würde sie es gelesen und nach der Lektüre gewußt haben, daß es vernichtet werden mußte. Aber ihr blieb keine Zeit, etwas zu lesen, das sich am Ende als ungefährlich erweisen konnte.

Wo ist es all die Jahre gewesen? dachte Sands.

Um ein Uhr war Andrew Morrow nach Haus gekommen.

»Edith! Edith, hör doch! Mildred ist noch nicht da. Ihr muß etwas passiert sein.«

»Was hast du denn, sie ist doch bei Lucille.«

»Ich geh' rüber und hol' sie.«

Sie waren zu Lucille gegangen, aber Mildred war nicht da.

»Sie ist längst nach Haus gegangen, noch vor elf. Wieso ist sie nicht da?«

»Sie ist nicht da.«

»Vielleicht hat sie noch einen Spaziergang gemacht. Dabei könnte sie gestolpert und hingefallen sein.«

»Komm, Edith, wir müssen sie suchen.«

»Warten Sie, ich ziehe mich schnell an und komme mit.«

Sie war mitgekommen, hatte mitgesucht und dafür gesorgt, daß ein weiter Bogen um den Baum gemacht wurde, unter dem Mildred lag.

Sie sorgte auch weiterhin für alles und alle. Sie tröstete Edith, pflegte Andrew und brachte die Kinder zur Schule; und als sie unentbehrlich geworden war, heiratete er sie.

Sands klappte das Tagebuch zu und steckte es in die Tasche. Er dachte an Edith, wie sie sich mit dem Tagebuch die Treppe hinunterschlich, nur eine Papiertüte fand, um es einzuwickeln, und es sodann nicht ihm, Sands, schickte, sondern ihrer neuen Freundin, Janet Green.

Es mir zu schicken, wäre eine zu endgültige und unwiderrufliche Tat gewesen, dachte er. Sie war sich ihrer Sache nicht sicher, sie wollte das Tagebuch lediglich irgendwo außerhalb des Hauses an einem sicheren Ort wissen, um in Ruhe überlegen zu können, was zu tun sei.

Ihn überkam plötzlich ein schreckliches Mitleid für Edith, nicht weil sie tot war, sondern weil sie das Tagebuch in ihrer kindlichen Impulsivität und Unschlüssigkeit ausgerechnet Janet Green geschickt hatte.

Polly trat ins Zimmer und fand Sands vornübergebeugt in seinem Stuhl, die Stirn in die Hand gestützt.

Als er sie sah, erhob er sich, aber eine Minute lang sprach keiner von ihnen. Sie sah nicht verheult aus, aber sie hatte – das fiel ihm auf – das mühsam beherrschte Gesicht eines Menschen, der innerlich schwere, bittere Tränen geweint hat.

»Ich war – wir wollten Sie eben anrufen. Mein Vater kommt gleich. Er meint – er meint, es ist Selbstmord gewesen.«

»Warum?« sagte Sands und mußte es wiederholen. »Warum?«

»Es war kein natürlicher Tod.« Sie wandte ihr Gesicht ab und starrte mit steinernem Blick aus dem Fenster. »Mein Vater meint, es war Morphium.«

»Warum Morphium?«

»Weiß ich nicht. Er meinte es. Sie war gestern abend bei ihm in seinem Zimmer und hat ihn beinahe hysterisch bekniet, ihr ein Schlafmittel zu geben. Er hat seinen Apothekenschrank aufgesperrt und ist dann ins Bad gegangen, um ihr einen Schlaftrunk zu mixen. In dem Augenblick muß es passiert sein.«

»Muß was passiert sein?«

»Muß sie sich – das Morphium genommen haben.«

»Warum?«

Sie wandte sich um und sah ihn an. »Sie fragen immer warum, und ich weiß es doch nicht.«

»Soll ich Ihnen einen guten Rat geben?«

»Was heißt das?«

»Verschwinden Sie aus diesem Haus, machen Sie, daß Sie hier wegkommen. Spazieren Sie zur Tür hinaus und sehen Sie sich nicht um.«

»Sind Sie – verrückt?«

»Gehen Sie zu Ihrem Leutnant. Verlieren Sie keine Zeit mit Überlegen oder Packen. Schnappen Sie sich Ihren Mantel und gehen Sie!«

»Das – kann ich nicht.«

»Keine Widerreden!«

Ihre Augen weiteten sich. »Ich versteh' nicht. Sie machen mir Angst. Ich kann meinen Vater nicht allein lassen. Und warum sollte ich – warum sollte ich ...?«

Er packte sie wild bei der Schulter.

»Machen Sie, daß Sie aus diesem Haus kommen! Laufen Sie! Lassen Sie sich nicht aufhalten!«

Keiner von ihnen hatte Andrew kommen hören. Er stand im Türrahmen. »Mr. Sands hat recht. Ich würde dir raten, zu gehen.«

Seine Stimme klang müde, aber vollkommen beherrscht. »Leutnant Fromes Urlaub ist am Sonntag zu Ende, nicht wahr? Heute ist Donnerstag, viel Zeit bleibt dir nicht.«

Sie sah bestürzt und mit offenem Mund von einem Mann zum anderen.

»Ich versteh' nicht. Du weißt, daß ich dich hier nicht allein lassen kann, Vater.«

»Warum nicht? Aber auf die Idee, daß ich lieber allein bleibe, bist du offenbar noch nicht gekommen.«

Sands trat zurück und beobachtete die beiden. Es hätte ein ganz gewöhnlicher Streit zwischen Vater und Tochter sein können, nur daß in den Augen der Tochter zu viel Angst stand und daß die Stimme des Vaters zu scharf klang, zu schneidend.

»Ich glaube, ich bin alt genug, um endlich ein wenig Freiheit genießen zu dürfen, Polly. Edith ist tot, und die ganze Geschichte hat ein Ende. Weißt du, was das für mich heißt, was das in den normalen Alltag übersetzt für mich heißt? Daß ich endlich kein Sklave des Telefons mehr bin.«

In dem Gesicht des Mädchens zuckte es, und einen Moment lang schien es so, als ob es über den idiotischen Ausdruck lachen oder weinen wollte.

»Es heißt«, sagte er, »daß ich fürderhin zu jeder x-beliebigen Zeit jedes x-beliebige Ziel werde ansteuern können, ohne gezwungen zu sein, vorher zu Haus anzurufen und präzise Informationen bezüglich meines augenblicklichen Standorts, der Art meiner Begleiter und meines allgemeinen Befindens durchzugeben. Ich bin jetzt ein freier Mensch, ein emanzipierter Mann. Es war ein schwerer Weg bis dahin, ich habe gelitten, aber jetzt bin ich soweit. *Ich bin niemandem mehr etwas schuldig.*«

»Ich bin nicht der Typ, der sich einmischt«, sagte Polly. Sie versuchte, sich kalt und überlegen zu geben, aber ihre Stimme zitterte. »Ich verlange keine regelmäßigen Standortmeldungen, bei mir brauchst du nicht das Gefühl zu haben, ein Sklave des Telefons zu sein. Ich bin nicht – ich bin nicht Edith.«

»Nein. Aber Edith war auch nicht immer Edith. Auch Edith war vor Jahren einmal mit einem jungen Mann verlobt. Aber als Mildred starb, hat sie die Verlobung gelöst, sie sagte, es sei ihre Pflicht, bei mir zu bleiben. Tatsache war, daß ihr eine Ehe zu riskant schien, weil sie den jungen Mann nicht genügend liebte, und so hat sie sich aus ihren Versprechungen unter dem Vorwand ›Pflicht‹ geschickt wieder herausmanövriert. Über die Jahre hat sie den wahren Sachverhalt verdrängt. Am Ende war ich derjenige, der sie um ihr Glück betrogen hatte. Und sie hat sich gerächt, nicht offen und planmäßig, sondern mit ihrer gütigen, sanften und liebevollen Nörgelei.«

Sie sah ihn an, stumm und störrisch.

»Ich verschwende meine Zeit damit, Parallelen aufzuzeigen. Ich werde dir direkte Order erteilen müssen, Polly. Verlass' dieses Haus!«

»Ich geh' nicht! Das ist doch lachhaft.«

»Du verläßt sofort das Haus, hast du verstanden?«

»Du könntest wenigstens etwas leiser sein. Die Mädchen ...«

Er sah, daß sie gar nicht daran dachte, zu gehen. Und selbst wenn sie es gewollt hätte, ihre eigene Starrköpfigkeit stand ihr im Wege.

»Tut mir leid«, sagte er und schlug ihr mit der flachen Hand auf die Wange.

Unter dem Schlag schien ihr Gesicht auseinanderzubrechen. Mit einem plötzlichen Wimmern drehte sie sich um und rannte aus dem Zimmer, eine Hand an ihre Wange gedrückt.

Die beiden Männer blieben stumm stehen. Sie hörten, wie die Haustür aufgerissen und wieder zugeknallt wurde, einen aufheulenden Motor, Hupen, dann war alles wieder still.

»Es tut mir leid«, wiederholte Andrew. »Ich – ich habe grundsätzlich etwas gegen Gewalt.«

»Ja«, sagte Sands. »Sie fällt immer auf einen selbst zurück.«

»Das arme Kind, sie hatte eine Sterbensangst.«

»Sie wird's überstehen. Edith nicht.«

»Edith – ja. Natürlich, Sie wollen Edith sicher sehen.«

»Ja.«

»Sehr friedlich. Morphium ist ein friedlicher Tod. Man schläft ein, träumt und merkt nicht, wann der Traum ausgeträumt ist.«

Wann der Traum ausgeträumt ist – für Greeley in einer dunklen Gasse und für Edith in ihrem weichen Bett.

14

Sie hatte sich nicht ausgezogen. Sie lag auf dem Bett, jemand hatte ihr eine Decke über die Beine gebreitet, und ihr Kopf ruhte sanft in den Kissen.

»Sie ist nicht zu Bett gegangen«, sagte Andrew leise, als könne sie jeden Augenblick die Augen aufschlagen und sich darüber entrüsten, daß er in ihrem Zimmer war und über sie sprach. »Sie hat die Vorstellung nicht ertragen, im Nachthemd gefunden zu werden.«

»Meinen Sie, deshalb?«

»Vielleicht. Ich könnte es mir denken. Aber was weiß man?«

Sands trat an das Bett. Edith hatte die Hände über der Brust gefaltet, und er entdeckte an einem ihrer Finger Tintenspuren. Sein Blick wanderte zu dem Nachttisch neben dem Bett, auf dem ein Glas Wasser, ein Krug und eine Lampe standen. Neben dem Sockel der Lampe lag ein nachlässig zugeschraubter Füllfederhalter.

Sands dachte, hier hat sie gesessen und die Passagen im Tagebuch angestrichen. Sie arbeitete schnell – warum? War es ein Kampf gegen die Zeit, oder hatte sie es eilig, ins Bett zu kommen, zu schlafen, zu träumen, zu sterben?

»Warum?« sagte er laut. Warum die ganzen Umstände, das Tagebuch anzustreichen und es in neutrale und deshalb sichere Hände zu schaffen?

»Warum hat sie sich umgebracht?« sagte Andrew ruhig. »Weil sie einen Brief geschrieben hatte. Als ich gestern abend heraufkam, war sie dabei, mein Zimmer nach diesem Brief zu durchstöbern. Er befand sich unter den Sachen von Lucille, die die Anstalt zurückgeschickt hat. Sie befürchtete, ich würde ihn lesen und auf diese Weise herausbekommen, daß sie Lucille zum Selbstmord getrieben hat.«

»Ach so.«

»Hier ist er. Ich las ihn gestern abend.«

Er zog den Brief aus der Tasche und überreichte ihn Sands.

Sands las das kaum leserliche Gekritzel.

»Liebe Lucille! Ich hoffe, Du hast meine beiden Pakete mit den Pralinen und dem Keilkissen inzwischen erhalten. An Pralinen ist kaum noch heranzukommen, man muß dafür Schlange stehen. Du fehlst uns sehr, wenn Du uns das auch nicht glaubst. Ich bin ganz verzweifelt. Hier geht alles drunter und drüber. Dieser Inspektor Sands war wieder da, wollte wissen, was mit dem Zugunglück war. Erinnerst Du Dich noch an den Nachmittag? Ich weiß nicht, auf was er hinauswollte, aber wer immer Dir etwas angetan hat, Lucille, ich war es nicht! Ich weiß nicht, ich verstehe überhaupt nichts mehr. Mein Kopfweh scheine ich überhaupt nicht mehr loszuwerden, und Martin macht mich wahnsinnig. Sie waren mir ans Herz gewachsen wie meine eigenen Kinder, die beiden, und wenn ich sie jetzt ansehe, ich weiß nicht, aber sie sind mir vollkommen fremd geworden. Bei den Mahlzeiten ist es am schlimmsten. Wir beobachten uns gegenseitig. Das hört sich halb so wild an, aber es ist entsetzlich – wir beobachten uns gegenseitig. Ich weiß, Andrew würde es für rücksichtslos halten, Dir einen solchen Brief zu schreiben. Aber Du bist die einzige, mit der ich noch sprechen kann, Lucille. Ich glaube, ich wäre lieber dort, bei Dir, als hier – ich habe Dich immer gemocht und habe Dir immer vertraut. Alles ist so chaotisch. Erinnerst Du Dich an den Abend, als Giles kam und ich noch sagte, Gott steh mir bei, wir seien eine glückliche Familie? Ich habe das Gefühl, daß das jetzt die Strafe für meine Selbstgefälligkeit und meine Schlechtigkeit ist. Ich weiß nicht, wie das noch alles enden soll. Edith«

Nun hatte es für alle beide geendet. Ediths ruhiges, kaltes Gesicht verweigerte jede Auskunft. *Wer immer dir etwas angetan hat, Lucille, ich war es nicht!* Die Worte klangen in Sands' Ohren rein und wahr.

»Sie mußte den Brief beiseite schaffen«, sagte Andrew. »Sie wußte, daß Lucille sich, kurz nachdem man ihn ihr vorgelesen hatte, umgebracht hat, und es war ihr klar, daß andere Leute den Brief lesen und erkennen könnten, daß er die Hauptschuld an Lucilles Tod trug.«

Sands hörte ihn kaum. Er betrachtete Edith und glaubte in ihren Zügen ein kaltes Nein zu lesen. Das Tagebuch in seiner Tasche fühlte sich groß und schwer an, als wüchse es von Minute zu Minute.

Er drehte sich plötzlich um und ging zur Tür zurück. Das Tagebuch schlug ihm gegen die Hüfte, und als er an Andrew vorbeikam, sah er dessen Blick auf seine Tasche geheftet.

»Tragen Sie eine Waffe bei sich?« fragte Andrew.

»Nein.«

»Was ist das?«

»Ein Buch.«

»Wenn Sie keine Waffe bei sich tragen, was machen Sie dann in Notfällen?«

»Ich plane Notfälle ein. Dann sind es keine mehr.« Er lächelte schwach. »Tragen *Sie* eine Waffe bei sich?«

»Nein.«

»Sie haben etwas gegen Gewalt, ich hatte es ganz vergessen. Entschuldigen Sie mich, ich muß eine Meldung durchtelefonieren. Man muß sich um Ihre Schwester kümmern.«

»Ja, natürlich. Sie wissen, wo das Telefon steht.«

Sands war zehn Minuten lang verschwunden. Als er wieder zurückkam, stand Andrew vor Ediths Zimmer im Flur und wartete auf ihn.

»Das Buch, das Sie da in der Tasche haben«, sagte er, »ist das Tagebuch meiner Frau, nicht wahr?«

»Ja.«

»Das dachte ich mir. Ich konnte es nirgends finden. Ich habe es Edith gestern abend zu lesen gegeben.«

»Warum?«

»Sie hat es gefunden, als sie in meinem Zimmer diesen Brief suchte. Ich dachte, warum soll ich es ihr nicht geben, das ist doch ganz natürlich, wenn es sie interessiert.«

»Natürlich«, wiederholte Sands. »Hier ist alles schon die ganze Zeit so ziemlich natürlich. Und am Ende ist das Ganze mehr oder weniger einfach nur *passiert.*«

»Ich bin froh, daß Sie es so sehen! Das ist auch meine Einstellung.«

»Ja, ich weiß.«

»Das einzige, für das ich keine natürliche Erklärung habe, ist die Frage, wie Sie an das Tagebuch meiner Frau gekommen sind.«

»Ihre Schwester hat es in ein Stück Papier eingewickelt und an Janet Green geschickt – gestern abend, bevor sie starb.« Als er Andrews fragenden Blick sah, fügte er noch hinzu: »Sie war gestern bei der Beerdigung. Cora Greens Schwester.«

»Oh, ja. Die kleine alte Frau, die die Trauben gegessen hat.« Er vergewisserte sich mit einem schnellen, unsicheren Blick auf Sands. »Nun ja, wenigstens von ihrem Tod wird niemand behaupten, er sei etwas anderes als ein Unfall gewesen.«

»Das hat auch niemand behauptet.«

»Und Lucille selbst, und dieser Greeley, und jetzt Edith – lauter Unfälle.«

»Wenn man Unfälle plant«, sagte Sands grimmig, »dann sind es keine Unfälle mehr.«

Andrew lachte. »Ah, ja. Wie mit den Notfällen.« Ein Blick auf Sands' Gesicht ernüchterte ihn. Er hatte das Gefühl, daß er diesen kalten, direkten Blick ablenken mußte. »Von was sprachen wir?«

»Unfällen.«

»Und dem Tagebuch, ja. Ich hab' mir nicht träumen lassen, daß Edith auf eine so wahnwitzige Idee kommen würde, es dieser Janet Green zu schicken.«

»Warum haben Sie ihr das Tagebuch gegeben?«

»Das habe ich Ihnen doch schon gesagt, sie fand es in meinem Zimmer, und ich dachte, es würde sie vielleicht interessieren.«

»Nein. Ich glaube, Sie wollten eins von Ihren Experimenten machen. Diesmal mit *Ediths* Psyche. Als Sie das Tagebuch zum erstenmal lasen, hat es Sie umgeworfen. Sie wollten Ediths Reaktion sehen.«

»Als ich das Tagebuch zum erstenmal las?« wiederholte Andrew. »Ich habe das Tagebuch seit Jahren, das habe ich Edith auch gesagt.«

»Aber nachdem sie es einmal gelesen hatte, glaubte sie

Ihnen nicht mehr. Genausowenig wie ich. Ich glaube, Sie haben das Tagebuch erst am Sonntag vor zwei Wochen gefunden.«

Beide schwiegen. Die Worte blieben zwischen ihnen in der Luft hängen – am Sonntag vor zwei Wochen. Und Sands sah Polly noch vor sich sitzen, gestern in seinem Büro, als sie ihm unumwunden erklärte: »Es war ein Sonntag wie jeder andere ... Vater konnte, wie immer, irgend etwas nicht finden, ich glaube, es war sein grüner Schal ...«

»Sie können nicht die ganze Zeit auf diesem Tagebuch gesessen haben«, sagte Sands, »ohne zu wissen, daß Lucille Ihre erste Frau ermordet hat. Hätten Sie das aber gewußt, dann hätten Sie nicht noch weitere fünfzehn Jahre mit ihr leben können. Das ist nicht menschenmöglich.«

Eine Tür öffnete sich, und am Ende des Flurs tauchte Martin auf. Obwohl er langsam ging, hatte Sands den Eindruck, als hielte ihn etwas zurück, als wolle er sich noch vergewissern, daß ihn niemand beobachtete, um dann leicht und unbelastet wie ein Tier über den Flur zu springen.

»Oh, da bist du ja, Vater«, sagte er; auch seine Stimme klang vorsichtig, abwartend. Seine Augen wanderten zu Ediths Tür und dann zurück zu seinem Vater. »Konferenz im Flur?«

»Mr. Sands und ich unterhalten uns«, sagte Andrew.

Martin zog die Augenbrauen hoch. »Doch hoffentlich nicht über mich? Du siehst sehr schuldbewußt aus.«

»Schuldbewußt?« Andrew lachte, aber eine Hand tastete sich zu seinem Gesicht hoch, als wollte er die Schuldfalten auswischen. »Du wirst es kaum für möglich halten, Martin, aber es gibt noch andere Gesprächsthemen als dich.«

»Zugegeben.«

»Ich ... Polly ist nicht da. Sie ist zu Leutnant Frome gegangen. Ich nehme an, die beiden werden sich heute nachmittag noch trauen lassen.«

Martins Blick wanderte abermals zu Ediths Tür. »Schöner Tag für sowas.«

»Das war meine Idee«, sagte Sands.

»Lassen Sie nur«, sagte Andrew kurz und wandte sich wieder Martin zu. »Wenn du so nett wärst, sofort hinzufahren – wo war es noch – Hotel Ford?«

»Ja.«

»Da fährst du also sofort hin. Ich – ich hätte Polly etwas Geld mitgeben sollen, das habe ich vergessen. Ich gebe dir einen Scheck, den kannst du ihr bringen, und – und sag ihr, ich wünsche ihr alles Gute. Wünsch ihr alles Gute von mir, Martin.«

»Immerhin verdammt komische Umstände, unter denen du mich bittest, mit Schecks und ergreifenden Segenswünschen durch die Stadt zu wetzen.«

»Das ist keine Bitte, sondern ein Befehl. Komm mit hinunter, da schreibe ich dir den Scheck.«

Er ging zur Treppe, und Martin folgte ihm nach kurzem Zögern mit einem skeptischen Seitenblick auf Sands. Wäre Sands nicht dagewesen, dann hätte er seinem Vater seine Meinung gesagt oder zumindest eine Erklärung von ihm verlangt. Aber Sands war da, schien mit Andrew sogar irgendwie unter einer Decke zu stecken, und beide zusammen besaßen eine Autorität, gegen die Martin sich nicht aufzulehnen wagte.

Außerdem war er ein junger Mann mit Stil, der es für

unpassend hielt, Überraschung zu zeigen. In Andrews Arbeitszimmer nahm er artig den Scheck in Empfang, gab seinem Vater mit einem müden Lächeln jedoch deutlich zu verstehen, daß er in keiner Weise beeindruckt war.

»Wünsch ihr alles Gute«, sagte Andrew noch einmal.

»Aber gewiß«, sagte Martin und trat mit einer anmutigen Handbewegung ab.

Der junge Mann mit Stil, dachte Sands, der Großstadtlöwe, einer, der schon auf den Windeln Nadelstreifen trug.

»Setzen Sie sich und machen Sie sich's bequem, Mr. Sands«, sagte Andrew. »Wir müssen uns über eine ganze Menge unterhalten. Zigarette?«

»Danke.«

»Sie haben nichts dagegen, wenn ich diese Tür zumache?«

»Nicht das geringste.«

»Ich möchte nicht, daß die Mädchen zuhören, wenn ich Ihnen von meinen Morden erzähle. Es könnte ihr Vertrauen in Ärzte erschüttern.« Er schloß die Tür. »Morde, ich weiß weder wie viele noch wie viele verschiedene Ursachen ... Falsche Diagnosen, zu viel Druck auf dem Skalpell, zu lange gewartet oder zu kurz, schiere Ignoranz oder mangelnde Erfahrung. – Früher habe ich mir tagelang den Kopf zerbrochen, wenn mir jemand unter der Hand gestorben war. Dann begann ich mir eine Philosophie zurechtzulegen, nach der alles, was hier schiefgegangen war, irgendwann zwischen dem Jetzt und dem Ende der Zeiten wieder in Ordnung gebracht wurde. Im Jenseits würde das mit Kaiserschnitt geholte totgeborene Baby seine zweite Chance haben, würde wieder atmen und leben und zu einem schönen Menschenkind heranwachsen. Mildred nannte das *auf Gott vertrauen.*«

Der Rauch seiner Zigarette strich über sein Gesicht. »Sie benutzten den Ausdruck ›nicht menschenmöglich‹. So etwas gibt es praktisch gar nicht. Ein Mensch kann alles aushalten, wenn er an eine höhere Gerechtigkeit glaubt, wenn er glaubt, daß irgendwo im Weltall eine Gerechtigkeit hockt, die die Bösen bestraft und die Guten belohnt. Von diesem Prinzip lebt die Religion der Menschen, die ich kenne. Rache und Lohn.«

Er beugte sich nach vorn. »Stellen Sie sich nur vor! Irgendwo im Weltall hockt die Gerechtigkeit, hockt die unparteiische, höchste Gerechtigkeit in Gestalt eines monströsen Menschen, der rittlings auf dem Universum sitzt. Ein großer Bursche, ein starker Bursche, ein gütiger Bursche und trotzdem menschlich wie wir, mit sechzehn Knochen in jedem Handgelenk und Schamhaar, das ein Stückchen Stoff schamhaft verhüllt.«

Sands dachte, noch ein gefallener Idealist – der Mann, der zu viel erwartet und seinen Glauben nicht auf einen Schlag verliert, sondern stückchenweise, nach und nach, mit Spannung und bitteren Zweifeln.

»Werden Sie nicht unreif«, sagte er und blickte auf seine Uhr. »Meine Leute werden in fünf Minuten hier sein.«

»Und dann?«

»Und dann«, sagte Sands behutsam, »werde ich versuchen, Ihnen nachzuweisen, daß Sie ein Mörder sind.«

»Sie haben keine Beweise?«

»Nur Indizien. In Greeleys Fall hat sich allerdings ganz nett was angesammelt. Sie hatten die Mittel, den

Mord zu begehen, und Sie waren in der entscheidenden Zeit in der Gegend.«

»Andere auch.«

»Stimmt. Miss Greens Tod ist für Sie kein Problem. Man kann Sie höchstens moralisch verurteilen, aufgrund einer gewissen Verantwortungslosigkeit. Das Böse und die Angst wachsen ziellos und unaufhaltsam wie Krebszellen und vernichten, was immer ihnen in den Weg kommt. Cora Green war eines der Opfer.« Er blinzelte verträumt. »Nur Indizien«, wiederholte er. »Vielleicht müssen wir die Abrechnung mit Ihnen dem großen Burschen überlassen, der rittlings auf dem Universum sitzt.«

»Vor dem habe ich keine Angst.«

»Was?« sagte Sands, in übertrieben gedehntem Tonfall. »Wo er so groß ist und voll von Vitaminen?«

Beide lächelten, aber hinter Andrews Pupillen blitzte ein Anflug von Zorn, und er drückte mit einer beinahe wilden Geste seine Zigarette aus.

»Sie stellen mich wie einen Narren und Bösewicht hin. Ich bin weder das eine noch das andere. Ich bin ein gewöhnlicher Mann, und wenn sich in meinem Leben außergewöhnliche Dinge ereignet haben, dann haben sie sich dessenungeachtet natürlich ergeben. Verstehen Sie? Sie sind einfach *passiert.* Sie sagten es selbst. Ich habe das Tagebuch nicht gesucht, als ich es fand; ich hatte seine Existenz überhaupt vollkommen vergessen. Ich suchte den Schal, den Lucille mir letztes Jahr zu Weihnachten geschenkt hat, einen schwarzen Schal mit einem kleinen grauen Muster.«

»Schwarz? Mit einem kleinen grauen Muster? Das hört sich allerliebst an.«

Er lehnte sich zurück und bedachte Andrew mit einem

trägen Blick, als sei die ganze Episode ein mittelmäßig amüsanter Scherz.

Andrews Gesicht verfärbte sich in einem Anflug von Zorn. Er wußte, daß Sands ihn zu ködern versuchte, daß er sich beherrschen mußte. Aber er hatte gleichzeitig das Gefühl, diesen Mann beeindrucken und ihm klarmachen zu müssen, daß er kein Kind war, das man mit einem mitleidigen Lächeln abtun konnte.

»Der Schal war nicht in dem Zedernschränkchen, wie Lucille dachte. Ich habe zuerst in meinem Zimmer gesucht und dann in ihrem. Das Tagebuch lag in einem ihrer Schreibtischfächer. Es war nicht einmal versteckt, es lag da ganz offen. Als habe sie es hin und wieder herausgenommen und gelesen ...« Er hielt inne und sog seinen Atem ein. »Stellen Sie sich das vor! Sie hat meine Frau umgebracht. Und all die Jahre verwahrt sie den eindeutigen Beweis ihrer Schuld ganz gelassen in einem Schreibtischfach!«

»Vielleicht hat es nicht immer da gelegen«, sagte Sands. »Vielleicht hatte sie es gut versteckt, und als es ihr zufällig wieder in die Hände fiel, wollte sie es noch einmal lesen. Warum? Um das Ganze noch einmal durchzuleben und durch diese erneute Vergegenwärtigung das Gespenst zu bannen, das sie verfolgte?«

»Ich glaube, Sie haben recht. An jenem Tag, an diesem Sonntag, hat sie an Mildred gedacht. Martin und ich fanden den Block, auf dessen Deckel sie lauter kleine Mildred-Gesichter gemalt hat, um ihnen dann mit der Zigarette die Augen auszubrennen.« Er hielt abermals inne und schüttelte halb kummervoll, halb wütend bestürzt den Kopf. »Die systematische Unlogik der Frauen. Als Mann hält man das nicht für möglich! Wenn sie erzürnt sind, sind sie kalt und unbarmherzig. Wenn sie einen Kummer haben, schlucken sie ihn hinunter, und dann kommt er in einem vollkommen unerklärlichen Augenblick, der mit diesem Kummer nichts zu tun hat, plötzlich in Form von Tränen wieder hoch. Sie können, beinahe glücklich, mit einem Mann leben, den sie hassen, und einem anderen, den sie unsterblich lieben, das Leben zur Hölle machen.«

»Wie Ihnen?«

»Wie mir, ja. Da ich gern meine Ruhe habe, bin ich zeit meines Lebens ein leichtes Opfer für jede Frau gewesen. Um des lieben Friedens willen habe ich meine Unabhängigkeit aufgegeben. Ich habe ein Regiment von Managern angestellt gehabt – meine Mutter, Edith, Lucille. Als Mann hat man gegen den Befehl auf Samtpfötchen nichts ins Feld zu führen, man ist ihnen restlos ausgeliefert, den Stimmen der Frauen, die einen lieben und alles ›zu seinem eigenen Besten‹ tun.«

Er war nicht mehr zornig. Er schien sogar von seinen eigenen Worten gelangweilt, als habe er sich das alles schon tausendmal gesagt und müsse jetzt etwas Auswendiggelerntes wiederholen.

»Ich habe Edith umgebracht«, sagte er.

Sands antwortete nicht.

»Ich habe sie umgebracht, weil sie anfing, an mir herumzunörgeln. Sie wollte ein Schlafmittel, ich habe ihr eins gegeben. Es war nicht geplant, ich hatte überhaupt nicht daran gedacht. Aber da stand sie plötzlich und wollte eingeschläfert werden. Verstehen Sie? Es war so einfach, drängte sich beinahe auf. Sie hat darum gebeten!«

»Ja.«

»Als sie tot war, bin ich in ihr Zimmer gegangen, um

das Tagebuch zu holen und zu vernichten. Aber es war nicht da. Darüber habe ich mich allerdings nicht weiter aufgeregt.«

»Sie hätten Grund gehabt. Es kann für Sie den Strang bedeuten.«

»Nein, das wird es nicht. Wir unterhalten uns hier im Vertrauen. Davon abgesehen spricht zu vieles gegen Edith, also für Selbstmord. Ihre Leute werden in Ediths Glas Morphium finden, und ich werde den Brief liefern, den sie Lucille nach Penwood geschrieben hat.«

»Edith ist die einzige, die unmöglich Lucille diesen amputierten Finger geschickt haben kann.«

»So kriegen Sie mich nicht«, sagte Andrew. »Sie können mich jeweils nur aufgrund eines Falles belangen. Sie können nicht sagen, *vielleicht* hat er Greeley umgebracht und *vielleicht* hat er Edith umgebracht, und so aus zwei ›Vielleichts‹ eine Gewißheit fabrizieren.«

»Richtig.«

»Warum wollen Sie mich überhaupt hängen? Rache? Strafe? Um mir eine scharfe Lektion zu erteilen, oder anderen?«

»Das ist mein Metier«, sagte Sands trocken.

»Rein unpersönlich?«

»Nein, nicht nur.«

»Warum dann?«

»Möglicherweise morden Sie erneut.«

»Das ist doch lächerlich«, sagte Andrew. »Ich habe keinen Grund, noch jemanden zu ermorden.«

»Vielleicht hatten Sie auch keinen Grund, Greeley zu ermorden.«

»Er störte, er stand mir im Weg. Ich hatte eigentlich weder ihn noch sonst irgend jemanden umbringen wollen. Geplant war überhaupt nichts. Ich war wie in Trance, nachdem ich das Tagebuch gelesen hatte, ich erinnere mich kaum noch an die Fahrt, als wir Giles abholten. Ich hatte nur einen Gedanken – Lucilles zwei Gesichter – das eine, das sie mir hinhielt, und das andere, das sie in Mildreds Tagebuch zeigte. Ich sagte mir, ich werde es für mich behalten, bis Polly verheiratet ist, und dann werde ich Lucille das Tagebuch unter die Nase halten. Aber was dann? Würde sie gestehen? Würde sie lügen? Würde sie vielleicht sogar versuchen, mich aus dem Weg zu räumen, um sich zu retten? Dann standen wir plötzlich vor diesem Zugunglück, und das Problem löste sich von selbst. Ich sah eine Möglichkeit, Lucille auf die Probe zu stellen. Ich sah den Finger in einem Abfalleimer, nahm ihn mir und wickelte ihn in mein Taschentuch.«

Sands sah das groteske Bild vor sich. Der Mann, der sich mit einem scheuen Blick nach rechts und links über den Abfalleimer beugte und den Finger vorsichtig wie einen Schatz in sein Taschentuch wickelte.

»Wissen Sie, was für ein Gefühl man hat, wenn man so etwas macht?« sagte Andrew. »Man hat das Gefühl, leicht irre zu sein.«

»Das kann ich mir vorstellen.«

»Ich wollte sie nur auf die Probe stellen, verstehen Sie. Ich mußte wissen, ob sie schuldig ist. Ich habe die tatsächlichen Folgen nicht vorausgesehen – es war nicht einmal ihre Schuld, die sie um den Verstand gebracht hat, sondern der Hinweis, daß jemand von ihrer Schuld *wußte* und sie ihr vorhielt, daß ihr jemand hinter die Schliche gekommen war. Sechzehn Jahre lang hatte sie ein friedliches, glückliches Leben geführt, und jetzt sollte sie plötzlich als Verbrecherin dastehen.« Er hielt inne. »Ich zerbreche mir die ganze Zeit den Kopf, was sie wohl getan hat, als sie die Schachtel aufmachte. Sie hat geschrien, das wissen wir, und dann muß sie zum Schreibtisch gerannt sein, um sich das Tagebuch zu holen. Als es nicht mehr da war, muß sie gewußt haben, daß einer von uns es gefunden hatte.«

»Ein hübsches Symbol, dieser Finger.«

Andrew zog die Schultern hoch.

»Ich habe ihn bis zum nächsten Morgen mit mir in der Tasche herumgetragen. Auf dem Weg zur Praxis kaufte ich in einem Ramschladen eine Schachtel, und dann habe ich das Ganze eingepackt. Eigentlich hatte ich es ihr per Post schicken wollen, aber dann sah ich neben dem Zeitungskiosk diesen schäbig aussehenden kleinen Mann stehen. Ich fragte ihn, ob er für mich einen Botendienst übernehmen würde, hielt ihm das Päckchen und zwei Dollar hin, und er war einverstanden.«

»Sie hätten sich einige Unannehmlichkeiten ersparen können, wenn Sie den Boten auf 50 Cent heruntergeschraubt hätten. Ein Päckchen, das zwei Dollar Überbringerlohn wert ist, ist wert, daß man es aufmacht. Dumm von Ihnen.«

»Ich – ich bin gar nicht auf die Idee gekommen, ihm nicht zu trauen. Ich habe in solchen Sachen keine Erfahrung.«

»Er hatte natürlich nichts Eiligeres zu tun, als mit dem Päckchen in einer Toilette zu verschwinden und es aufzumachen. Vielleicht war er ein wenig überrascht, aber wahrscheinlich nicht einmal das. Greeley hatte in seinem Leben schon einiges gesehen. Was ihn interessierte, war, daß das Ding nach Geld roch, und in dieser Hinsicht schlug ihm eine ganze Duftwolke entgegen, als er das

Päckchen öffnete. Er hat es abgeliefert, ganz korrekt. Dann hat er irgendwo in der Nähe Posten bezogen, um zu sehen, was passierte. Er folgte Lucille nach Sunnyside hinunter und wartete auf der anderen Straßenseite, während sie beim Friseur war. Als sie herauskam, sprach er sie an. Sie gab ihm einen Fünfzig-Dollar-Schein, um ihm das Maul zu stopfen. Sie nahm sich ein Zimmer im Lakeside Hotel, und als er sich darauf verlassen zu können glaubte, daß sie noch eine Weile dort bleiben würde, zog er ab, um sich etwas zu leisten, das für jemand wie Greeley eine Art rauschende Ballnacht gewesen sein muß. Das Leben an jenem Abend war ganz nach seinem Geschmack. Er hatte Geld, von dem er sich – wenn auch nur in einer drittklassigen Kneipe – Sekt kaufen konnte; er hatte ein Mädchen, egal, wie viele andere es vor ihm schon gehabt hatten; er tanzte, obgleich ihm seine Beine weh getan haben mußten; und er hatte das Morphium in der Tasche, das ihm einen billigen Traum versprach; aber was er vor allem hatte, war die Aussicht auf ein festes Einkommen – eine Zukunft.

Lucille muß ihm mehr Geld versprochen haben, denn er entschuldigte sich bei dem Mädchen, das ihn begleitete, mit einer Verabredung und ging daraufhin zurück zum Lakeside. Er muß dort ungefähr zur gleichen Zeit eingetroffen sein wie Inspektor Bascombe und ich. Männer wie Greeley haben eine feine Nase für zwei Sachen – Geld und Polente. Wahrscheinlich hat er uns sofort entdeckt. Er wußte nicht, was wir da suchten. Vielleicht Lucille, vielleicht etwas anderes. Er strich noch ein wenig in der Gegend herum, und dann kamen Sie. Er erkannte Sie sofort wieder.«

»Es war ein Schock«, sagte Andrew. »Es war ein entsetzlicher Schock für mich, ihn wiederzusehen. Ich hatte gar nicht mehr an ihn gedacht. Dann sah ich – was ich tags zuvor schon hätte sehen können, wenn ich nicht ausschließlich an meinen Plan gedacht hätte –, daß er Morphinist war. Ich sah seine Augen ganz deutlich im Schein der Hotelreklame, sie waren pupillenlos, blind. Das Tragische war, daß ich meinen Instrumentenkoffer unterm Arm hatte, für den Fall, daß ich Lucille eine Beruhigungsspritze geben mußte.«

»Das Tragische?«

»Er sah, daß ich Arzt bin.«

»Ach so.«

»Ja, ein Arzt bedeutet für einen Süchtigen nur eins: eine Quelle für Stoff. Diese Brüder sind in unserem Beruf eine Pest. Das erste, was der Mann sagte, war: ›Ein Knochenschlosser, was?‹ Ich stritt es ab, aber er glaubte mir nicht. Er schien innerlich zu verbrennen vor Freude. Da wurde mir klar, in was ich mich eingelassen hatte. Ich hatte kein Verbrechen begangen, aber ich hatte etwas getan, das die meisten Menschen als eine Abscheulichkeit ohnegleichen empfinden würden – und ich wollte vermeiden, daß es publik wurde. Aber verstehen Sie, Greeley dachte, ich *hätte* ein Verbrechen begangen.

›Das war vielleicht ein Päckchen‹, sagte er. ›Wo ist der Rest von dem Burschen?‹ Ich gab keine Antwort. Dann sagte er, ich solle ihm etwas Morphium geben. Er sagte, da sei im Augenblick schwer heranzukommen und das bißchen, das er hätte, sei verwässert. ›Ich habe nichts übrig‹, sagte ich ihm. ›Gerade ein viertel Gran, davon haben Sie nichts.‹

Das Verrückte ist, wenn ich mich zuerst nicht geweigert hätte, es ihm zu geben, hätte er Verdacht geschöpft.

Da ich mich jedoch weigerte, sagte er: ›Was wissen *Sie* denn schon? Das tut's schon – fürs erste.‹

Er brauchte das Zeug im Augenblick nicht, er hatte schon eine ganz schöne Portion intus. Aber verstehen Sie, er konnte die Gelegenheit nicht ungenutzt vorübergehen lassen. Sie haben alle diese sinnlose Gier, weil sie wissen, was es heißt, nichts zu haben. Wie dem auch sei, er führte mich in diese Gasse. Es war dunkel und sehr kalt. Ich stellte meinen Instrumentenkoffer auf die Erde und machte ihn auf. Greeley zündete ein Streichholz an, schützte es mit der hohlen Hand, und dann hockten wir uns beide neben den Instrumentenkoffer. Verrückt, nicht wahr, und irgendwie obszön.

Ich könnte Ihnen sagen, daß ich in dem Augenblick beschloß, ihn umzubringen, aber ich könnte Ihnen nicht sagen, weshalb. Ich hatte keinerlei Grund, aber vielleicht gibt es nie einen Grund für einen Mord. Vielleicht habe ich ihn umgebracht, weil ich mich vor ihm fürchtete und weil er nicht mehr lang zu leben hatte und weil der Tod für ihn ohnehin eine Erlösung sein würde und weil er mein Vertrauen mißbraucht hatte und weil die ganze Szene an sich schon so widerwärtig war.

Es war kein Kunststück, ihn umzubringen. Er konnte nicht wissen, wieviel ich ihm einspritzte. Außerdem schaute er immer auf das Ende der Gasse und drängte mich, schnell zu machen. Ich machte die Spritze fertig und bat ihn, den Mantel auszuziehen. Er sagte: ›Keine Fisematentchen, immer rin mit dem Ding‹, und hielt mir den Arm hin.

Ich gab ihm zwei Gran. Die ganze Geschichte dauerte nicht länger als zehn Minuten.«

Zwei Gran, zehn Minuten, Greeleys Ende, dachte

Sands. »Einfach«, sagte er. »Natürlich. Praktisch ein Unfall.«

»Wie ich sagte.«

»Gewiß. Am Ende jeder logischen Folge von Ereignissen steht Mord. Wie am logischen Ende des Lebens der Tod steht.«

»Ironie macht mir nichts aus«, sagte Andrew. »Ich habe versucht, Ihnen die Geschichte so zu erzählen, wie sie war, offen und ehrlich. Weil ich Sie für einen zivilisierten Menschen halte, der fähig sein müßte, sie zu verstehen.«

»Es ist kein Kunststück, in einem Vakuum zivilisiert zu sein. Die Maus in einer luftdicht abgeschlossenen Glocke läßt sich nicht mit gewöhnlichen Mäusen vergleichen. In erster Linie ist sie tot.«

»Ganz recht.«

Es schellte an der Haustür.

»Da sind Ihre Freunde«, sagte Andrew höflich.

Während die Polizeibeamten im Haus waren, blieb Andrew in seinem Arbeitszimmer. Die Tür war zu. Die Leute über ihm arbeiteten sehr leise, und er mußte schon genau hinhören, wenn er ihre Schritte verfolgen wollte.

Was machten sie da oben?

Nichts. Hör nicht hin.

Was habe ich übersehen?

Nichts. Alles ist arrangiert. Die arme Edith hat sich wegen ihrer Gewissensbisse das Leben genommen.

Die arme Edith, ihr war es letztlich wie Greeley ergangen – beide waren so gierig auf einen kleinen Tod gewesen und dann so überrascht, die ganze Packung zu bekommen.

Über keinen von beiden machte er sich Sorgen. Greeley

ließ ihn vollkommen kalt, und obwohl Edith ihm leid tat, weil sie ihren Tod selbst verschuldet hatte, wünschte er sie nicht zurück. Er stand vor einem neuen Lebensabschnitt. Der Blick zurück zeigte ihm lediglich die scharfen, grauen Konturen eines namenlosen Gebäudes, und die Straße vor ihm lag verhüllt in kreiselnden Nebelschwaden mit Schatten und Gestalten, Gesichtern, die noch keine Gesichter waren, Geräuschen, die noch keine Geräusche waren. Hatte er sich einmal auf den Weg gemacht, dann würde die Nebelwand aufreißen. Aber im Augenblick war der Nebel furchterregend. Er biß ihm in die Augen, verstopfte ihm die Ohren und kroch ihm tief in die Lungen, so daß er husten mußte. Er spürte ihn im Mund, frisch wie der Schnee, den er als Kind gegessen hatte.

Mir ist so flau.

Andrew, mein Kleiner, hast du Schnee gegessen?

Mir ist so flau.

Das Kind ist Krank. Rufen Sie Schnell einen Arzt.

Dr. Morrow wird gewünscht. Dr. Morrow wird gewünscht. Dr. Morrow wird dringend ...

Andrew, mein Kleiner. Der Schnee steckt voller Bazillen. Er mag hübsch aussehen, aber man darf ihn nicht Essen, denn er steckt voller Bazillen. Ich werde dir zum Geburtstag ein Mikroskop schenken, dann wirst du selbst sehen, daß es von Bazillen nur so Wimmelt.

Viele, viele, viele Bazillen, überall.

Er wurde plötzlich gewahr, daß das Geschuffel über ihm aufgehört hatte. Das Haus war leer. Mildred hatte es verlassen, mit den Kindern. Edith hatte es verlassen, und Lucille – nur die Mädchen waren noch da, und auch die mußten gehen. Er brauchte Ruhe, mußte allein sein, um nachdenken zu können.

Er arbeitete sich mühsam aus dem Sessel hoch. Seine Beine waren verkrampft, er hatte zu starr dagesessen. Er mußte lernen, weder zurück noch nach vorn zu schauen. Aber wohin sollte er dann blicken? Auf sich selbst? Kehre deinen Blick nach innen wie zwei kleine Zahnarztspiegel, bis du dich überlebensgroß siehst, messerscharf, bis dir jedes einzelne Haar, jede Pore eine Offenbarung ist, in der es vor Bazillen wimmelt.

Aber das Schweigen, das entsetzliche Schweigen des Mannes in den Spiegeln; die spröden Glieder, das Gesicht bewegt, aber kalt wie Glas ...

Er ging durch die Diele, schnell, auf der Flucht vor seinem eigenen Gesicht.

Die Mädchen waren in der Küche. Sie hatten sich gestritten. Dellas Augen waren rot und verquollen, und Annie machte ein starres, eigensinniges Gesicht. Sie änderte ihre Miene nicht, als sie Andrew erblickte.

»Ich sag', wir gehen«, sagte sie. »Ich sag', dieser Laden ist mir nicht mehr ganz geheuer.«

»Bitte«, sagte Andrew. »Wenn Sie meinen.«

»Sie will nicht gehen. Hat Angst, nirgends mehr unterzukommen. Da kann ich ja nur lachen! Die Herrschaften laufen einem heutzutage doch nach, sie sind ja froh, wenn sie jemanden finden. Sie ist zu beschränkt, das einzusehen.«

»Bei dir ist das etwas anderes!« schrie Della. »Ich muß jeden Monat Geld nach Haus schicken!«

»Als müßte ich nicht auch leben! Und stell' ich mich so an?«

»Ich werde Ihnen beiden ein Monatsgehalt geben«, sagte Andrew ruhig. »Sie können heute noch gehen, wenn Sie wollen.«

Della heulte nur noch erbärmlicher, und Annie mußte für sie beide sprechen. Es war wirklich nett von Dr. Morrow, wirklich großzügig. Nicht, daß sie das Geld nicht gebrauchen konnten. Nicht, daß es ihre Art war, ihn im Stich zu lassen. Aber was hatte Hausarbeit schon für eine Zukunft?

»Ja, was für eine Zukunft«, sagte Andrew. »Sie können sofort gehen. Ich werde inzwischen die Schecks für Sie fertigmachen.«

Sie gingen hinauf und begannen zu packen.

»Erinnerst du dich an die Smaragde?« sagte Della.

»Was für Smaragde?«

»Du weißt doch. Das Päckchen.«

»Ach, zum Teufel damit!« sagte Annie und riß wütend die Schranktür auf. »Für solche Spielchen sind wir zu alt. Du bist achtzehn und redest daher wie eine Zehnjährige. Kannst du dir uns mit einem Smaragd vorstellen?«

»Wer weiß – vielleicht finden wir eines Tages mal irgend etwas. Geld zum Beispiel. Oder vielleicht Radium. Ich hab' gehört, davon braucht man nur ein ganz kleines bißchen – schon ist man Millionär.«

»Hältst du endlich den Mund?« Annie schlug mit der Faust auf den Koffer. »Hältst – du – end – lich – den – Mund?«

Sie hatten nicht viel einzupacken. Binnen einer halben Stunde standen sie, ihre Handtaschen fest unter den Arm geklemmt, an der Haltestelle Ecke Bloor Street und warteten auf die Straßenbahn. Sie stritten immer noch, aber Annies Gesicht war inzwischen etwas freundlicher geworden. Ihr Blick war gelegentlich an einem Rinnstein entlang oder in einen Gully gewandert. Man konnte nie wissen.

Andrew stand an der Tür und sah ihnen noch nach, als sie schon längst aus dem Blickfeld verschwunden waren. Sie waren fort, die letzten Überreste des alten Lebens, und jetzt mußte er sein neues beginnen. Aber er fühlte sich merkwürdig abgekämpft, konnte sich nicht einmal entschließen, von der Haustür wegzugehen, als befürchte er, schon durch die kleinste Bewegung eine neue Situation zu schaffen, eine neue Kette von Komplikationen auszulösen, denen er sich nicht mehr gewachsen fühlte. Er wollte nichts sehen, nichts hören, nichts fühlen, wollte allein in einem Vakuum sein wie die Maus unter der Glocke.

Aber die Maus war tot. *In erster Linie ist sie tot.*

Er hörte, wie jemand hinter ihm die Treppe herunterkam. Er hatte gedacht, das Haus sei leer, aber er hatte nicht einmal die Kraft, sich über die Schritte zu wundern. Er wandte sich langsam um und wußte, noch ehe er ihn sah, daß es Sands war.

»Ich dachte, Sie seien gegangen.« Es bereitete ihm unendliche Mühe zu sprechen.

»Ich gehe gleich. Alle anderen sind fort. Sie werden allein sein.«

Allein. Das Wort hatte einen feierlich sonoren Klang, der in seinen Ohren dumpf aufschlug.

»Darauf haben Sie gewartet, nicht wahr?« sagte Sands.

»Ja.«

»Nun, jetzt ist es soweit. Sie werden allein sein. Und Sie werden einsam sein.«

»Nein, nein, ich – Martin – Martin wird bestimmt wiederkommen.«

»Aber er wird nicht bleiben. In diesem Haus gibt es nichts mehr für ihn.«

»Er wird bleiben, wenn ich ihn bitte, wenn ich ...«

»Nein, das glaube ich nicht. Sie werden ganz allein sein.«

Andrew schloß die Augen. Er sah den Nebel auf der Straße plötzlich rückwärts auf sich zufegen in wütenden Schwaden.

»Nein ... nein ...« sagte er, doch wie schwach und erstickt war seine Stimme von dem Nebel, der seinen Mund bedeckte. »Ich bin nicht – ich fürchte mich nicht vor dem Alleinsein.«

»Sie fürchten sich vor dem großen Burschen. Sie wollen keine Gerechtigkeit mehr, Sie wollen Gnade.«

Andrew senkte den Kopf. Gnade. Ein herzzerreißendes und entsetzliches Wort, das all die verlorenen Seelen heraufbeschwor, die nach ihren verlorenen Göttern schrien.

»Ich will gar nichts«, sagte er.

»Aber jetzt ist es zu spät. Sie haben schon, was Sie wollten. Erkennen Sie es nicht wieder?« Sands lächelte. »Das *ist* es, Morrow.«

»Ist es das?« Er hörte in seiner eigenen Stimme den Schrei der verlorenen Seelen.

»Die Rolle des Rächers ist nichts für einen kleinen Menschen wie Sie. Sie haben sich zum Richter über Lucille aufgeschwungen, jetzt müssen Sie sich dem Ihren beugen. Sie haben sogar die Polizei gebeten, Ihnen zu helfen, sie zur Strecke zu bringen. Sie konnten es nicht abwarten, nicht wahr? ... Es machte Ihnen Spaß, sie leiden zu sehen, nicht wahr?«

»Nein – nein – es tut mir leid ...«

»Zu spät, es ist alles vorbei.«

»Und jetzt?«

»Jetzt, nichts.« Er lächelte wieder. »Finden Sie das

nicht komisch? Es ergeht Ihnen letztlich genau wie Lucille. Ihr Leben ist inhaltlos geworden.«

Andrew stand starr wie eine Schneiderpuppe an der Wand, die darauf wartet, daß jemand vorbeikommt und sie woanders hinstellt.

Sands zog seine Taschenuhr heraus, und in der Grabesstille des Hauses schien das Ticken ungeheuer wichtig.

Er steckte die Uhr wieder in die Tasche und begann, seinen Mantel zuzuknöpfen. »Ich muß jetzt gehen.«

»Ich habe Angst«, sagte Andrew, aber die Tür hatte sich bereits geöffnet und leise wieder geschlossen, und er wußte, daß er allein sterben mußte.

Sands trat in die scharfe, glitzernde Luft hinaus.

Er blieb einen Augenblick auf der Veranda stehen und blickte über den Park, wo sich die phallischen Wipfel der Fichten der Sonne entgegenstreckten. Er hatte das Gefühl, außerhalb der Zeit zu stehen, nackt und zerbrechlich und scharfsichtig. Menschen und Tannen wuchsen dem Zerfall entgegen. Die Zeit war ein Maulwurf, der sich unter den Straßen der Stadt bewegte und unmerklich den Asphalt einknicken ließ. Die Zeit zog über seinem Kopf dahin in einer dünnen grauen Sturmschicht treibender Wolken, als wäre der Himmel geflohen und als würden seine letzten verbliebenen Fetzen über den Rand der Welt hinausgeweht.

Margaret Millar im Diogenes Verlag

Banshee die Todesfee
Roman. Aus dem Amerikanischen von Renate Orth-Guttmann. Leinen

Gesetze sind wie Spinnennetze
Roman. Deutsch von Barbara Rojahn-Deyk und Jobst-Christian Rojahn. Leinen

Liebe Mutter, es geht mir gut . . .
Roman. Deutsch von Elizabeth Gilbert
detebe 20226

Die Feindin
Roman. Deutsch von Elizabeth Gilbert
detebe 20276

Fragt morgen nach mir
Roman. Deutsch von Anne Uhde
detebe 20542

Ein Fremder liegt in meinem Grab
Roman. Deutsch von Elizabeth Gilbert
detebe 20646

Die Süßholzraspler
Roman. Deutsch von Georg Kahn-Ackermann und Susanne Feigl. detebe 20926

Von hier an wird's gefährlich
Roman. Deutsch von Fritz Güttinger
detebe 20927

Der Mord von Miranda
Roman. Deutsch von Hans Hermann
detebe 21028

Das eiserne Tor
Roman. Deutsch von Karin Reese und Michel Bodmer. detebe 21063

Fast wie ein Engel
Roman. Deutsch von Luise Däbritz
detebe 21190

Die lauschenden Wände
Roman. Deutsch von Karin Polz
detebe 21421

Nymphen gehören ins Meer!
Roman. Deutsch von Otto Bayer
detebe 21516

Kannibalen-Herz
Roman. Deutsch von Michael K. Georgi
detebe 21685

Ross Macdonald im Diogenes Verlag

Dornröschen war ein schönes Kind
Roman. Aus dem Amerikanischen von Wulf Teichmann. detebe 20227

Unter Wasser stirbt man nicht
Roman. Deutsch von Hubert Deymann
detebe 20322

Ein Grinsen aus Elfenbein
Roman. Deutsch von Charlotte Hamberger
detebe 20323

Die Küste der Barbaren
Roman. Deutsch von Marianne Lipcowitz
detebe 20324

Der Fall Galton
Roman. Deutsch von Egon Lothar Wensk
detebe 20325

Gänsehaut
Roman. Deutsch von Gretel Friedmann
detebe 20326

Der blaue Hammer
Roman. Deutsch von Peter Naujack
detebe 20541

Durchgebrannt
Roman. Deutsch von Helmut Degner
detebe 20868

Geld kostet zuviel
Roman. Deutsch von Günter Eichel
detebe 20869

Die Kehrseite des Dollars
Roman. Deutsch von Günter Eichel
detebe 20877

Der Untergrundmann
Roman. Deutsch von Hubert Deymann
detebe 20878

Der Drahtzieher
Sämtliche Detektivstories um Lew Archer I. Mit einem Vorwort des Autors. Deutsch von Hubert Deymann und Peter Naujack
detebe 21018

Einer lügt immer
Sämtliche Detektivstories um Lew Archer II. Deutsch von Hubert Deymann und Peter Naujack. detebe 21019

Sanftes Unheil
Roman. detebe 21178

Blue City
Roman. Deutsch von Christina Sieg-Welti und Christa Hotz. detebe 21317

Der Mörder im Spiegel
Roman. Deutsch von Dietlind Bindheim
detebe 21303

Patricia Highsmith im Diogenes Verlag

Suspense
oder Wie man einen Thriller schreibt
Aus dem Amerikanischen von Anne Uhde
Broschur

Geschichten von natürlichen und unnatürlichen Katastrophen
Deutsch von Otto Bayer. Leinen

Der Stümper
Roman. Deutsch von Barbara Bortfeldt
detebe 20136

Zwei Fremde im Zug
Roman. Deutsch von Anne Uhde
detebe 20173

Der Geschichtenerzähler
Roman. Deutsch von Anne Uhde
detebe 20174

Der süße Wahn
Roman. Deutsch von Christian Spiel
detebe 20175

Die zwei Gesichter des Januars
Roman. Deutsch von Anne Uhde
detebe 20176

Der Schrei der Eule
Roman. Deutsch von Gisela Stege
detebe 20341

Tiefe Wasser
Roman. Deutsch von Eva Gärtner und Anne Uhde. detebe 20342

Die gläserne Zelle
Roman. Deutsch von Gisela Stege und Anne Uhde. detebe 20343

Das Zittern des Fälschers
Roman. Deutsch von Anne Uhde
detebe 20344

Lösegeld für einen Hund
Roman. Deutsch von Anne Uhde
detebe 20345

Der talentierte Mr. Ripley
Roman. Deutsch von Barbara Bortfeldt
detebe 20481

Ripley Under Ground
Roman. Deutsch von Anne Uhde
detebe 20482

Ripley's Game
Roman. Deutsch von Anne Uhde
detebe 20346

Der Schneckenforscher
Gesammelte Geschichten. Vorwort von Graham Greene. Deutsch von Anne Uhde
detebe 20347

Ein Spiel für die Lebenden
Roman. Deutsch von Anne Uhde
detebe 20348

Kleine Geschichten für Weiberfeinde
Deutsch von W. E. Richartz. Mit Zeichnungen von Roland Topor. detebe 20349

Kleine Mordgeschichten für Tierfreunde
Deutsch von Anne Uhde. detebe 20483

Venedig kann sehr kalt sein
Roman. Deutsch von Anne Uhde
detebe 20484

Ediths Tagebuch
Roman. Deutsch von Anne Uhde
detebe 20485

Der Junge, der Ripley folgte
Roman. Deutsch von Anne Uhde
detebe 20649

Leise, leise im Wind
Erzählungen. Deutsch von Anne Uhde
detebe 21012

Keiner von uns
Erzählungen. Deutsch von Anne Uhde
detebe 21179

Leute, die an die Tür klopfen
Roman. Deutsch von Anne Uhde
detebe 21349

Nixen auf dem Golfplatz
Erzählungen. Deutsch von Anne Uhde
detebe 21517

Elsie's Lebenslust
Roman. Deutsch von Otto Bayer
detebe 21660

Meistererzählungen
Ausgewählt von Patricia Highsmith. Deutsch von Anne Uhde, Walter E. Richartz und Wulf Teichmann. detebe 21723

Als Ergänzungsband liegt vor:

Über Patricia Highsmith
Essays und Zeugnisse von Graham Greene bis Peter Handke. Mit Bibliographie, Filmographie und zahlreichen Fotos. Herausgegeben von Franz Cavigelli und Fritz Senn
detebe 20818

Eric Ambler im Diogenes Verlag

Ambler by Ambler
Eric Ambler's Autobiographie. Aus dem Englischen von Matthias Fienbork. detebe 21589

Der dunkle Grenzbezirk
Roman. Deutsch von Walter Hertenstein und Ute Haffmans. detebe 20602

Ungewöhnliche Gefahr
Roman. Deutsch von Walter Hertenstein und Werner Morlang. detebe 20603

Nachruf auf einen Spion
Roman. Deutsch von Peter Fischer
detebe 20605

Anlaß zur Unruhe
Roman. Deutsch von Franz Cavigelli
detebe 20604

Die Maske des Dimitrios
Roman. Deutsch von Mary Brand und Walter Hertenstein. detebe 20137

Die Angst reist mit
Roman. Deutsch von Walter Hertenstein
detebe 20181

Der Fall Deltschev
Roman. Deutsch von Mary Brand und Walter Hertenstein. detebe 20178

Schirmers Erbschaft
Roman. Deutsch von Harry Reuß-Löwenstein, Th. A. Knust und Rudolf Barmettler.
detebe 20180

Besuch bei Nacht
Roman. Deutsch von Wulf Teichmann
detebe 20539

Waffenschmuggel
Roman. Deutsch von Tom Knoth
detebe 20364

Topkapi
Roman. Deutsch von Elsbeth Herlin
detebe 20536

Eine Art von Zorn
Roman. Deutsch von Susanne Feigl und Walter Hertenstein. detebe 20179

Schmutzige Geschichte
Roman. Deutsch von Günter Eichel
detebe 20537

Das Intercom-Komplott
Roman. Deutsch von Dietrich Stössel
detebe 20538

Der Levantiner
Roman. Deutsch von Tom Knoth
detebe 20223

Doktor Frigo
Roman. Deutsch von Tom Knoth und Judith Claassen
detebe 20606

Bitte keine Rosen mehr
Roman. Deutsch von Tom Knoth
detebe 20887

Mit der Zeit
Roman. Deutsch von Hans Hermann
detebe 21054

Die Begabung zu töten
Deutsch von Matthias Fienbork
detebe 21631

Als Ergänzungsband liegt vor:

Über Eric Ambler
Aufsätze von Alfred Hitchcock bis Helmut Heißenbüttel. Chronik und Bibliographie. Herausgegeben von Gerd Haffmans
detebe 20607

Herausgegeben von Eric Ambler:

Mehr Spionagegeschichten
Von John Buchan bis Ian Fleming
Diogenes Evergreens. Auch als detebe 21420

Joan Aiken im Diogenes Verlag

Du bist Ich
Die Geschichte einer Täuschung. Aus dem Englischen von Renate Orth-Guttmann
Leinen

Die Kristallkrähe
Roman. Deutsch von Helmut Degner
detebe 20138

Das Mädchen aus Paris
Roman. Deutsch von Nikolaus Stingl
detebe 21322

Der eingerahmte Sonnenuntergang
Roman. Deutsch von Karin Polz
detebe 21413

Tote reden nicht vom Wetter
Roman. Deutsch von Nikolaus Stingl
detebe 21477

Ärger mit Produkt X
Roman. Deutsch von Karin Polz
detebe 21538

Haß beginnt daheim
Roman. Deutsch von Nikolaus Stingl
detebe 21686

Der letzte Satz
Roman. Deutsch von Edith Walter
detebe 21743

Für Kinder:

Das letzte Stück vom Regenbogen
Deutsch von Matthias Müller. Mit zahlreichen Illustrationen von Margaret Walty
Ein Diogenes Kinderbuch

Raymond Chandler im Diogenes Verlag

Die besten Detektivstories
Aus dem Amerikanischen von Hans Wollschläger. Diogenes Evergreens

Der große Schlaf
Roman. Aus dem Amerikanischen von Gunar Ortlepp. detebe 20132

Die kleine Schwester
Roman. Deutsch von Walter E. Richartz
detebe 20206

Das hohe Fenster
Roman. Deutsch von Urs Widmer
detebe 20208

Der lange Abschied
Roman. Deutsch von Hans Wollschläger
detebe 20207

Die simple Kunst des Mordes
Briefe, Essays, Notizen. Herausgegeben von Dorothy Gardiner und Kathrine Sorley Walker. Deutsch von Hans Wollschläger
detebe 20209

Die Tote im See
Roman. Deutsch von Hellmuth Karasek
detebe 20311

Lebwohl, mein Liebling
Roman. Deutsch von Wulf Teichmann
detebe 20312

Playback
Roman. Deutsch von Wulf Teichmann
detebe 20313

Mord im Regen
Frühe Stories. Vorwort von Philip Durham. Deutsch von Hans Wollschläger
detebe 20314

Erpresser schießen nicht
Gesammelte Detektivstories I. detebe 20751

Der König in Gelb
Gesammelte Detektivstories II. detebe 20752

Gefahr ist mein Geschäft
Gesammelte Detektivstories III. detebe 20753
Alle drei Bände deutsch von Hans Wollschläger

Englischer Sommer
Geschichten, Parodien, Sprüche, Essays. Mit einem Vorwort von Patricia Highsmith, Zeichnungen von Edward Gorey und einer Erinnerung an den Drehbuchautor Chandler von John Houseman. Deutsch von Hans Wollschläger, Wulf Teichmann u.a.
detebe 20754

Meistererzählungen
Deutsch von Hans Wollschläger
detebe 21619

Außerdem liegt vor:

Frank MacShane
Raymond Chandler
Eine Biographie
Mit vielen Fotos. Deutsch von Christa Hotz, Alfred Probst und Wulf Teichmann
detebe 20960